# Sounds like MAGIC

Cat Dylan

## WOLFSKÜSSE

DARK
DIAMONDS

© privat

**Cat Dylan** verliebte sich im zarten Alter von fünf Jahren in Peter Pan und weiß seitdem sicher: Sie würde nie wieder des Nachts ihr Fenster schließen, da die Magie, die sich seither in ihrem Herzen eingenistet hatte, genauso mächtig ist wie die Liebe, die darin wohnt. Aus diesem Grund schreibt sie romantische Fantasy, für all jene, die genauso vernarrt in das Mystische sind, wie sie selbst.

*Für dich!*

*Willkommen (zurück) in der Nachtschwärmer-Familie :)*

# Prolog

**Nach einer ereignisvollen Nacht, 2017**

Seine Worte wirbelten als leiser Nachhall unbändig in ihrem Kopf umher.

*Und wenn die Zeit reif ist, werdet ihr die anderen 1990iger kennenlernen, die aufgrund ihrer Besonderheiten zu eurem Kreis gehören werden.*

Unruhe überkam sie. »Sollen wir es wirklich in Gang setzen?«, fragte sie ihn deswegen.

Er stellte sich an ihre Seite und streichelte ihr beruhigend über den Rücken. »Wir müssen.«

»Früher oder später«, wich sie aus.

»Aber wir müssen. So will es das Schicksal.«

Sie holte tief Luft, lehnte den Kopf an seine Schulter. »In ein paar Jahrhunderten …«

»Wird es vielleicht nicht mehr unsere Kinder, so aber doch unsere Enkelkinder treffen. Fürchte dich nicht. Wir sind stark. *Sie sind stark*!« Er verstand ihre Sorge, denn er fühlte sie auch.

Die Angst vor dem Ungewissen.

Die Angst vor dem, was sie nicht wissen konnten.

Weil sie es nicht sahen.

Weil es nicht mehr nur ihr Schicksal sein würde.

Eine Weile blieb es still zwischen ihnen. Gedankenverloren und hoffnungsvoll. Doch letztlich …

Die Frau richtete sich auf. »So sei es.«

Der Mann nickte, während die Frau einen Anhänger von ihrem Hals zog und ihn auf ihre Handfläche legte. Es war ein Saphir.

Strahlend.

Funkelnd.

Mächtig.

Der Mann legte seine Hand auf ihre, die sie beide mit ihrer anderen Hand umhüllten. Sie sahen sich lange in die Augen. Tief verwobene Blicke, fest umschlossene Hände.

Sie begannen zu summen. Eine eingängige, beruhigende Melodie. Hitze breitete sich zwischen ihren Fingern aus. Mit jedem Ton, den sie in die Nacht hinaustrugen, schwoll das Feuer an.

»Set liberum, quod liberum esse debet. Dirigas vias tuas omnique! Setze frei, was frei werden muss. Finde deinen Weg!«, sangen sie im Gleichklang.

Sie öffneten zeitgleich ihre Hände. Der Saphir glühte in all den wunderbaren Farben des Universums. Mit einem leisen Knall zersprang der Edelstein und wirbelte in unzähligen Splittern umher.

»So sei es«, flüsterten sie und sahen lange den Splittern nach, die in die dunkle Nacht wie Feuerbälle davonstoben.

# Bindungszauber, ehemals Verbindungen

*(Auszug aus dem Reglement der Nachtschwärmer)*

**Absatz drei, Punkt vier, Symptome:**

Treffen zwei vom Universum gewählte Nachtschwärmer aufeinander, die für eine ewige Verbindung auserwählt wurden, machen sich folgende Symptome bemerkbar:

1. Der Liebesstich. Trifft mitten in die Brust. Glühend heiß. Für die Dauer von einer Minute.

2. Die Anziehungskraft. Automatisch schweift der Blick zu seiner oder seinem Auserwählten. Der Körper wird von seinem Gegenstück angezogen, ohne Kompromiss. Entfernt er sich, werden dem Nachtschwärmer alle Energien entzogen, bis er wieder in der Nähe seines oder seiner Auserwählten ist. Die Anziehungskraft relativiert sich nach der Heirat und ebbt nach der Geburt seiner Nachkommenschaft vollkommen ab.

3. Der Gedankenaustausch. Die beiden miteinander verbundenen Nachtschwärmer können sich ab diesem Zeitpunkt gedanklich austauschen, sofern sie sich im Umkreis von zwei Meilen zueinander befinden und solange nicht einer von beiden eine Barriere errichtet.

**Nachtrag:**

**Absatz vier, Punkt eins:**

Der weltweit eingesetzte Bindungszauber zur Sicherung der Nachkommenschaft der Gemeinschaft der Nachtschwärmer wurde im Jahre 2016 vollkommen aufgehoben.

Ab sofort dürfen alle Nachtschwärmer in ihrer Partnerwahl frei entscheiden.

Diejenigen, die den Bindungszauber nicht aufheben lassen möchten, dürfen weiterhin dem Zauber unterliegen.

Mischungen der Arten sind im Zuge dessen wieder erlaubt und werden nicht mehr strafrechtlich geahndet.

# Eins

**Julie**

*Karlsruhe, Herbst 2018*

Ich warf mich in meine schönste Frida-Pose und trällerte lauthals los. Mit *Gimme, Gimme, Gimme, a man after midnight* war ich unschlagbar! Der Sieg war mein!

»Unfair!«, brüllte Emma. »Gegen ABBA kommt niemand an!«

Die anderen lachten und ich musste mich konzentrieren, nicht darauf einzusteigen. Ich konnte mir den entrüsteten Gesichtsausdruck meiner Schwester bildlich vorstellen. Es gab ein paar Regeln bei unserem wöchentlichen Karaoke-Abend und eine davon war, dass der abschließende Song nicht von der eigenen Lieblingsband stammen durfte. Aber verdammt, das hier war mein letzter Abend für eine ganze Weile und es brach mir jetzt schon das Herz, mich nicht mehr mit meinen Mädels zum Singen treffen zu können. Zum Tratschen. Zum Abhängen.

Ich schmetterte die letzten Takte voller Inbrunst und wartete atemlos auf die Auswertung – achtundneunzig Prozent getroffen! »Yeah! Gewonnen!«, rief ich lachend und streckte in Siegerpose meine Arme in die Luft. Emma sprang auf mich zu und umarmte mich stürmisch.

»Ich verzeih dir, aber nur, weil wir jetzt für eine lange Zeit nicht mehr gegeneinander antreten können.«

Steffi und Jana drückten sich ebenfalls an mich und hielten mich fest umschlungen.

»Wir vermissen dich jetzt schon!«, sagte Steffi.

»Total!«, ergänzte Jana und schniefte.

Mein Herz wurde schwer. »Ihr werdet mir auch fehlen.«

Eine Weile blieben wir wie ein Knäuel stehen, um die Zeit einzufrieren. Manchmal war es so verflixt wichtig, die Welt anzuhalten, damit man die rasenden Momente in unserem Leben festhalten konnte. Um sie wirklich zu spüren. Und diesen Augenblick spürte ich bis in meine Knochen. Wir vier waren bereits seit dem Sandkasten miteinander befreundet, obgleich meine Bindung zu Emma natürlich am intensivsten war.

»Ich muss los«, brach ich irgendwann die Stille und verabschiedete mich mit Wehmut wenige Minuten später.

»Wir erwarten Updates! Vergiss das nicht!«, sagte Jana und Steffi fügte hinzu: »Und wir erwarten Fotos. Viele Fotos!« Sie wackelte vielsagend mit den Brauen. Kichernd winkte ich den beiden zum Abschied. »Ich werde eure WhatsApp-Speicher zuspamen, ich versprech's!«

Emma hakte sich bei mir unter und gemeinsam schlenderten wir die Straße runter Richtung Europaplatz. Es war wie immer einiges los in einer Freitagnacht. Jung und Alt streunten durch die Innenstadt und feierten ein paar Stunden Freiheit.

»Sollen wir mit der Straba fahren?«, fragte Emma, als eine Haltestelle in Sichtweite kam.

»Ich würde gerne laufen.«

Sie nickte und wir überquerten die Straße. Wir wohnten in einer kleinen Drei-Zimmer-Kellerwohnung in der Nähe des Stadtgartens, die Emma ab morgen alleine bewohnen würde. Es war komisch ... dieses Gefühl. Ich war achtundzwanzig Jahre alt und hatte noch nie mein Umfeld verlassen. Wir lebten schon immer in Karlsruhe, zuvor mit unseren Eltern in einem reinen Nachtschwärmer-Gebiet, nun mitten unter den Menschen.

Nachtschwärmer ... Jene Arten, die unentdeckt unter den Menschen lebten. Ihre Nacht war unser Tag. Nicht nur, weil wir Vampire es mussten, sondern weil Hexen, Gestaltwandler, Wölfe, Feen, Kobolde und Elfen sich gemeinsam vor Jahrhunderten dazu entschlossen hatten. Es lebte sich leichter in der Nacht. Sicherer.

Mam und Paps missbilligten es, dass Emma und ich in einer menschlichen Gegend wohnten, weil diese im Gegensatz zu den Nachtschwärmergebieten nicht mit einem Zauber belegt waren, der es uns ermöglichte, ohne aufzufallen inmitten der Menschen zu leben. Aber es war nicht ungewöhnlich und vermutlich war das unsere Art einer kleinen Minirebellion. Wir waren sehr, sehr beschützt aufgewachsen. Insbesondere ich. Emma war fünf Jahre jünger, aber sie war damals sofort bereit gewesen mit mir auszuziehen, obwohl sie gerade erst achtzehn geworden war.

»Glaubst du, ich mache einen Fehler?«, flüsterte ich.

»Bist du verrückt? Niemals! Du hast die Chance, die Welt zu sehen und wirst dafür auch noch bezahlt!« Ungläubig stieß sie mich mit der Schulter an und ich wankte ein Stück nach links. »Wenn ich könnte, wäre ich sofort dabei.«

Ich neigte den Kopf und betrachtete ihr Profil. Wir waren uns sehr ähnlich – filigrane Gesichtszüge, zierliche Gestalt, lange engelsblonde Haare. Unsere Stupsnasen bogen sich an der Spitze hoch und unsere Münder wurden gerne mit dem von Julia Roberts verglichen. Tatsächlich konnten Emma und ich als Zwillinge durchgehen, der einzige Unterschied lag in unseren Augen. Während ihre klein und kugelrund waren und in einem tiefen wunderschönen warmen Braun strahlten, besaßen meine die Form von Mandeln. Eines Silber, das andere Gold. Außergewöhnliche Augenfarben für einen Nachtschwärmer. Nicht das Silber, schon gar nicht für einen Vampir. Aber das Gold. Vor allem in Verbindung mit der Tatsache, dass jedes Auge andersfarbig war. Deswegen trug ich, seit ich mich erinnern konnte, Kontaktlinsen. Graublaue.

»Ich würde dich gerne dabeihaben. Du könntest mir meine Nervosität nehmen.«

Emma schlang den Arm um meine Mitte und drückte mir schnell

einen Kuss auf die Schläfe. »Das ist der einzige Grund, weswegen es mir nichts ausmacht, nicht mitzukönnen! Ohne mich bist du gezwungen, mal selbst aus deinem Schneckenhaus zu kriechen.«

Ich prustete laut auf. Und genau deswegen war ich so furchtbar aufgeregt. Ich konnte privat nicht so gut mit Nachtschwärmern. Und auch nicht mit Menschen. Es gab da oft diese unsichtbare Barriere, die es mir schwer machte, offen auf Leute zuzugehen. Zumindest wenn es nichts mit meiner Arbeit zu tun hatte. Sobald ich als Fotografin auftauchte, verpuffte meine Unsicherheit jedoch fast ins Nichts.

»Jetzt mach dir nicht so viele Gedanken! Das wird toll, du wirst schon sehen. Ich kenne keine, die ausdrucksstärkere Fotos macht.«

»Wie lieb von dir. Womit habe ich nur eine so wundervolle Schwester verdient?«

»Das frag ich mich auch manchmal.« Emma zwinkerte mir zu und öffnete die Haustür des Mehrparteienhauses, in dem wir wohnten.

Morgen Abend ging mein Flieger nach Berlin, wo ich das erste Mal auf meine neuen Arbeitgeber treffen würde. Sechs Monate on Tour mit der beliebtesten und angesagtesten Band der Nachtschwärmer-Szene. Die Whistleblower spielten Folk-Rock. Mit Banjo, Kontrabass, Akustik-Gitarre und Klavier. Sie waren nicht schlecht, ganz offensichtlich bei ihrem Erfolg, aber mein Fall war die Musik nicht. Zum Glück ging es bei meinem Job nicht darum, ob ich sie mochte oder nicht. Trotzdem würde ich, wenn sie mich fragen sollten, wie ich ihre Musik fand, auf keinen Fall sagen, dass mir Mumford & Sons besser gefielen. So viel stand fest.

»Hast du fertig gepackt?«

»Das Wichtigste. Mein Equipment ist gesichert und mein Rucksack mit all meinen Dokumenten.«

Wir betraten unsere Wohnung und ich schaltete das Licht ein, ehe ich die Stiefeletten von den Füßen schleuderte und in mein

Zimmer tapste. Es fehlten nur noch meine Klamotten und das war kein Problem. Mein Arbeitsoutfit war stets dasselbe – schwarze Leggins, schwarzer Rollkragenpullover, weiche schwarze Schläppchen. Die Schuhe variierten je nach Auftragslage und natürlich tauschte ich die gemütlichen Kleider durch einen Anzug bei Meetings. Privat war ich nicht so straight eingestellt. Da trug ich, worauf ich gerade Lust hatte – Röcke, Hosen, Jumpsuits – total egal, Hauptsache, ich fühlte mich wohl.

»Brauchst du Hilfe beim Rest?«

»Nee, danke. Das bisschen schaffe ich allein.« Ich warf einen Blick auf die Uhr. Kurz vor halb drei. »Essen wir um fünf?«

»Gebongt!«, entgegnete Emma und tänzelte in ihr eigenes Zimmer.

Ich schlich ins Bad, um die Kontaktlinsen rauszunehmen, und setzte mich danach an meinen Schreibtisch. Als selbstständige Fotografin war ein Büro im Schlafzimmer wohl nicht sehr professionell, aber durchaus zweckmäßig. Meine Kunden besuchte ich sowieso immer in deren Zuhause oder wir trafen uns auch mal im Restaurant. Von daher ging das *Schlafbüro.*

Natürlich sehnte ich mich nach einem ordentlichen Arbeitsplatz, vor allem mit einer Galerie, die nicht nur online anzusehen war. Doch leider waren die Mieten, besonders hier in Baden-Württemberg, sehr hoch. Das meiste von meinem Geld ging für die Nutzung des Fotolabors drauf, das ich stundenweise buchte. Und dann … dann gab es Fotografen mittlerweile wie Sand am Meer und um meine Auftragslage war es nicht zum Besten bestellt.

Ich checkte meine E-Mails, setzte auf meiner Homepage den Vermerk, dass ich für die nächsten sechs Monate ausgebucht sein würde, und rief zum wiederholten Mal die Homepage der Whistleblower auf. Unfassbar, dass ausgerechnet ich den Zuschlag bekommen hatte! Nicht nur, weil ich mich gar nicht selbst um diesen Job beworben hatte, dafür war meine Schwester verantwortlich, sondern weil es auch unter den Nachtschwärmern einige Starfotografen gab und ich aus Insiderkreisen wusste, wer alles im Rennen gewesen war. Meine Arbeiten hatten richtig erfolgreiche Fotografen ausgestochen und einen kleinen Tick Stolz konnte ich mir deswegen nicht verwehren.

Ich fuhr mit dem Cursor über die Gesichter der vier Mitglieder.

Vier Männer.

Vier unterschiedliche Nachtschwärmer.

Der Leadsänger hieß Evan Vega. Er spielte das Klavier, war ein Werwolf und mein heimlicher Favorit. Groß, breites Kreuz, durchtrainiert, braune, kinnlange Haare, gepflegter Bart ... Ich stand total auf starke Beschützertypen mit warmen braunen Augen.

Tatum Emery, der Gitarrist und Drummer, ein Vampir, war der Schönling im Quartett. Schwarze, kurze Haare, lässig nach hinten gestylt, Lederklamotten, bordeauxrote Augen. Tattoos. Stets düstere Pose. So stellte ich mir den Teufel vor, gäbe es ihn.

Bare Slater, äußerlich der absolute Kontrast zu Tatum, spielte Kontrabass und Mundharmonika und war ein Gestaltwandler. Mit dichtem dunkelblondem Haar, blauen Augen, einem Piercing in der Lippe und einem immerwährenden Lächeln, das bis zu seinen Augen reichte, stellte er den Inbegriff eines lockeren Surferboys dar.

Der Hexer im Bunde, Charlie Sato, war wohl der Durchgeknallteste von den vieren. Er beherrschte das Banjo wie kein anderer auf der Welt, trug eine Glatze, die er nie zeigte, weil er sie immer durch bunte Beanies verdeckte, und ausschließlich schwarze Klamotten. Seinen asiatisch anmutenden Touch hatte er seinem Vater zu verdanken, einem Chinesen. Direkt unter seinem linken Auge trug der Banjospieler ein Tattoo in Form eines Schriftzugs – *Love Hurts.*

Meiner Meinung nach war die besondere Mischung der vier Arten das Zünglein auf der Waage, der ausschlaggebende Grund, weswegen die Band in solch einem Erfolg badete. Mit der Meinung stand ich aber alleine da. Meine Freundinnen wie auch Emma schrieben das einzig und allein Tatum zu, der jegliche Rockstar-Attitüden auslebte, die man kannte. Verteufelt gutes Aussehen, düster, wortkarg. Mit einem Faible für Partys und Exzesse. Und für Frauen. Wobei sie alle keine Unschuldslämmer waren.

Seufzend fuhr ich den Computer runter. Über irgendwelche Eskapaden mit der Band musste ich mir sowieso keine Gedanken machen. Solange sie mir mein Gehalt bezahlten, war es für mich aus ethischen Gründen nicht vertretbar, persönliche Beziehungen mit ihnen einzugehen.

***

**Evan**

Ich schmiss die Reisetasche aufs Bett und trat ans Fenster. Vor mir erstreckte sich die Skyline von Berlin. Egal wie oft wir hier schon gespielt hatten, es war jedes Mal wieder ein elektrisierendes Gefühl, zurück in die pulsierende Hauptstadt zu kommen. Der Start einer halbjährigen Tournee in einer Metropole, die wir nach zwanzig Jahren bereits so verflucht gut kannten wie unsere Westentasche.

Doch diese Tour würde eine besondere werden, denn es war unsere vorerst letzte. Wir waren müde. Alle. Seit zwanzig Jahren wechselten wir Tourleben gegen Studioleben gegen Tourleben gegen Studioleben. Ich besaß noch nicht mal eine eigene Bleibe, mein Zeug lagerte seit Jahren bei einem Kumpel ein.

Niemand außer uns und der Tourfamilie wusste, dass wir uns auf unbestimmte Zeit eine Auszeit nehmen würden. Wir wollten die Tournee noch einmal in Ruhe spielen, bevor die Bombe hochging und wir damit vermutlich einige Herzen brachen. Außerdem hatten wir vor, bereits vor der Bekanntgabe unserer Auszeit aus der Schusslinie zu sein und erst mal unterzutauchen.

Die Vorbereitungen für mein *Versteck* hatte ich abgeschlossen, ehe wir hierher aufgebrochen waren: zwölf Monate kanadische Wälder. Eine Blockhütte. Und ich! Mann, hatte ich da Bock drauf.

Endlich mal nicht von massig Leuten umschwärmt werden, keine lästigen Interviews, keine Autogramme, keine Fans, keine Studiobosse, aber dafür ein Bett, das wirklich mir gehörte genauso wie jede Menge an Zeit, die ich mir frei einteilen konnte. Und Ruhe. Absolute, tiefe, einlullende Ruhe. Ich. War. So. Was. Von. Bereit. Und nichts und niemand würde mich davon abhalten, für ein paar Monate meines Lebens genau der einsame Wolf zu sein, der ich eigentlich war.

Die Hotelzimmertür schwang auf und donnerte mit Karacho gegen die Wand. »Hey, Van, lies dir mal diesen verfluchten Scheiß durch.«

Ich zuckte erschrocken zusammen und drehte mich um. »Wen hast du jetzt schon wieder bestochen, um an meine Zimmerkarte zu kommen?«

»Niemand … ich hab unterwegs nur der Reinigungskraft ein Autogramm gegeben.«

Ich rollte fassungslos mit den Augen. »Echt jetzt?«

»Reg dich ab, Prinzessin. Sie bekommt ihre Universalkarte ja wieder.« Er grinste schief und warf mir sein Handy zu. »Und jetzt lies endlich«, erwiderte Bare drängelnd, schloss die Tür hinter sich und raufte sich seine Surfermähne.

Ich schnaubte. Dieser Kerl kostete mich echt mal noch meinen Verstand. Sein Glück, dass er seit über sechzig Jahren mein bester Kumpel war, sonst hätte ich ihm schon längst den Kopf abgerissen. Ergeben starrte ich auf die Homepage irgendeiner online Klatschschmonzette. Eine Frau war auf der Frontseite abgebildet. In einem kurzen Kleid, nackten Füßen und mit langen Haaren. Ein California-Girl, genau sein Beuteschema. Nur dass die Lady schwanger war und ihre Hände unter ihrer ausladenden Kugel bettete. Die Schlagzeile lautete: *Unter meinem Herzen trage ich das Baby von Bare Slater!*

Stirnrunzelnd blickte ich auf. »Kennst du sie?«

»Ja.«

»Bei allen Monden, Dude! Wenn du keinen Nachwuchs willst, pack ihn halt ein!«

»Er war eingepackt, verflucht noch mal.« Bare räusperte sich. »Denk ich zumindest.«

»Was?«, fragte ich irritiert.

»Ich war zugedröhnt.«

Ich schloss kurz die Augen und schüttelte den Kopf. Bare und die Weiber waren eine Geschichte, die ein Buch mit Tausenden von Seiten füllen konnte. Okay – keiner aus der Band wusch seine Hände in Unschuld, doch während wir anderen drei uns einigermaßen zurückhielten, kostete Bare seinen Status als Berühmtheit dafür doppelt und dreifach aus.

»Weiß Hal schon davon?«

»Keine Ahnung. Hab den Big Boss noch nicht gesehen.«

»Dann war die Lady vielleicht nicht beim Anwalt. Was wiederum bedeuten kann, dass sie lügt. Wäre nicht die Erste, die versucht dir oder einem von uns etwas anzuhängen.«

»Oder sie lügt nicht und möchte einfach keine Ansprüche stellen.«

»Never. Jemand, der seine Story an so ein Online-Magazin verkauft, tut das aus einem ganz bestimmten Grund. Geld, Aufmerksamkeit, was auch immer. Du musst mit Hal drüber reden, der muss die Presse informieren und unsere Anwälte.«

Bare schmiss sich auf mein Bett. »Fuck. Da hab ich ja Bock drauf.«

»Wenn die Lady wirklich dein Kind austrägt, wirst du dich um mehr kümmern müssen als um ein Gespräch mit Hal.« Ich gab ihm das Handy zurück. »Würdest du sie heiraten?«

»Spinnst du? Ich hatte eine Nacht Sex mit ihr, an den ich mich kaum noch erinnere. Das ist ein bisschen dünn für eine Heirat. Außerdem – jetzt, wo der Bindungszauber aufgehoben wurde, werde ich mein Leben sicher nicht freiwillig in ein Korsett drängen.«

»Aha«, brummte ich. In diesem Punkt unterschieden wir uns wie Tag und Nacht. Mir war es egal, dass der Bindungszauber aufgehoben worden war. Ich strebte nämlich genau das an – eine Bindung zu meiner Seelenpartnerin. Zu meiner Liebe meines Lebens. So eine Liebe, die meine Eltern selbst heute noch verband, auch ohne Zauber. Und das konnte nur eine Wölfin sein. Jemand, der einen verstand, der genau das spürte, was in einem vorging, wenn man sich verwandelte, wenn man rannte, wenn man wirklich sich selbst war ...

»Egal, das kann warten.« Bare sprang vom Bett auf. »Gehst du mit on Tour? Berlin unsicher machen?«

»Zwanzig Minuten.«

»Alles klar.« Bare klopfte gegen den Türrahmen und rauschte aus dem Zimmer.

Ich zog mich aus und duschte schnell. Der zwölfstündige Flug in unserem Privatjet war zwar weit entfernt davon gewesen, anstrengend zu sein, aber der Jetlag steckte mir trotzdem in den Gliedern. Und den wollte ich so schnell wie möglich abschütteln. Ich föhnte mir die Haare und band sie zusammen. Den Bart ließ ich stehen. Mir gefiel der Vollbart und ich hatte mir vorgenommen ihn während meiner Auszeit in Kanada überhaupt nicht zu stutzen. Ich warf mich in Jeans und Longsleeve, stieg in meine Boots und griff nach meiner Jacke, bereit, Berlin zu rocken.

***

Der Boden wankte. Die Wände schlingerten. Zur Hölle, so einen hatte ich schon lange nicht mehr sitzen. Ich schlurfte zu meinem Zimmer und zog die Türkarte aus meiner Jeans. Die anderen feierten noch, aber ich hatte mein Limit absolut erreicht. Zu schnell zu viel Jägermeister – den trank ich immer, wenn wir in Deutschland waren. Und jedes Mal wieder schwor ich mir, es das nächste Mal nicht zu übertreiben. Ein Schwur, bei dem ich offensichtlich noch einiges an Übung benötigte.

Ich versuchte die Karte in den Schlitz zu stecken, verfehlte ihn aber. Wieder. Und wieder. Und ... wieder. Es dauerte einige Anläufe, bis ich sie endlich drin hatte. Erleichtert stieß ich ein Seufzen aus. Ich hatte echt keinen Bock, runter zur Rezeption zu müssen und einen Mitarbeiter zu bemühen, mir die Tür zu öffnen. Das Hotel lag zwar in Nachtschwärmerhand, war also nicht für Menschen zugänglich und zudem ein Stammhotel der Band, trotzdem war ich im angetrunkenen Zustand nicht so gern auf Hilfe angewiesen. Mir fiel dann nämlich immer nur Blödsinn ein, den ich mit den Mitarbeitern verzapfte. Wenn ich nicht plötzlich lauthals anfing zu singen.

Kraftvoll drückte ich die Klinke herunter, doch nichts passierte. »Was, verflucht?« Irritiert starrte ich auf das rote Lämpchen. *Ah, verdammt, falsch herum reingesteckt.* Gleiches Spiel von vorn. Ich zog die Karte heraus, drehte sie um und versuchte sie wieder in den Schlitz zu schieben. Dabei rüttelte ich ungeduldig am Griff.

Endlich flutschte sie rein. Erleichtert lehnte ich mich mit der Stirn voran gegen das dunkel lasierte Holz. Es drehte sich alles in meinem Kopf. Wenn ich jetzt nicht endlich in dieses Scheißzimmer kam, würde ich mich eben hier auf den Boden legen und pennen. Die Tür vor meiner Nase glitt plötzlich auf. Steif wie ein Bügelbrett fiel ich nach vorn, direkt auf etwas Weiches und verflucht Gutriechendes.

»Aaah, aua!«, zeterte es wild und mein verwirrter Blick fokussierte sich auf ein winziges Gesicht unter mir. Mit den unglaublichsten Augen, die ich je gesehen hatte.

»Wahnsinn«, raunte ich. »Silber und Gold.« Es flackerte kurz silbern darin auf. *Eine Vampirin.*

»Du ... Idiot zerdrückst ... mich«, zischte die Frau unter mir im kläglichen Versuch, mich von sich zu schieben.

Ich rollte mich augenblicklich von ihr runter, packte sie aber an den Armen und zog sie mit mir, sodass sie nun auf mir lag. Unsere

Gesichter trennten nur wenige Millimeter. Ich musste schielen. Dachte ich zumindest, da ich sie nun doppelt sah. Konnte auch am Alkohol liegen.

Schwungvoll befreite sie sich aus meinem Griff und setzte sich auf. Ihre langen blonden Haare fielen ihr über ihre nackten milchigen Schultern. Sie trug nichts außer einem Badetuch, das sich gerade im Begriff war, am Knoten über ihren Brüsten zu lösen. Was die Schöne auf mir nicht mitzubekommen schien. Mein Freund, auf dem sie es sich gemütlich gemacht hatte, jedoch schon.

Wie verrückt schlug sie auf meinen Oberkörper ein. »Sag mal, geht's dir noch zu gut? Was machst du dich an meiner Tür zu schaffen, du perverses Arsch–« Sie stoppte und ihr wilder, roher Blick verwandelte sich in pures Entsetzen. »Scheiße!«

Ich schluckte hart. Das Handtuch verabschiedete sich von ihrem Körper und die wilde Schöne saß plötzlich rittlings in völliger Nacktheit da. In meiner Lendengegend schwoll der Star der unteren Region zu seiner vollen Größe an und begann seine ganz eigene Party zu feiern.

»Du bist der Leadsänger!«, hauchte sie.

»Mhm«, brummte ich. Der Wirbel in meinem Kopf verzog sich schlagartig. Mit einer unheimlichen Klarheit genoss ich den Ausblick auf wunderschön geformte Brüste, einen flachen Bauch und kurz rasierte blonde Haare, die den Himmel auf Erden bedeckten. Ich stöhnte. Laut. Unbändig. Wie ein Wolf. Wie ein Mann, der sich in einer Frau vergraben wollte. Tief. Und hart.

Die Schönheit stieß einen schrillen Ton aus. »Ist das ...?«, fragte sie und deutete nach unten.

Ich räusperte mich. Mehrmals. Verflucht noch mal. Ich musste ihr endlich sagen, dass sie ihr Handtuch verloren hatte. Und vor allem sollte ich dafür sorgen, dass sie von mir herunterstieg, denn es dauerte nicht mehr lange und ich würde explodieren. Stattdessen murmelte ich: »Bock, uns näher kennenzulernen?«

»Was?« Ungläubig riss sie die Augen auf, während ich meine umgehend schloss. *Reiß dich jetzt mal am Riemen, Van. Diese Frau ist weder dein Fan noch ansatzweise glücklich, dass du in ihr Zimmer eindringen wolltest.*

Blind tastete ich nach dem Badetuch. »Zieh das über. Schnell! Und bevor ich meine Augen wieder geöffnet habe. Sonst garantier ich für nichts.«

Sie keuchte auf und riss mir das Badetuch aus der Hand. Ich wartete ein paar Sekunden, packte sie dann an den Hüften und stand mit ihr gemeinsam auf. Als ich die Augen wieder aufschlug, hatte sie die Hände in die Hüften gestemmt und funkelte mich mit fassungslosem und ziemlich angepisstem Blick an.

Ich musste mir das Grinsen verkneifen. Sie war einen Kopf kleiner als ich und bestimmt nur die Hälfte von mir. Es grenzte an ein Wunder, dass ich sie nicht plattgewalzt hatte. Vor allem war sie wütend verflucht bezaubernd und nicht annähernd Furcht einflößend, auch wenn sie wohl gerade versuchte mit ihrem Blick Blitze abzuschießen. Ein Bataillon an Blitzen.

»Hab wohl das falsche Zimmer erwischt«, nuschelte ich.

Sie schnalzte missbilligend mit der Zunge. »Was du nicht sagst. Und eine Entschuldigung ist da nicht drin?«

*Entschuldigung?* »Schöne, ich werde mich ganz sicher nicht dafür entschuldigen, auf so einem wahnsinns Körper gelegen zu haben. Aber wenn du darauf bestehst, fällt mir etwas Besseres ein, wie ich Abbitte leisten könnte.« Ich trat ein Stück näher und grinste nun doch.

»Wenn die so plump ist wie dein Überfall eben, verzichte ich liebend gerne auf Abbitte. Und jetzt zieh Leine. Ich hab morgen meinen ersten Arbeitstag und möchte ausgeschlafen sein.«

»Ich kann dir eine Entschuldigung schreiben.«

Sie lachte trocken auf. »Du hast keinen Schimmer, wie ironisch das ist.«

»Dann klär mich auf.«

»Nicht mein Job.« Sie ging zur Tür, die von alleine zugefallen war, und öffnete sie. »Gute Nacht, Mister Vega.«

*Mister Vega?* Sie schien tatsächlich zu wissen, wer ich war. Ein ungutes Gefühl beschlich mich. Hoffentlich war sie keine der Reporterinnen, der wir morgen zum Tourauftakt eines der unzähligen Interviews gaben. Ihr Akzent war eindeutig deutscher Natur.

Ich schnappte mir die Karte und beugte mich zu der Schönen hinab. »Gute Nacht, Miss ...?«

»Nicht interessiert«, antwortete sie und schob mich zur Tür raus, ehe sie diese laut ins Türschloss knallte.

Leise lachend schlenderte ich davon. Mein Jägermeister-Ich fand diese Szene urkomisch. Mein ernstes Wolf-Ich, das unterschwellig bereits murrte, würde mir morgen dafür jedoch den Kopf abreißen.

# Zwei

**Julie**

Zitternd und mit verdammt weichen Knien starrte ich das Türblatt nieder. Evan Vega hatte mich nackt gesehen! Evan. Vega. Mich! Und als wäre das nicht schlimm genug, hatte ich auf ihm gesessen, als wollte ich ihn reiten.

»Oooh«, jammerte ich. Konnte die erste Begegnung mit einem seiner Auftraggeber noch peinlicher ausfallen? »Vielleicht erinnert er sich gar nicht mehr an mein Gesicht«, flüsterte ich mir ermutigend zu. »Vielleicht –« *Oh, nein!* Entsetzt schlug ich mir die Hände auf die Brust. Evan hatte meine Augen gesehen! Meine Kontaktlinsen lagen sicher verwahrt in der Aufbewahrungslösung. Ich nahm sie jeden Abend vor dem Schlafengehen raus. Natürlich auch heute. Wer konnte denn ahnen, dass ich ausgerechnet jetzt noch jemandem begegnen würde?

Unruhig lief ich im Zimmer auf und ab. Das war eine Katastrophe. Keiner durfte von meinen unterschiedlichen Augenfarben erfahren. Es war das bestgehütete Geheimnis in meiner Familie. Bunte Augenfarben waren wirklich nichts Außergewöhnliches – es gab silberne, lilane, türkise … aber niemals goldene und niemals zwei unterschiedlich farbige.

Aus Respekt vor dem Rat wollten meine Eltern es geheim halten. Nicht dass der deutsche Nachtschwärmerrat von solchen hinterlistigen und Furcht einflößenden Idioten wie dem ehemaligen amerikanischen Rat geführt wurde. Aber Rat blieb Rat. Er bewilligte und erließ die Gesetze, nach denen wir zu leben hatten. Und alles, was nicht den Regeln des Reglements – dem Handbuch der Nachtschwärmer – oder unserer durch den Rat vorgegebenen *Norm* entsprach, wurde akribisch untersucht.

Und genau das war die Furcht meiner Eltern gewesen. Kontinuierlich vom Rat überwacht, gegebenenfalls Tests und Untersuchungen in beständiger Wiederkehr unterzogen zu werden, all das hatten und wollten sie mir ersparen. Ich sollte als eine gewöhnliche Vampirin aufwachsen. Ich *war* als eine gewöhnliche Vampirin aufgewachsen! Zu gewöhnlich, als dass ein Kerl wie Evan Vega bei meinem Anblick scharf wurde. Lag also vermutlich am Alkohol. Oder an meinen Augen.

Ich schüttelte den Kopf. Was dachte ich denn da für einen Blödsinn? War echt total Banane, weswegen er einen Steifen bekommen hatte. Viel wichtiger war die Frage, wie ich ihm verklickern sollte, dass er niemandem sagen durfte, was er gesehen hatte! Ich rannte zur Tür, riss sie auf und schaute den Gang hinunter. Von Evan war keine Spur zu entdecken. Mist!

Na schön. Dann musste ich ihn mir eben morgen beim Meeting zur Brust nehmen. Wie auch immer das gehen sollte. So eine große Klappe wie eben hatte ich sonst nicht. Emma wäre stolz auf mich. *Emma* … ich sollte sie anrufen und ihr davon erzählen. Ich kramte mein Handy aus der Tasche und wählte ihre Nummer.

»Hey, Em. Du wirst nicht glauben, was mir gerade passiert ist«, begann ich das Gespräch, nachdem sie abgenommen hatte. In knappen Worten erzählte ich ihr von meiner Begegnung mit dem Leadsänger der Whistleblower. Es dauerte geschlagene fünf Minuten, bis sich meine Schwester vom Lachflash erholt hatte.

»Als ich meinte, du sollst aus dir rausgehen, meinte ich nicht, du sollst anderes herauslocken«, sagte sie kichernd.

»Haha. Sehr witzig«, maulte ich.

»Das ist eine mega Story. Ich freu mich schon auf die Gesichter von Steffi und Jana, wenn ich ihnen davon erzähle.«

»Mann, Emma! Er hat meine richtigen Augenfarben gesehen.« *Und mich nackt …*

»Ach, mach dir keinen Kopf. Daran erinnert der sich doch nicht mehr.«

»Mir wär's lieber, wenn er sich komplett nicht mehr an mich erinnert. Wäre ich keine Vampirin, würden mir jetzt schon meine Wangen brennen. Vorglühen, sozusagen, auf das unvermeidbare Treffen morgen.«

Emma giggelte. »Ich hab so das Gefühl, Schwesterchen, das halbe Jahr wird die Erinnerung deines Lebens werden. Das fängt schon sooo abgefahren an! Rocking Whistleblower und du!«

Ich schnaubte. Ein bisschen mehr Mitgefühl hatte ich mir eigentlich schon erhofft. »Ich werde dich über *Whistleblower Julie* auf dem Laufenden halten.«

»Ich wäre beleidigt, wenn nicht. Hab dich lieb, Jules.«

»Ich dich auch, Em.«

Wir legten auf und erschlagen fiel ich rücklings auf die Matratze. *Whistleblower Julie!* Oh, Mann ...

***

Das Frühstück nahm ich auf meinem Zimmer ein. Zu groß war meine Furcht, dass Evan Vega mich vor versammelter Mannschaft auflaufen lassen würde. Die halbe Nacht hatte ich mir mit einem wilden Gedankenchaos um die Ohren geschlagen, mehr noch mit Bildern, die ich sicher nie wieder aus meinem Kopf bekam. Sein süffisantes Grinsen. Sein glasiger, aber eindeutiger Blick aus seinen warmen braunen Augen ...

Ich begutachtete mich im Spiegel. Heute war mein erster Arbeitstag. Ich sollte nach dem Meeting sofort loslegen und die Jungs bei ihrem Interview-Marathon begleiten. Deswegen trug ich mein obligatorisches Leggins/Rollkragen/Schläppchen-Outfit. Meine Haare hatte ich zu einem strengen, hohen Zopf zusammengebunden. Das Wichtigste, meine Spiegelreflexkamera von Nikon im Wert von schlappen zwanzigtausend Euro, legte ich mir schräg um den Oberkörper. Sie war mein wertvollster Besitz, an dem ich noch einige Jahre abzuzahlen hatte.

Mit weichen Knien verließ ich das Zimmer. Das Meeting fand im Konferenzraum statt und bisher hatte ich nur mit dem Manager der Band, Hal Winters, zu tun gehabt. Und das auch nur telefonisch. Er war ein Elf, ein ziemlich resoluter, was absolut okay für mich war. Ich mochte klare Ansagen und konnte mit Wischiwaschi-Geschwafel sowieso nichts anfangen. Zwei weitere Tage blieben wir hier im Hotel, bevor es in den Tourbussen weiter durch Deutschland ging. Hoffentlich musste ich mir den Bus nicht mit irgendwelchen Idioten teilen. Und hoffentlich waren die Tourmitglieder in Ordnung.

Ich nahm die Treppe statt des Aufzugs. Nicht weil ich befürchtete mit Evan in einer Kabine zu landen, sondern weil ich Aufzüge hasste. Genauso wie enge, kleine Räume, besonders ohne Fluchtweg. Hätte ich mich materialisieren können wie mein Vater, wäre meine Beklemmungsangst sicher nicht so schlimm. Aber ich konnte nur Gedanken manipulieren, was mir ehrlich gesagt noch nie viel gebracht hatte. Vermutlich weil ich viel zu anständig war, um meine Gabe gegen jemanden einzusetzen, selbst wenn es nicht verboten wäre, seine Kräfte anzuwenden.

Eilig wirbelte ich vom Treppenhaus in die Eingangshalle und stieß prompt mit jemandem zusammen.

»Langsam, Babe, wen auch immer du treffen magst, du bist es wert, dass man auf dich wartet.« Ein aufrichtiges Lächeln umspielte die Lippen von Tatum Emery, dem Vampir und Gitarristen der Band. *Mr Macho,* der so nah, live und in Farbe noch Welten besser aussah als auf den Fotos. Seine Augen flackerten kurz silbern auf. Das ultimative Erkennungszeichen unter den Nachtschwärmern. Ein kurzes Glimmern in den Augen, wenn sich zwei Nachtschwärmer ansahen. Jeder Glimmer unterschied sich in der Farbe der verschiedenen Arten. Silber für die Vampire. Grün für die Kobolde, Rot für die Hexen, Gelb für die Werwölfe, Rosa für die Feen und Elfen und Blau für die Gestaltwandler.

Tatum gab mich frei, die Augen schimmerten wieder in einem tiefen Bordeauxrot.

»Danke«, entgegnete ich und hielt krampfhaft meine Kamera fest. Bei allen Monden, zum Glück war ihr nichts passiert!

»Jederzeit!« Er zwinkerte mir zu und hielt mir die Hand entgegen. »Tate.«

»Julie Schroeder.«

»So, Julie Schroeder, wohin musst du denn so eilig? Ich geleite dich gern dahin.«

»Sehr charmant. Und dein Glück, denn ich schätze, wir haben den gleichen Weg.«

»Ist das so?« Er hob eine Braue und das sah echt strange aus.

Ich lachte und deutete den Gang runter. »Konferenzsaal.«

»Oh, oh. Das zerstört meine Träume. Von mir und dir und ... egal. Bist du tatsächlich eine Newssaugerin?«, fragte er und wir liefen los.

»Newssaugerin? Was ist denn das für ein irres Wort? Und ist es mit irgendetwas kompatibel?«

»Jap. Mit zerplatzten Träumen.« Jetzt hob sich sein Mundwinkel und er wackelte mit der strangen Braue.

Ein weiterer Lachflash schüttelte mich durch. Wer hätte gedacht, dass der allseits düstere Tatum Emery so lustig war?

»*Newssaugerin* ist mir gerade eingefallen. Ich finde den Ausdruck überaus passend, wenn du dich als Reporterin entpuppst.«

»Ach so!« Ich rieb mir die Lachtränchen aus den Augen. »Keine Sorge, das bin ich nicht.«

»Jetzt bin ich aber gespannt ... und meine Hoffnung erst.« Er gab mir den Vortritt in den Raum und schlüpfte umgehend hinterher.

Noch ehe ich etwas sagen konnte, crashte es übel in meinem Bauch. Evan stand inmitten einer Gruppe und sah mich direkt an. Als hätte er mich bereits erwartet. Sein Gesicht war wie eine kühle

Maske, die Augen zu Schlitzen, der Mund zu einer harten Linie verzogen.

»Ah, da sind Sie ja!«, rief es plötzlich und ein Mann im Anzug – durchschnittliche Größe, schlanke Figur, sauber gescheitelte dunkelblonde Haare – löste sich aus der Mitte und kam auf mich zugelaufen. Er streckte bereits die Hand nach mir aus, die ich kurz und kräftig schüttelte. »Miss Schroeder, schön, dass wir uns endlich persönlich kennenlernen.«

Ah! Der Manager der Band und meine bisher einzige Kontaktperson. »Mr Winters, die Freude ist ganz meinerseits.«

Er lächelte mich mit einem Tausend-Watt-Strahlen an und ehrlich gesagt war ich ein bisschen von seiner Schönheit geblendet. Elfen konnten sich wahrlich glückliche Geschöpfe schimpfen. Und das sollte schon etwas bedeuten, denn immerhin stand dieser unglaubliche Vampir neben mir, der das Szenario mindestens genauso interessiert beobachtete wie Evan.

»Sind Sie gut angekommen? Ist alles mit Ihrem Zimmer in Ordnung? Falls nicht, lassen Sie es mich jederzeit wissen! Es gibt nichts, was ich nicht regeln kann.«

»Danke, das ist sehr nett von Ihnen. Es ist alles wunderbar. Ich habe nichts zu beanstanden.« Wenn man von ungebetenen nächtlichen Gästen mal absah.

»Großartig!« Mr Winters klatschte in die Hände. »Legen wir los. Die Interviews beginnen gleich, wir müssen uns an den Zeitplan halten.«

Lautes Gemurmel flutete den Raum und erst da bemerkte ich, dass sich vermutlich jedes Mitglied der Tourband vom Manager bis zum Flaschenträger hier versammelt hatte. Stühle wurden zurechtgerückt, die in Reihen im Saal standen, und es dauerte einen Moment, bis Ruhe einkehrte. Ich fiel gleich auf die erstbeste Sitzgelegenheit, neben der es sich Tatum gemütlich machte.

»Und die Spannung steigt«, flüsterte er mir ins Ohr, was ich mit einem Zwinkern beantwortete.

Was für ein Glück, dass ich eben mit ihm zusammengerasselt war. Seine lockere Art dämpfte meine Nervosität immens ab. Aus dem Augenwinkel schaute ich zu Evan rüber, der in der gleichen Reihe ein paar Stühle rechts von uns saß. Er hatte die Arme vor der Brust verschränkt und starrte mich unverhohlen an.

***

**Evan**

Der Klang ihrer Stimme hallte immer noch in mir nach. Er war melodisch und leicht. Ganz anders als bei unserer Begegnung heute Nacht. Und das nervte mich extrem. Besonders weil ausgerechnet Tate das in ihr auslöste. Er war der offizielle Womanizer der Band, da er diese Rockstar-Pose bis in seine Fangzähne verkörperte. Was mir bisher nie was ausgemacht hatte. Wir alle bekamen genug vom gigantischen Starkuchen ab, Eifersucht war wirklich nicht angebracht. Doch sie ... die wilde Schöne, die ohne Alkoholschleier noch weitaus hübscher aussah, als ich sie in Erinnerung hatte, löste in mir den Wunsch aus, derjenige zu sein, der sie zum Lachen brachte.

»Bevor wir zu den üblichen Tourregeln kommen, stelle ich euch ein neues Mitglied in der Familie vor. Wie ihr wisst, mussten wir Leo leider ziehen lassen, weil er ein Sabbatjahrzehnt einlegt. Deswegen habe ich im letzten halben Jahr nach einem neuen Bandfotografen gesucht und mich für Miss Julie Schroeder entschieden. Miss Schroeder ist gebürtige Deutsche und wird uns ab sofort begleiten. Heißen wir sie willkommen.«

Applaus setzte ein, während die Schöne kurz aufstand und in die Menge winkte. Ich klatschte nicht mit. Ich wusste einfach nicht, was ich davon halten sollte, dass Julie uns nun Tag und Nacht an den Fersen klebte. Mit Leo war das kein Problem gewesen. Er war wie ein fünftes Bandmitglied und sein Abschied in den Sabbaturlaub konnten wir nur deswegen gut verkraften, da sowieso die Auszeit der Band anstand. Von der er nichts wusste. Denn ich war mir sicher, wenn er es gewusst hätte, hätte Leo seinen eigenen Abschied verschoben. Aber tatsächlich war es seine Kündigung gewesen, die unseren Wunsch nach einer Pause ins Rollen gebracht und letztlich gefestigt hatte.

»Ein paar Worte, Miss Schroeder?«

»Sicher«, sagte sie, stellte sich neben Hal und zupfte dabei an ihrem Ohrläppchen herum. Ganz offensichtlich war Miss Schroeder aufgeregt, was man auch im Klang ihrer Stimme raushörte.

»Zunächst mal freue ich mich, diesen Job ergattert zu haben und von nun an Teil dieser tollen Truppe zu sein. Ich bin riesig gespannt auf die Tour und auf euch alle. Zu mir gibt es nicht so viel zu sagen. Ich bin achtundzwanzig Jahre jung und hab mich vor fünf Jahren als Fotografin selbstständig gemacht. Meine Arbeiten kann man im Netz auf meiner Homepage betrachten. Das war's schon.«

»Familienstand?«, rief Raider, einer der Rowdys, und Uh-Rufe wurden laut.

»Professionell«, erwiderte sie lächelnd und setzte sich wieder.

Einige lachten. »Tja, Raider, du musst deinen Charme woanders verschießen.«

*Besser wär's*, dachte ich.

»Das ist ein guter Einstieg in meine übliche Predigt«, sagte Hal und legte seinen ernsten Vaterblick auf. »Ihr seid alle erwachsen und wie für jede Tour wünsche ich, dass ihr eure Beziehungen untereinander auf einem streitfreien, coolen Level haltet. Die Tour wird anstrengend und wir können keine Beziehungsdramen brauchen. Am allerwenigsten negative Schlagzeilen.«

Ich schaute über die Schulter nach hinten zu Bare, der genervt die Augen verdrehte. Hal bekam hundertpro einen Tobsuchtsanfall, wenn er ihn endlich über die schwangere Lady einweihte. Ich fischte mein Smartphone aus der Hosentasche und suchte nach der Homepage der Fotografin. Den Vortrag von Hal blendete ich aus. Bereits nach zwei Tourneen hatte ich ihn verinnerlicht wie vermutlich jeder hier, aber da immer mal wieder Tourmitglieder wechselten, musste er ihn eben halten.

*Julie Schroeder Fotografie* stand in schlichten Lettern auf dem Display. Ich scrollte weiter und besah mir ihre Werke. Sie waren gut. Sehr gut sogar. Der Blickwinkel, in dem sie ihre Bilder schoss, war einzigartig, die Details, die sie hervorhob, auch. Es war, als würde sie in die Seele ihrer Kunden sehen. Als würde sie einfangen, was in diesem Moment wichtig war. In den Augen und der entspannten Haltung der Porträts der Leute erkannte man, dass sie ihr vertrauten. Die schwarz-weißen Bilder wirkten dabei am intensivsten.

Ich war wirklich überrascht. Meiner Meinung nach war Leo der beste Fotograf, den es gab. Er arbeitete nicht nur für unsere Band, sondern lichtete auch andere Größen ab. Doch das was ich hier sah, kam an seine Arbeit nah ran. Sehr nah. Noch ein paar Jahre und Julie konnte sich als Fotografin einen respektablen Namen machen.

Ich öffnete ihre Vita, die nicht viel preisgab. Alter, Ausbildung, Fortbildung, wo sie zuletzt gearbeitet hatte. Das Foto allerdings … Ich zoomte ihr Gesicht größer und besah mir ihre Augen. Graublau. Genauso wie jetzt. Ich war mir sicher … Hatte mich der Alkohol tatsächlich derart ausgetrickst? *Silber und Gold.*

Stühlerücken und laute Gespräche holten mich zurück. Die Standpredigt war beendet.

»Die Band und Miss Schroeder bitte zu mir.« Hal winkte uns zu sich. »Miss Schroeder, ich möchte Ihnen die Whistleblower noch persönlich vorstellen. Tatum haben Sie ja schon kennengelernt.«

»Was niemanden hier wundert«, meinte Charlie und grinste. »Hi, ich bin Charlie.«

»Hey.«

»Schöne Frauen kann man eben nicht übersehen«, entgegnete Tatum und zwinkerte ihr charmant zu.

Sie lachte kurz auf, während ich mir überlegte, wie ich Tate unbemerkt eine verpassen konnte, was sich in dieser Runde leider als nicht durchführbar entpuppte. Einer nach dem anderen stellte sich ihr vor. Als ich an der Reihe war, streckte ich keine Hand aus und brummte: »Evan.«

Julie nickte. Hal rollte über meine Unhöflichkeit die Augen und Bare verpasste mir einen Schlag auf den Oberarm. »Entschuldige den Bandleader, er weiß immer noch nicht, wie man mit Ladys umgeht.«

»Wenigstens du weißt es«, konterte ich spröde, was er mit einem lächelnden *Du Arsch* quittierte. »Bevor wir mit den Interviews beginnen, sollte Hal Bescheid wissen, oder?«, brachte ich die Sache auf den Punkt.

Bare seufzte.

Hal riss alarmiert die Augen auf. »Bei allen Monden, können wir einmal eine Tour starten, die nicht mit einem Skandal beginnt?«

»Nope«, erwiderte Charlie.

»Dann geh ich mal an die Arbeit.« Julie machte auf dem Absatz kehrt.

»Einen Moment, Miss Schroeder. Sie benötigen noch Ihren Ausweis, den Sie bitte immer bei sich tragen. Evan soll Sie zu Marie begleiten. Sie weiß Bescheid«, hielt Hal sie auf.

*Ja, danke. Ich bekomm's natürlich gleich heimgezahlt.* »Hier lang«, sagte ich mit deutlicher Missbilligung in der Stimme und deutete zum Saal raus. Innerlich schüttelte ich den Kopf über mich selbst. Ich verstand gerade selbst nicht, warum ich mich wie ein Idiot aufführte. Die Sache heute Nacht war mit klarem Verstand zwar nicht mehr halb so witzig, aber jetzt, wo ich wusste, dass sie keine Reporterin war, auch nicht weiter tragisch.

Und ja, sie war wunderschön und sie hatte sich richtig verhalten, was ihr Sympathiepunkte einbrachte, trotzdem war sie tabu. Nicht nur weil ich nicht wusste, ob sie überhaupt vergeben war, beziehungsweise sie deutlich gemacht hatte, dass sie nichts mit einem der Tourmitglieder anfing, was ich selbst begrüßte und woran ich mich mittlerweile ebenso strikt hielt – das eigentliche Problem stellte ihre Art dar. Sie war keine Wölfin. Für ein paar nette Stunden ging mir dieser Fakt zwar am Allerwertesten vorbei, für eine richtige Bindung war mir die Nachtschwärmerart aber wichtig. Ja, es stellte sogar die Voraussetzung schlechthin für mich dar.

Und diese Frau, die nun neben mir mit hocherhobenem Kopf zu Marie stapfte, war keine Frau für ein paar Stunden. Noch nicht mal für eine lockere Affäre. Und das musste ich Tatum begreiflich machen. Auch wenn es mich nichts anging und ich mich grundsätzlich nicht in die Beziehungsgeschichten meiner Bandbrüder einmischte. Wo auch immer dieser komische Beschützerinstinkt Miss Schroeder gegenüber herkam, er war ziemlich ausgeprägt und aus Erfahrung wusste ich, dass ich keine Ruhe fand, wenn ich dem nicht nachging.

Ich griff nach ihrem Arm und zog sie schnell in einen der leer stehenden Räume. Das, was ich ihr zu sagen hatte, musste kein anderer Nachtschwärmer mitbekommen. Was sich immer als etwas problematisch herausstellte, wenn man von Werwölfen und Vampiren umringt war, weil sie aufgrund ihres fein definierten Gehörs sogar Herzschläge hören konnten. Da die Zimmer in diesem Hotel schallisoliert waren, konnte man sich zumindest bei geschlossener Tür auf Privatsphäre verlassen.

Nun ja. Außer ein Vampir mit der Fähigkeit *Unsichtbarkeit* würde einem im Nacken kleben ... Davon ging ich jetzt aber mal nicht aus.

»Wo ist Marie?«, fragte Julie und sah sich um.

»Nicht hier. Hör mal, wir müssen reden. Wegen –«

Julie hob die Hand. »Lass es gut sein. Es ist nichts passiert. Du hast dich im Zimmer geirrt, das war alles.«

Sie starrte auf irgendeinen Punkt hinter mir, anstatt mich anzusehen, was mich nervte. Zum einen, weil es ihre Aussage widerlegte, dass alles gut wäre, und zum anderen, weil ich ihr mal richtig in die

Augen schauen wollte, um mich zu vergewissern, ob der Alkohol mir einen Streich gespielt hatte oder nicht.

»Na gut, Schöne. Zwei Dinge! Mein Benehmen von heute Nacht tut mir leid. Ich hatte echt heftig einen sitzen. Zudem bitte ich dich, nicht mit Tatum zu schlafen oder sonst einem aus der Tourfamilie. Und es wäre besser, wenn wir uns aus dem Weg gehen.«

»Das waren drei Punkte«, zischte sie, rückte ein Stück näher und legte den Kopf in den Nacken, um zu mir aufzusehen. »Deine Entschuldigung nehme ich an, aber es geht dich einen Scheiß an, ob und mit wem ich ins Bett steige.«

Ich senkte den Kopf, angezogen von dem wütenden Funkeln ihrer Augen. Graublau ... hinter Silikon. »Du trägst Kontaktlinsen!«

»Was?«

»Kontaktlinsen.«

Das wütende Funkeln erlosch augenblicklich. Stattdessen flackerte etwas auf, was Vorsicht sein konnte. Oder Panik? Julie wich zurück. »Keine Ahnung, was das jetzt zur Sache tut. Ich erledige meine Arbeit trotzdem sorgfältig. Und stell dir vor, Idioten erkenne ich sogar ohne meine Sehhilfe.« Sie drückte sich an mir vorbei. »Ich werde dir nur beruflich über den Weg laufen, ansonsten bin ich wie gewünscht Luft für dich.«

Ehe sie zur Tür kam, hatte ich sie gepackt. »Julie, warte mal.«

»Warum? Du hast deinen Standpunkt deutlich gemacht.« Sie riss sich von mir los und verschränkte nun ihrerseits die Arme unter der Brust.

»Ja. Und zu dem stehe ich auch, aber irgendwie kommt er derber rüber, als ich es meine«, erklärte ich ihr betreten und fuhr mir fahrig durch den Bart.

»Ich denke, es kommt schon genauso rüber, wie es rüberkommen soll. Ich habe zwar keinen Plan, warum du mir gegenüber so ein Verhalten an den Tag legst, denn du kennst mich überhaupt nicht, doch ich hab weder die Zeit noch die Nerven mich damit auseinanderzusetzen. Bring mich jetzt endlich zu Marie, damit ich anfangen kann meinen Job zu machen.«

# Drei

**Julie**

Zorn, Unglaube und leichte Panik strömten durch meinen Körper. Meine Konzentration schweifte ständig zu dem Gespräch zwischen Evan und mir. Am liebsten hätte ich ihm meine Kamera über den Schädel geschlagen, aber das war es mir dann doch nicht wert.

Die Jungs lachten wieder über irgendetwas, das die Journalistin gesagt hatte, und ich drückte ab. Es war unglaublich – in dem Moment, wo ihr Interviewpartner das Zimmer betrat, benahmen sich die vier wie Everybody's Darlings. Was ja auch durchaus stimmen konnte. Bei drei von ihnen. Und das, obwohl Tatum am Wortkargsten war und eher selten ein Lächeln über die Lippen brachte.

Ich zoomte Evan heran. Seine vollen Lippen waren zu einem Strahlen verzogen. Er schäkerte unverhohlen mit der Brünetten vor ihm. Mal sehen, ob ich nicht ein paar Aufnahmen von ihm auf die SD-Karte bekam, die mich erheitern konnten. Ein riesen Pickel etwa, der an einer Stelle unter dem Bart hervorlugte. Oder ein Popel, der fröhlich aus der Nase winkte.

Ich knipste ein paar Nahaufnahmen und setzte mich danach im Hintergrund auf einen Stuhl. Es war eigentlich ganz schön interessant, den Antworten der Jungs zu lauschen, man erfuhr dadurch in kurzer Zeit relativ viel über sie. Dumm nur, dass mir meine Gedanken ständig abschweiften.

*Ich bitte dich, nicht mit Tatum zu schlafen oder einem aus der Tourfamilie ...* Was war nur mit diesem Kerl los? Woher nahm er sich das Recht heraus, so etwas von mir zu verlangen?

*Und es wäre besser, wenn wir uns aus dem Weg gehen ...* Wie kam er nur auf die Idee, dass ich ihm nachsteigen würde? Oder was störte ihn dermaßen an mir, dass er es nicht ertrug, mir zu begegnen?

*Du trägst Kontaktlinsen* ... Und wieso mussten seine Adleraugen ausgerechnet meine Kontaktlinsen erkennen? Wieso konnte er, was er gesehen hatte, nicht einfach dem Alkohol zuschreiben?

»Mister Slater, Gerüchten zufolge werden Sie in nicht allzu ferner Zukunft Vater.« Die Journalistin lächelte und man spürte förmlich, wie sehr sie auf eine Antwort hoffte, mit der sie die Schlagzeile des Tages liefern konnte.

Ich verdrehte gelangweilt die Augen. Acht Interviews mit breit gefächerten Fragen, aber diese tauchte bei jedem auf.

»Dazu werde ich mich nicht äußern«, antwortete Bare mit schelmischem Grinsen zum wiederholten Mal. Manche der Reporter beließen es dabei. Andere stocherten noch ewig herum, bis Mr Winters sich einschaltete und freundlich darauf hinwies, dass die Zeit gleich um wäre und ob sie noch weitere Fragen hätten.

Die Brünette nickte, schob sich ihre Brille zurecht und schlug die Beine übereinander. »Im neuen Album setzen Sie sich mit dem großen Skandal auseinander, den die Nachtschwärmergemeinschaft weltweit getroffen hat. Sie behandeln die Frage nach Macht und Ethik. Fühlen Sie sich hintergangen oder haben Sie Verständnis für die Beweggründe des ehemaligen amerikanischen Rats?«

Bare räusperte sich. »Das ist eine doppelschneidige Frage, der wir in dem Song *Truth* auch auf den Grund gehen. Egal von welcher Seite man es auch beleuchtet, sind wir der Meinung, dass über allem der freie Wille stehen sollte. Wir Nachtschwärmer glauben an Schicksal. Aber Schicksal darf nicht bedeuten, dass Leute, denen wir unser Vertrauen schenken und die uns anführen, in das Schicksal eingreifen dürfen.«

»Oder ihre Macht missbrauchen«, ergänzte Charlie.

Die Reporterin nickte anerkennend. »Im Song *EverlyEver* gibt es eine Zeile, ich zitiere – *und ich werde dir folgen, bis ans Ende dieser Welt, denn du trägst mein Herz in deinen Händen und tust, was dir gefällt. Mit dir an meiner Seite spüre ich die Kraft, die mich beflügelt und zu einem besseren Schwärmer macht.* Das ist sehr poetisch und es lässt viele Frauenherzen und ich bin mir sicher, auch viele Männerherzen höherschlagen. Sehnen Sie sich nach der ewigen Liebe? Oder genießen Sie lieber die neue Freiheit, in der wir nun leben?«

»Wer sehnt sich nicht nach der ewigen Liebe?« Evan schmunzelte sie kokett an und der Herzschlag der Brünetten – eine Gestaltwandlerin – schlug einige Takte schneller. Es war unverkennbar, dass sie auf ihn stand. Und er darauf einging. »Ich hoffe, dass ich eines Tages das Glück haben werde, ihr zu begegnen. Der einen großen Liebe. Die Liebe vermag, uns zu besseren Schwärmern zu machen. Sie kann uns erfüllen und unser Glück komplettieren.«

»Ich finde, das hört sich auch besser an, als nach Macht, Prestige oder Geld zu gieren, oder?« Charlie zwinkerte ihr zu, was sie gar nicht mitbekam, weil sie Evan nicht aus den Augen ließ. Trotzdem nickte sie.

Ich neigte den Kopf und betrachtete die vier. Es war mir ein Rätsel, wie sie es schafften, auf jede Frage eine plausible Antwort zu finden. Nicht die Geduld zu verlieren und nach vier Stunden noch so freundlich zu sein. Vor allem fragte ich mich aber, wie viel Wahrheit in ihren Aussagen steckte. Hoffte Evan wirklich auf die Liebe seines Lebens? Den Eindruck hatte er mir wahrlich nicht vermittelt.

Ich schüttelte den Kopf. Vermutlich gehörte das alles auch zum großen Business dazu. Mehr Schein als Sein. Erschaffene Illusionen, damit Fans träumen konnten. Träume, die genau das blieben, weil die Realität ganz anders aussah.

»Meine Herren, vielen Dank für Ihre Zeit. Ich wünsche Ihnen eine erfolgreiche Tour.« Die Reporterin stand auf genauso wie die Jungs. Sie verabschiedeten sich und aus dem Augenwinkel bekam ich mit, wie Evan ihr mit dem Daumen über den Handrücken strich. Was für ein Widerling. Der musste offensichtlich seinen Druck loswerden. Oder es war einfach sein Naturell. Was mir vollkommen schnuppe war. Der konnte anbaggern, wen er wollte, das tangierte mich nicht.

Ich packte meine Kamera ein und stand ebenfalls auf. Vielleicht war er deswegen so mies zu mir – ich hatte seine Avancen abgeschmettert und er war es nicht gewohnt, eine Abfuhr erteilt zu bekommen? Das musste es sein! Das oder psychische Debilität.

»Miss Schroeder, haben Sie eine Sekunde für mich?« Mr Winters winkte mich zu sich.

»Natürlich«, entgegnete ich und lief zu ihm.

»Gehen wir ein Stück«, meinte er und führte mich den Raum hinaus. »Ich stelle Ihnen gleich unser Social-Media-Team vor, mit dem Sie eng zusammenarbeiten werden. Die Fotos, die Sie machen, werden vom Team auf sämtlichen Kanälen eingebunden.«

»Wer entscheidet über die Bilder, die gepostet werden?«

»Das hat bisher immer Leo gemacht, der Fotograf vor Ihnen. Ich schätze Ihr gutes Auge und bin ein großer Fan Ihrer Bilder. Wenn Sie jedoch zu Anfang Unterstützung bei der Entscheidungsfindung benötigen, können Sie sich auch gemeinsam mit dem Social-Media-Team absprechen. Das kann Ihnen genau sagen, welche Fotos die meisten Klicks erhalten, welche untergehen und wovon die Fans nicht genug bekommen.«

Wir stiegen die Treppen rauf ins erste Obergeschoss. Social-Media war ein spannendes Thema in der Nachtschwärmerwelt. Homepages und interne Seiten wie Suchmaschinen, Gewerbeauftritte, Promiklatsch und so weiter liefen auf einer Frequenz, an die weder Leute aus dem Darknet rankamen noch die findigsten Computernerds. Doch es gab immer noch genügend Schnittstellen mit der menschlichen Welt von Nachtschwärmern, die zum Beispiel im Job beide Welten bedienten. Wie ich es tat. Ich war gespannt, wie die Band es damit hielt, darüber hatte ich mich nicht informiert.

»Die Hilfe werde ich sicher in Anspruch nehmen. In Social-Media-Belangen kenne ich mich noch nicht aus. Meine Arbeiten waren stets für den privaten Gebrauch. Mehr als eine übergreifende Homepage habe ich nicht zu bieten.«

»Was auch nicht verkehrt ist. Die ganze Internetgeschichte löst in mir immer noch Beklemmung aus. Ich bin der Meinung, weniger ist mehr!« Wir blieben vor einer Zimmertür stehen. »Bevor wir reingehen, habe ich noch eine ... unangenehme Nachricht für Sie.« Mr Winters kräuselte bedauernd die Lippen und mir fuhr es umgehend in den Magen. »Bitte«, sagte ich und merkte, wie mir der Mund trocken wurde.

»Der Weggang von Leo kam schnell, wenn auch nicht ganz so überraschend. Während der Tourvorbereitung und der Suche nach einem neuen Fotografen habe ich es leider verschwitzt, mich um eine geeignete Unterkunft für Sie zu kümmern.«

»Wie meinen Sie das? An meinem Zimmer ist nichts auszusetzen.«

»Das freut mich zu hören.« Er lächelte vage. »Aber wie Sie wissen, werden wir ab übermorgen in den Tourbussen durch Europa unterwegs sein und nur selten in Hotels übernachten.«

»Ja?«, dehnte ich fragend das Wort. Ich verstand nicht, worauf er hinauswollte.

»Die Plätze in den Bussen sind alle belegt, nun, bis auf den Platz, der Leo gehörte.«

Ach so! Jetzt verstand ich. »Hören Sie, ich habe kein Problem damit, mir den Bus mit Männern zu teilen. Ich gehe davon aus, dass es in der Tourfamilie nur Gentleman gibt.« Erleichtert lachte ich Mr Winters an. Zum Glück hatte seine unangenehme Nachricht nichts mit Evan zu tun gehabt.

Mr Winters lachte ebenso erleichtert zurück. »Perfekt! Ich hatte mir schon den Kopf zerbrochen, mit wem aus der Familie ich Ihren Platz hätte tauschen können, damit es für alle passt.«

Ich machte eine wegwerfende Geste. »Alles in bester Ordnung.«

Er öffnete die Tür und gab mir den Vortritt. »Ladys und Gentlemen, darf ich kurz um eure Aufmerksamkeit bitten? Das ist Julie Schroeder, ich hab sie ja bereits in der Versammlung vorgestellt. Am besten macht ihr euch persönlich mit ihr bekannt.«

»Hi«, sagte ich in eine Runde von acht Leuten, die an zusammengeschobenen Tischen vor Laptops saßen und zu mir aufsahen.

Mr Winters Telefon, das er stets in der Hand hielt, klingelte. »Da muss ich dran. Melden Sie sich, wenn Sie Fragen haben.«

»Klar«, versicherte ich ihm, da war er schon davongeeilt.

»Dann fang ich mal an.« Eine drahtig aussehende junge Frau – gelber Glimmer, also Wölfin – sprang von ihrem Platz auf und streckte mir die Hand entgegen. »Ich bin Timber, das Küken in der Runde. Fesche vierundzwanzig Jahre alt und seit sechs Jahren dabei. Ich betreue die NaturalPic-Seite.«

*Ah. Das magische Facebook.* Ich schüttelte ihr die Hand und lief einmal reihum, die anderen begrüßen. Es war ein gemischter Haufen – Hexen, Kobolde, Wölfe, Männer, Frauen ... was so abgefahren war! Mir gefiel dieser absolute Mix aller Nachtschwärmerarten, gerade weil es bestimmte Arten gab, die von anderen Arten nicht so respektiert und akzeptiert wurden, wie es sein sollte.

Die Gestaltwandler zum Beispiel konnten in der Gesellschaft nicht mit einem großen Ansehen punkten. Besonders nicht bei den Hexen, die sich gerne für das Gelbe vom Ei hielten. Und das nur, weil sie – und das schloss wirklich nicht jeden Nachtschwärmer ein – über mehr magische Fähigkeiten verfügten als ein Gestaltwandler. Schlimmer traf es eigentlich nur die Kobolde, da munkelte man aber besser nur hinter ganz dicken Wänden, denn die hatten richtig üble Tricks auf Lager, um ihren Unmut rauszulassen.

Ich für meinen Teil war unglaublich froh, dass der Bindungszauber nicht mehr existierte. Das war nicht nur für viele Liebende endlich der Befreiungsschlag gewesen, sondern für alle Nachtschwärmer die Chance, seinen wirklichen Seelenpartner in egal welcher Art zu finden, plus die Gemeinschaft untereinander hatte damit einen riesigen Push bekommen!

»Hast du schon ein paar Bilder für uns?«, unterbrach mich eine Fee mit grünen Haaren.

»Noch nicht. Ich komme gerade vom ersten Shooting. Ich kann aber schnell meinen Laptop holen, dann könnten wir sie zusammen sichten.«

»Deinen privaten?« Timber runzelte die Stirn.

»Ja.«

»Den brauchst du nicht. Du bekommst alles zum Arbeiten von der Band gestellt. Auch dein Family-Handy.«

»Family-Handy?«

»Yes, Ma'am. Nur darin findest du über sechzig Telefonnummern sämtlicher Tourmitglieder vom Busfahrer bis zum Manager. Komm, wir besorgen dir deine Ausstattung bei den Technikleuten.«

Gemeinsam stiefelten wir durchs Hotel. Irgendwie erschien mir Timber familiär. Der dunkelbraune Long-Bob, die braunen Augen, die vollen Lippen.

»Laufen alle Social-Media-Kanäle auf Nachtschwärmerfrequenz?«

»Jap. Außer WhatsApp. Unser Facebook ist NaturalPic, unser Twitter ist Shouter und so weiter. Das erleichtert uns die Arbeit. Wir müssen nicht so extrem aufpassen, was wir posten. Und wie gefällt es dir bisher?«, fragte sie und grüßte ein paar Vampire, die vermutlich auch zur Familie gehörten.

»Es ist überwältigend. Wenn ich atmen würde, käme ich gar nicht dazu, weil ständig etwas Neues passiert. So viele Eindrücke. Es ist ein ganz anderes Leben, wie ich es gewöhnt bin.«

»Das Tourleben kann man auch mit nichts vergleichen. Ich liebeliebeliebe es! Das liegt vor allem an den Leuten, die echt toll sind. Wir haben tatsächlich keine Idioten in unserer Family.«

Ich räusperte mich.

»Nicht wahr!«, rief sie entsetzt. »Wer hat dich geärgert? Der bekommt es mit mir zu tun!« Sie boxte spielerisch in die Luft, was mich zum Lachen brachte.

»Das kann ich nicht sagen, da würde ich mich in die Brennnesseln setzen.«

»Dann war es einer aus der Band!«, mutmaßte sie richtig. »Vermutlich Tatum, der hat seine düstere Pose perfektioniert, aber nur so lange man ihn nicht näher kennt.«

»Düster? Tatum ist echt cool, was mich total überrascht.«

»Das ist er. Früher war ich ein bisschen in ihn verliebt, jetzt ist er so was wie mein großer Bruder.«

»Verstehst du dich gut mit der Band?«

»Klar! Das tun wir alle. Aber mein Draht zu den Jungs ist besonders. Sie kennen mich, seit ich ein Baby war.«

»Oh, oh. Deswegen kommst du mir so bekannt vor, *er* ist also dein Bruder?«

»Wow.« Timber blieb stehen und riss die Augen auf. »Jetzt schnackelt's bei mir. Evan hat dich geärgert?«

Ich zuckte mit den Schultern. »Wenn Evan dein Bruder ist ...«

»Und ob er das ist. Für gewöhnlich bin ich auch superstolz auf ihn und geb gerne mit ihm an. Aber nicht, wenn er sich danebenbenimmt.«

Ich winkte ab. »Schon okay. Ich hab das geregelt.«

Sie legte die Hand auf meine Schulter und nickte. »Sehr gut! Das ist auch mein Credo: Lass dich von keinem unterbuttern! Schon gar nicht von einem störrischen Wolf.«

***

**Evan**

Hal hielt Bare einen Vortrag über Safer Sex und darüber, wie wichtig es war, unser Image aufrechtzuerhalten. »Unter euren Fans befinden sich Kinder. Teenager, in der Blüte ihres Hormonrauschs«, zeterte er. »Ihr seid Vorbilder und tragt Verantwortung.«

Ich blendete ihn aus und auch alles andere um mich herum. Mein Blick war auf Julie geheftet, die sich offensichtlich angeregt mit meiner kleinen Schwester unterhielt. Ich schärfte meinen Hörsinn, um zu lauschen. Keine Chance. Der Geräuschpegel um uns herum war einfach zu hoch. Ich kniff die Augen zusammen, um etwas von ihren Lippen ablesen zu können, aber das war gar nicht so leicht wie gedacht. Hieß das *verliebt*? Alarmiert zuckte ich auf. In wen war meine Schwester verliebt? Und seit wann? Und warum wusste ich das nicht? *Evan?* Die Schöne redete über mich? Fuck. Wenn sie Timber erzählte, was ich verbockt hatte, würde die mich wieder rundmachen. Und darauf verzichtete ich aber so was von. Ich hasste es, wenn meine Schwester sauer mit mir war.

Seufzend fuhr ich mir übers Gesicht. Was für ein Albtraum. Dabei wollte ich doch einfach nur eine letzte gediegene Tour, bevor wir uns trennten.

»Sind wir fertig?«, fragte ich, da ich den Faden verloren hatte. Die Standpredigt brauchte ich mir sowieso nicht geben. Ich war von uns vieren noch der Diskreteste mit seinen Frauengeschichten. Dass ich vorhin mit der Reporterin geflirtet hatte, war pure Berechnung gewesen. Ich wollte Julie klarmachen, dass ich keinerlei Interesse an ihr hegte und der nächtliche Besuch ein Ausrutscher gewesen war.

Hal schnaubte. »Auch deine Lauscher dürfen sich an meinen Worten erfreuen.«

»Und das schon seit über zwanzig wundervollen Jahren«, säuselte ich.

»Meine Tage werden ganz schön trist sein ohne euch«, sagte er kopfschüttelnd.

»Ich kann dich ja täglich anrufen und dir erzählen, was für einen Mist ich wieder aushecke. Dann wird die Überraschung nicht so groß, wenn du von panischen Anrufen bombardiert wirst.« Bare grinste.

»Danke, ich verzichte. Die jetzige Aktion kostet mich schon wieder so viele Nerven, du hast dein Kontingent für das gesamte nächste Jahr ausgeschöpft. Okay, ich muss weiter. Denkt dran, morgen ist das große Fotoshooting mit Miss Schroeder. Seid pünktlich und nüchtern.«

Letzteres konnte ich garantieren. Ein Jägermeister-Blackout reichte. Ersteres musste ich mir noch überlegen. Mich unbeliebt bei der Schönheit zu machen, würde sie mir vom Hals halten. Die Gefahr unterbinden, dass wir uns nah kamen. Ausschließen, dass ich mich wieder danebenbenahm und ihr zeigte, wie verflucht attraktiv ich sie fand. Und ich offensichtlich nicht klar denken konnte, wenn sie sich in meiner Nähe aufhielt.

Irgendetwas war bei unserer ersten Begegnung mit mir passiert. Vielleicht hatte ich einen Teil meines versoffenen Hirns verloren und dieser war durch unberechenbaren Wahnsinn ersetzt worden. Nur so konnte ich mir mein bescheidenes Verhalten ihr gegenüber erklären.

»Jemand Bock, gegen mich anzutreten?«, fragte ich.

»Ich«, erwiderte Bare und boxte mit seiner Faust gegen meinen Oberarm. »Muss diesen verdammten Shit loswerden. Wird also kein Ringeltänzchen.«

»Dein Glück. Hätte dir sonst 'ne Absage erteilt. Im Ring rumhüpfen und nichts tun kann ich auch mit Tate.«

»Pff. Du Arsch«, maulte Tatum pikiert.

Ich lachte dröhnend, krallte ihn mir und verpasste ihm eine Kopfnuss. Danach ging ich mit Bare ins Studio, um zu boxen. Sport war eine meiner Leidenschaften und wo immer wir tourten, achteten wir darauf, zumindest einen Raum gestellt zu bekommen, um trainieren zu können.

Das Auspowern tat verdammt gut und mit Bare hatte ich einen

knochenharten Gegner. Bereits mit dem ersten Schlag war das Spielerische zwischen uns der Konzentration gewichen. Mir gelang es einige heftige Schläge zu setzen, die denen von Bare in nichts nachstanden.

Wenn Hal sehen würde, wie unsere Lippen bluteten, bekäme er wieder einen Anfall. Wo doch morgen das Shooting anstand und wir wie aus dem Ei gepellt aussehen sollten. Wie die netten Jungs von nebenan. Was wir auch waren. Wir hatten alle Schwiegersohn-Potenzial. Mit dem Hang eben auch richtige Kerle zu sein. Oder Jungs. Mit allerhand Blödsinn im Kopf. Dem Herz auf der Zunge.

»Sauberer Kampf«, nuschelte ich und schlug mit Bare ein. Zwei Stunden samt Aufwärmen waren genug. Ich war am Arsch und wollte einfach nur noch unter die Dusche, mir was zwischen die Kiemen hauen und mich aufs Ohr legen.

***

»Ach, sieh an – hat mein Bruder mal wieder eine dicke Lippe riskiert?« Timber schlenderte grinsend auf mich zu und begutachtete sofort meinen Mund und den Rest meines Gesichts. Wie immer flackerte Sorge in ihrem Blick.

Ich zog sie in meine Arme und gab ihr vorsichtig einen Kuss auf den Scheitel. »Dein Humor war auch schon lustiger.«

»Ich war abgelenkt von deinem lädierten Aussehen. Wenn du schon verdroschen worden bist, kann ich dich nämlich nicht mehr rundmachen.«

Stöhnend schob ich sie von mir und stapfte zur Theke. Das Restaurant des Hotels hatte rund um die Uhr geöffnet und bot Selbstbedienung an. Ich schnappte mir einen Teller und wuchtete mir jede Menge Fleisch und Gemüse darauf. »Du hast sie also kennengelernt.«

»Wenn du mit *sie* Julie meinst, dann ja.«

»Darf ich erst was essen, bevor du loslegst?«

»Wie wär's mit währenddessen? Ich bin nämlich schon fertig und muss gleich los zu meiner Verabredung.«

»Aha. Mit wem?« Ich setzte mich an ihren Tisch und grüßte ein paar andere aus dem Social-Media-Team.

»Das verrate ich dir nicht. Im Ton deiner Stimme hat es warnend geklingelt. Du willst den großen Bruder raushängen lassen, da mach ich nicht mit.« Timber strich sich die Haare hinter ihre Ohren und reckte das Kinn hoch.

Ich liebte meine kleine Schwester sehr, aber wenn sie mir essenziell wichtige Dinge vorenthielt, wie irgendwelche Typen, die sie datete und die unbedingt zur Brust genommen werden mussten, damit sie meine Schwester auch anständig behandelten, dann wollte ich ihr am liebsten den Hals umdrehen.

»Wenn ich nicht den großen Bruder raushängen lassen darf, darfst du auch nicht die kleine Schwester raushängen lassen, was bedeutet, dass ich nun doch in Ruhe essen kann.« Siegessicher schmunzelnd schob ich mir ein Stück vom Steak in den Mund und kaute das Fleisch genüsslich.

»Na dann, guten Appetit.« Timber sprang auf und beugte sich dicht zu meinem Ohr. »Leider, leider kann ich dir nun auch nicht verraten, was Julie über dich denkt, und ich weiß, dass du es gerne wissen würdest, denn ich habe gaaanz genau gesehen, wie du sie beim Meeting heute Morgen angestarrt hast.« Fröhlich pfeifend tanzte sie davon.

Mist. *Gratulation Van – ausgetrickst von Timber, die Hundertvierundsiebzigste!* Missmutig aß ich weiter. Heute war echt nicht mein Tag.

»Hey, Julie«, rief Santiago, der für unsere Homepage zuständig war, plötzlich. »Setz dich zu uns.«

»Nein, ich –«

»Los, bevor dein Essen kalt wird«, forderte sie auch Ellen, unsere Shouter-Queen, auf.

»Na gut.«

Julie nahm mir gegenüber Platz, direkt neben Santiago, der sie anstrahlte. »Kommst du mit deinen neuen Geräten zurecht?«

»Klar, das ist kein Problem. Nur die vielen Namen im Handy kann ich noch null zuordnen.«

»Wir haben eine eigene WhatsApp-Gruppe. Ich lad dich gleich mal ein.« Er zückte sein Smartphone und ich beobachtete Miss Schroeder, wie sie mich völlig ignorierte. Anstatt dem Woman-in-Black-Outfit trug sie ein T-Shirt, auf dem in goldenen Glitzerpailletten *Dancing Queen* stand, und schwarze Seidenshorts.

»Flirty Nerdy?« Sie lachte amüsiert. »Abgefahrener Gruppenname. Der gefällt mir.«

Ich verschluckte mich fast am Brokkoli. *Flirty Nerdy? Echt jetzt?* Sooo toll war der Gruppenname wirklich nicht.

Während ich das Gemüse mit Wasser runterspülte, spürte ich Unbehagen in mir umherwirbeln. Ich war genervt. Total genervt von dieser beschissenen Show vor meiner Nase. Und noch mehr war ich genervt davon, dass es mich nervte. Verflucht noch mal! Noch keine Frau hatte mich auf den ersten Blick dermaßen in ihren Bann gezogen. Dabei kannte ich sie ja gar nicht!

Was, wenn sie einen üblen Charakter oder einen IQ wie Weißbrot besaß? Dann würde sie umgehend aus meinem Raster fallen, egal wie hübsch sie war. Was sie eigentlich sowieso schon tat, allein aufgrund dessen, weil ich mich nur auf lockere Beziehungen mit anderen Nachtschwärmerinnen oder Menschen einließ. Für etwas Festes kam nur eine Wölfin infrage. Und genau das war das Dilemma – ohne mir darüber Gedanken gemacht zu haben, wusste ich, dass sie niemals nur eine Gespielin für mich sein konnte.

*Aber. Für. Was. Festes. Auch. Nicht. Van!*, motzte ich mich selbst still an. »Fuck«, zischte ich, schmiss die Gabel auf den Teller, sprang vom Stuhl auf, der krachend auf den Boden knallte, und donnerte den Speisesaal raus. Straight aus dem Hotel und am liebsten in einen

Wald hinein, um zu rennen. Doch die Wälder, in denen man unbehelligt Wolf sein konnte, waren von Berlin Mitte aus nicht unter einer Stunde mit dem Auto zu erreichen. Bis dahin wäre ich schon geplatzt vor Chaos.

Ein Taxi hupte, als ich über die Straße rannte, vorbei an Leuchtreklamen und den letzten feierwütigen Berlinern der Nacht. In zwei Stunden würde die Sonne aufgehen und für die Menschen ein neuer Tag beginnen, für die Nachtschwärmer eine neue Nacht anbrechen.

Warmer Sommerwind wehte Großstadtgerüche um meine Nase und erinnerte mich daran, dass ich keinen Geruch kannte, der mein eigenes, unabhängiges Zuhause war. Mein Auszug aus dem Elternhaus war gleichbedeutend mit dem Beginn meiner Karriere gewesen. Zwanzig Jahre überall und nirgends. Vielleicht knallte ich auch einfach nur durch. Ausgebrannt und am Ende meiner Energie.

Ich steuerte die erstbeste Kneipe in Nachtschwärmerhänden an und schwang mich auf einen freien Sitz an der Theke. Es war düster und kaum was los, was mir beides gelegen kam. Für Fanbelagerung hatte ich gerade nicht die nötige Gelassenheit.

Ich orderte Bier und Whisky. Der Barkeeper schenkte ohne Aufforderung nach und im Hintergrund schmetterten Metallica ihre Hits in Dauerschleife. Das Chaos in mir lichtete sich nicht, trotzdem spürte ich irgendwann Ruhe in mir einkehren.

»Kommt ein Vampir in eine Bar voller Wölfe ...«, schnurrte es plötzlich in mein Ohr.

Erschrocken zuckte ich zusammen und verschüttete Bier auf die Theke. »Fuck, Tate! Kannst du dich einmal nicht so anschleichen?« Fassungslos wischte ich die Sauerei mit der Serviette weg. Dieser Kerl und sein Materialisieren! In der ganzen Zeit, in der wir uns kannten, hatte er es geschafft, sich schon unzählige Male in Situationen hinein zu materialisieren, die mehr als privat gewesen waren und in denen er absolut nichts zu suchen hatte. Wie zum Beispiel, als ich auf der Toilette saß oder es mit der einen oder anderen Frau so richtig heiß hergegangen war.

»Ich huldige meiner Gabe. Jeder Nachtschwärmer sollte stolz auf sein Können sein.«

»Ja genau«, brummte ich und kippte den Whisky auf ex.

»Und dann macht es mir seit Jahrzehnten jedes Mal wieder so verdammt viel Spaß. Es langweilt mich einfach nicht. Glaub mir. Ich hab's probiert. Es wird einfach nicht öde, dich zusammenzucken zu sehen und deinen fluchenden Worten zu lauschen.« Er wackelte grinsend mit einer Braue und orderte ebenfalls ein Bier.

Kopfschüttelnd seufzte ich. Ich liebte Tate. Genauso wie Bare und Charlie. Sie waren meine Brüder, auch wenn wir nicht dem gleichen Blut angehörten. Für mich war Familie eine Bezeichnung, die man mit dem Herzen beschrieb. Und ihre Namen trug ich schon seit Jahrzehnten tief in mein Herz geschrieben.

»Wer hat meinen Abgang verpetzt?«

»Charlie. Er war gerade auf dem Weg in den Speisesaal. Eigentlich hätte ich eher von Bare so eine übertriebene Hau-ab-Aktion erwartet. Er sollte derjenige sein, der total unter Strom steht.«

»So wie ich ihn beim Boxen bearbeitet habe, ist die Leitung tot.«

Tatum beäugte kritisch mein Gesicht. »Ah, ja.«

»Hab nicht gesagt, dass er es mir nicht mit gleicher Münze zurückgezahlt hätte.« Ich hob die Flasche und wir stießen an.

»Meine zwei furchtlosen Krieger. Sollten wir jemals in einen üblen Kampf geraten, werde ich mich voller Stolz hinter euch stellen.«

»Und wenn wir die Gegner nicht plattmachen?«

»Dann renn ich. Schnell. Gegebenenfalls materialisiere ich mich auch. Kommt auf den Gegner an«, antwortete er völlig ernst.

Ich lachte, weil es genauso passieren konnte. Tatum besaß im Gegensatz zu Charlie einen gut durchtrainierten Körper, wenn auch nicht annähernd mit solch definierten Muskeln wie Bares oder meinen. Aber er war so was von Anti-Fight, dass er noch nicht mal eine lästige Stechmücke zerklatschte.

»Also … erzählst du mir nun, was los ist, oder muss ich warten, bis du dein Gefühlschaos in einem Song verarbeitet hast?«

*Hä?* Irritiert überprüfte ich meine Wände. Meine inneren Schutzbarrieren, die meine Gefühle und Gedanken vor den Nachtschwärmern schützten. Sie absicherten durch dicke Mauern, die unumstößlich sein sollten und die jeder errichten konnte, wie er wollte. Meine waren durch die Songtexte unseres neuen Albums geschützt und sie standen einwandfrei.

»Überprüfst du gerade deine Wände?«, spottete Tate und seufzte. »Mann, Alter. Ich weiß bereits seit deinem Flirt mit der Reporterin, dass irgendetwas nicht stimmt. Eigentlich vermutete ich schon beim Meeting etwas, denn deine Starrerei zu meiner bezaubernden Sitznachbarin Miss Schroeder ist mir nicht entgangen. Allerdings hatte ich es deiner Neugier zugeschoben. Jetzt nehme ich mal an, es war dem nicht so und etwas ganz anderes steckt dahinter.«

Bämm. Einfach mal so aufgeflogen. In vier Sätzen. Großartig. Ich zog das restliche Bier in einem Zug hinunter und fuhr mir übers Gesicht. »Glaubst du an Liebe auf den ersten Blick?«

»Never! Das ist 'n Mythos.«

»Du meinst wie Vampire?«

Tates Mundwinkel zuckten auf. »Ich meine, der Bindungszauber hat uns weisgemacht, dass es Liebe auf den ersten Blick gibt. Dass man die Eine findet. Und letztlich war es doch nur fauler Zauber.«

»Davor haben sich Nachtschwärmer aber auch schon verliebt«, entgegnete ich. »Und bei Liebe auf den ersten Blick geht es ja auch nicht um die Eine. Es muss sich daraus nichts entwickeln oder es kann wieder in die Brüche gehen. Ich rede nur von diesem Gefühl, dieses Flugzeug, das mitten in dein Herz crasht und dort in tausend Teile zersplittert. Und jedes Stückchen, das sich in dein Herz festbohrt, ist eine weitere Facette eines Gefühls. Verlangen. Sehnsucht. Anziehung.«

»Verflucht, Van! Jetzt klingelt's bei mir. Du hast dich in Julie verliebt!«

»Nein. Ja. Ich weiß nicht. Vielleicht.«

»Das ist nicht gut. Gar nicht gut.«

»Ach, ehrlich, Tate? Ist mir tatsächlich noch nicht aufgefallen.«

»Sei bloß nicht sauer mit mir.«

»Sorry. Ich bin –«

»Überfordert?«

»So was von.«

»Reiß dich einfach das halbe Jahr zusammen. Danach kannst du dir immer noch überlegen, ob du was starten willst. Ist 'ne gute Zeitspanne, um jemanden kennenzulernen.«

»Danach bin ich für ein Jahr weg. Die Frau möchte ich sehen, die wartet.«

Tatum nickte. »Tatsache. Dann wäre es unter den Umständen eine noch viel bescheuertere Idee, mit ihr was anzufangen, sollte sie denn überhaupt an dir Interesse zeigen. Und das gilt ebenso für jedes andere weibliche Wesen, bis du von deinem Trip zurück bist. Lockere Geschichten ausgeschlossen.«

Ich vergrub das Gesicht hinter meinen Händen. »Hast du keinen besseren Ratschlag für mich?«

Tatum stand auf und klopfte mir auf die Schulter. »Doch. Schreib einen Song darüber.«

# Vier

**Julie**

Ich wälzte mich im Bett hin und her, aber es brachte nichts und es würde auch nichts mehr bringen. Einzuschlafen war bereits eine Katastrophe gewesen und jetzt, nur drei Stunden später, hielten mich meine rasenden Gedanken in ihren widerlichen Klauen.

Genervt stand ich auf und schlich zum Minikühlschrank. Ich hatte gestern nach dem Abgang von Evan vergessen meine Portion Lebenselixier zu mir zu nehmen. Das würde ich jetzt nachholen, vielleicht brachte das die gewünschte Ruhe. Eine Flasche Blut pro Tag und wir Vampire blieben fitte und glückliche Zeitgenossen.

Ich öffnete die Tür und starrte die Miniflaschen an. Coke, Bier, Sekt, Saft, doch von Blut fehlte jede Spur. Na gut. Dann musste ich wohl oder übel runter ins Restaurant gehen. Gedankenverloren schlüpfte ich durch die Tür und huschte die Treppen runter. Das Hotel lag still und nur schwach beleuchtet da, was ein bisschen Furcht einflößend sein konnte. Als Vampir war ich zwar schnell, doch die nötige Kraft besaß ich nicht, mir jemanden vom Hals zu halten. Da musste ich schon die Gedanken meines Gegenübers manipulieren. Und ehrlich? Ich bezweifelte, das im Eifer des Gefechts hinzubekommen.

Das Restaurant war ebenso nur mit wenigen Wandflutern beleuchtet, was dem rot-schwarz gehaltenen Raum etwas Sündiges vermittelte. Ein paar Leute saßen an einem der Tische und spielten Karten, Bier und Knabbereien vor sich stehend. Ich grüßte nickend, doch sie schienen zu vertieft, um mich zu bemerken. Leise tappte ich weiter zur Getränkeinsel und fischte mir eine Flasche Blut heraus. Ich mochte mein Powergetränk am liebsten warm, war jedoch zu faul in die Küche zu gehen, um es mir aufwärmen zu lassen.

Mein Blick fiel auf die Dessertheke, die mit den unwiderstehlichsten Köstlichkeiten aufwartete. Mousse au chocolate, Himbeercreme auf Vanillepudding, Kirschtorte, Cupcakes mit Marzipantopping. Mir entwich ein leises Stöhnen. Darüber hatte ich nach dem Abendessen bereits herfallen wollen, aber der uncoole Abgang von Evan hatte mir den Appetit versaut.

*Aber jetzt kannst du genießen,* sprach ich mir gedanklich auffordernd zu und schnappte mir einen Teller. Selig grinsend belud ich ihn bis zum Rand und trabte dann rauf in mein Stockwerk. Ich wollte keine Zuschauer und erst recht keine Geschichten über mich in Umlauf bringen, wie *Die Neue in der Familie leidet unter nächtlichen Fressattacken* oder so.

»Ach, Mist!« Schnaubend fiel ich mit der Stirn voran gegen die Zimmertür. Ich hatte meine Karte im Zimmer vergessen. Jetzt musste ich zur Rezeption dackeln, damit die mir aufschlossen. Ich sah hinab auf den Teller in meiner Hand und auf die Flasche Blut in der anderen ... Nee, die Beweismittel meiner nächtlichen Durchknallaktion mussten zuerst vernichtet werden. Ich drehte mich um, rutschte mit dem Rücken gegen die Tür gedrückt auf den Boden und machte es mir im Schneidersitz gemütlich. Den Teller balancierte ich zwischen meinen Beinen.

Voller Vorfreude pickte ich mir den Cupcake heraus und biss genüsslich hinein. »Mhmm, oooh«, stöhnte ich und schloss die Augen. Das war sooo lecker. Wer auch immer die hier gezaubert hatte, der war ein Held.

»Fuck, Hübsche, wenn du nicht sofort aufhörst zu stöhnen, wirst du gleich mehr als einen Zuschauer haben«, ertönte es rau neben mir.

Erschrocken riss ich die Augen auf und verschluckte mich gleichzeitig. Mein persönlicher Albtraum beugte sich hinab und schlug mir sacht auf den Rücken. »Langsam«, raunte er und funkelte mir aus glasigen Augen entgegen. Sein Gesicht sah ziemlich lädiert aus, was mir bereits beim Essen aufgefallen war. Ob er in eine Schlägerei geraten war?

»Geht schon wieder«, krächzte ich, und trank schnell einen Schluck, um die falsch geratenen Teigkrümel aus meinem Rachen zu spülen.

»Bist du ein Zuckerjunkie?«, fragte Evan und deutete auf den Teller.

»Bist du ein Alkoholiker?«, antwortete ich so süß wie die Teilchen auf meinem Schoß.

»Touché.«

Ich hob die Brauen. »Gibt es einen Grund, weswegen du schon wieder mitten in der Nacht betrunken vor meinem Zimmer herumschleichst?«

»Den gibt es bestimmt, aber bevor ich ihn dir verrate, brauch ich unbedingt etwas, um meinen süßen Zahn zu füllen.«

»Das Restaurant liegt ein paar Stockwerke tiefer.«

»Ich würde mich gerne lieber an dieser Theke bedienen.«

»Pff«, schnaubte ich. »Kannst du auch Gespräche führen, ohne jedes weibliche Geschlecht anzuflirten?«

»Jedes? Ich sehe nur dich. Leicht doppelt, nichtsdestotrotz nur dich.« Er setzte sich mir gegenüber, ein Bein angewinkelt, über das er locker seinen Arm legte. »Welches davon darf ich dir unter keinen Umständen wegessen?«

»Alle«, erwiderte ich ernst und kniff drohend die Augen zusammen.

Evan lachte schallend los. »Scheiße, Jules, das ist dein Ernst!«

»Über Desserts macht man keine Scherze«, sagte ich und steckte mir einen Windbeutel in den Mund. »Du kanscht dasch Mini-Eclair haben. Und nenn mich nicht Jules, dasch dürfen nur meine Freunde.«

»Dann lass mich dein Freund sein.«

Ich neigte den Kopf und starrte ihn eine Weile an. Evan nahm sich das Eclair und aß es mit ebenso viel Genuss wie ich den Windbeutel.

»Aus dir spricht der Alkohol, Evan Vega. Wenn wir uns morgen wieder begegnen, bekomme ich von dir vermutlich statt einer Anweisung, dir aus dem Weg zu gehen, ein gerichtlich erstelltes Kontaktverbot.«

Sein amüsierter Gesichtsausdruck erlosch bei meinen Worten. In Stille sahen wir uns an. Er atmete ganz vorsichtig, keiner bewegte sich. Als hätte das Universum uns in eine Blase gehüllt, die nur von dem lauten und schnellen Knallen seines Herzschlags aufgebläht wurde, um uns genügend Platz zu schaffen. Es nervte mich extrem, dass mir dieser Kerl so verdammt gut gefiel. Fast noch mehr, als seine Nähe zu genießen, die weniger unangenehm war wie nach seinem unrühmlichen Verhalten am Vormittag erwartet.

»Ich wünschte, ich könnte es dir erklären«, brach er irgendwann leise den Bann.

»Warum versuchst du es nicht einfach?«

»Weil es keinen Unterschied machen würde. Die Fakten ändern sich nicht.«

»Bist du dir da sicher?«

Er senkte den Kopf und zupfte an den Schnürsenkeln seiner Boots. »Ja.«

»Warum schleichst du dann schon wieder hier herum?«

Evan seufzte. »Mein Zimmer ist gleich das daneben.«

»Oh«, entfuhr es mir lahm. Wie peinlich.

»Im Übrigen bin ich auch nicht betrunken. Nicht so wie gestern Nacht, sondern lediglich etwas angeschickert und einfach ziemlich müde.« Er sah wieder auf. »Und hungrig.«

Oh. Mann. Am liebsten wäre ich im Boden versunken. Oder zumindest in mein Zimmer geflüchtet, um mir darüber den Kopf zu zerbrechen, wieso jedes Treffen mit Evan einem Frontalcrash glich.

Ich überreichte ihm den Teller und stand auf. »Ich hab keinen Hunger mehr.« Dann stapfte ich davon, bis mir nach ein paar Schritten mein Getränk einfiel. Ich kehrte um und angelte mir die Flasche vom Boden. »Die bekommst du nicht.«

Evan zog fragend die Brauen hoch. »Verrätst du mir, wo du hinwillst?«, rief er mir hinterher.

»Weg von dir.«

»Und dein Zimmer ist nicht die einfachere Lösung?«

»Ich hab meine Karte im Zimmer vergessen.«

»Mhm«, brummte er. »Das erklärt einiges. Schöne, du weißt aber, dass die Karte nicht das Einzige ist, was du vergessen hast.«

Ich stoppte und sah über die Schulter zu ihm. Evan war aufgestanden und hatte die Arme vor der Brust verschränkt.

»Wenn du jetzt dich damit meinst …«

»Mich würdest du nicht vergessen.«

Es kribbelte auf meiner Haut bei seinem dunklen Ton. Weil es vermutlich stimmte. Jemanden wie Evan Vega vergaß man nicht. Niemals.

»Ich rede von deinen Kontaktlinsen.«

»Ha!«, stieß ich keuchend aus und mein Körper versetzte sich augenblicklich in Alarmbereitschaft. Wie hatte das bloß passieren können? So unaufmerksam war ich sonst nie. Niemals! Mein Blick fokussierte sich auf Evan und plötzlich feuerte Wut durch meinen Bauch. Mit schnellen Schritten war ich bei ihm, stellte mich auf die Fußspitzen und rammte ihm meinen Zeigefinger in die Brust. »Du bist schuld. Du bist schuld, dass ich im Flur eines Hotels mitten in Berlin im Schlafanzug stehe, ohne Karte und Kontaktlinsen.«

»Ich bin gespannt. Wie genau hab ich das bewerkstelligt?«

»Ist das nicht offensichtlich? Wegen dir kann ich nicht schlafen. Wegen dir konnte ich mein Abendessen nicht genießen. Wegen dir hab ich sogar vergessen mein Blut zu trinken. Du! Evan Vega! Du bist der Ursprung allen Übels!«

Er knurrte. Dann packte er meine Hand, zog mich zu sich und beugte sich hinab. Mit seiner anderen Hand umfasste er meinen Nacken. Wärme breitete sich umgehend an dieser Stelle aus. Ich schluckte.

»Dann sollte ich das mal lieber ausgleichen«, raunte er, kam näher und näher und … küsste mich. Mit einer drängenden Sanftheit strich er über meinen Mund, ehe er resolut eindrang … meine Zunge suchte und mit ihr einen Tanz aufführte, den ich so noch nicht erlebt hatte. Ich fiel zurück auf meine Fersen, da hatte er mich schon auf seine Hüften gezogen und gegen die Wand gedrückt.

Ich umklammerte seinen Nacken und stieg in diesen Tanz mit ein. Sekundenlang. Minutenlang. Sein Bart kratzte über meine Haut, mit den Zähnen knabberte er immer wieder an meinen Lippen, sog daran. Stöhnend vergrub ich meine Hände in seinen Haaren. Sein warmer, harter Körper presste sich gegen meinen. Bei allen Monden, wie viel Übung hatte dieser Kerl nur, um derart elektrisierend küssen zu können? Und das mit diesen mitgenommenen Lippen?

*Rockstar, Rockstar, Rockstar,* erklang es in meinem Kopf plötzlich in Dauerschleife. *Evan Vega ist der Leadsänger der bekanntesten Folk-Rock-Band im Nachtschwärmeruniversum. Ein Frauenmagnet. Und dein Boss.*

»Okay, stopp!«, preschte ich atemlos hervor und drückte Evan von mir. Er wich zurück, ließ mich aber nicht runter.

Meine Lippen pulsierten und der schimmernde Glanz in seinen Augen funkelte verräterisch. »Du bist mein Boss.« *Egal. Völlig egal.*

»Hal ist dein Boss.«

Ich legte den Kopf zurück gegen die Wand und schloss die Augen. »Für eine schnelle Nummer bin ich nicht zu haben.« *Lügnerin.*

»Was für ein Glück – ich mag es auch lieber langsam«, entgegnete er rau.

»Evaaan«, stöhnte ich und schlug wieder die Augen auf.

»Fuck, Hübsche! Kannst du meinen Namen nur auf diese Weise aussprechen, wenn du mir nicht den Kopf abreißen willst? Bitte?«

»Wenn du mir erklären kannst, was wir hier tun?«

Evan zog scharf die Luft ein. »Ich weiß es nicht.« Langsam gab er mich frei. »Aber es verwirrt mich genauso sehr wie dich.«

»Dann sollten wir besser wirklich versuchen uns nicht in die Quere zu kommen.«

»Mhm«, murrte er, was sich ungefähr so unzufrieden anhörte, wie es sich in mir anfühlte.

Ein paar Sekunden verstrichen, in denen wir uns nur ansahen. »Könntest du ... also würdest du mir helfen?«, brach ich den Bann.

»Die Zimmerkarte?«

Ich nickte und rieb mir schnell über die Arme. Es fröstelte mich ohne Evans einhüllende Wärme und ein bisschen Nervosität kam auch dazu.

»Warum versteckst du deine Augenfarben? Sie sind magisch.«

»Sie sind einzigartig. Denk ich zumindest. Und somit eine Sache –«

»Für den Rat.«

Ich rang mir ein Lächeln ab. »Meine Eltern sorgen sich darüber, was mit mir passieren könnte. Und dann ... so lange es keine anderen Nachtschwärmer mit dieser Farbkonstellation gibt, wäre ich eine Besonderheit, mein Leben würde vermutlich nicht so unbeschwert verlaufen.«

»Bestimmt nicht.« Er musterte mich eindringlich, bevor er sich zu meinem Ohr beugte. »Nur damit du's weißt – du gefällst mir mit graublauen Augen genauso gut. Dass ich dich attraktiv finde, hat also nichts mit deiner besonderen Augenfarbe zu tun.«

Ehe ich reagieren konnte, hatte er sich abgewandt und den Teller geschnappt. »Komm kurz mit rein. Es ist besser, wenn du bei der Rezeption anrufst und die Sachlage erklärst. Ich bin mir nicht sicher, ob sie mir einfach so deine Zimmerkarte aushändigen.«

»Gegen ein bisschen Bares bestimmt«, rutschte es mir raus.

Evan zog missmutig die Brauen zusammen. »Du hast wohl zu viel Fernsehen geschaut.« Er öffnete die Tür und gab mir den Vortritt. »Und außerdem hab ich das nicht nötig.«

Jap. Das konnte ich mir vorstellen. Ich schlüpfte hinein und scannte schnell den Raum ab. Sein Zimmer sah genauso aus wie meins. Ein Bett, ein Schreibtisch und ein Flatscreen an der Wand. Angrenzendes Bad. Standard. »Ich bin überrascht. Kommen Weltstars wie ihr nicht für gewöhnlich in de-luxe-Suiten unter?«

»Das hier ist bereits verdammter Luxus, Hübsche. Im Tourbus hast du nicht so viel Platz, keine Privatsphäre. Und du musst dir dein Bad mit den anderen teilen.« Er stellte den Teller auf den Tisch und deutete aufs Telefon. »Ich sehe schon, da hat jemand ziemlich große Vorurteile im Gepäck.«

Ohne auf seine Aussage einzugehen, rief ich bei der Rezeption an und schilderte mein Anliegen. »Mister Vega holt die Karte gleich bei Ihnen ab. Danke«, sagte ich abschließend und legte auf. »Ich habe ja nun genügend Zeit, meine Vorstellungen über Rockstars zu revidieren.«

»Das hoffe ich doch«, entgegnete Evan rau, ehe er aus dem Zimmer verschwand.

***

**Evan**

»Du siehst aus, als hättest du dir die Nacht um die Ohren geschlagen«, meinte Charlie und hielt mir einen Kaffeebecher entgegen, den ich dankend annahm.

»Gibt's neues Material?«, fragte Tatum und grinste vielsagend.

»Nein.« Noch nicht. Aber in meinen Fingern juckte es bereits, meine Worte auf Papier zu bannen. Wären das Fotoshooting und die Bandprobe nicht gewesen, wäre ich erst gar nicht aus dem Zimmer gekommen.

Es stimmte, ich hatte mir den Rest der Nacht um die Ohren geschlagen. Nachdem ich Julie die Karte gebracht hatte und sie wieder in ihrem eigenen Zimmer verschwunden war, fand ich wegen der Vorkommnisse keinen Schlaf. Konnte auch nicht schreiben. Stattdessen war ich versucht gewesen bei ihr zu klopfen, um noch ein bisschen Zeit mit ihr zu verbringen. Gemeinsame Zeit, die wir beide vermeiden wollten. Und die Gründe dafür klar auf der Hand lagen. Meine Gefühle interessierten sich für meine klar kalkulierten Gründe aber einen Scheiß – zu meinem Leidwesen. *Das* würde eine verflucht anstrengende Tour werden.

Hal schlug die Hände überm Kopf zusammen. »Ihr wollt mich umbringen, ja? Ihr habt tatsächlich vor, mir meine letzte Tour zu einer Tortur zu machen?!«

Bare grinste übers ganze Gesicht. Er hatte ein blaues Auge und eine geplatzte Lippe. Meine Schwellung war zwar leicht zurückgegangen und durch den Bart sah man keine blaugrüne Verfärbung, doch der Striemen an der Wange leuchtete in seinem schönsten, verkrusteten Rot. Tja. Wir beide waren eben keine Vampire und auch keine Hexer. Heilung lief bei uns in kleinen Raten ab.

»Jetzt mach dir nicht ins Hemd. Das ist nichts, was *Magic Charles* nicht kitten kann«, meinte ich deswegen.

Charlie schnaufte kopfschüttelnd. Er hasste es, wenn ich ihn so nannte.

»Oder ich!« Zarah, unsere Make-up Artistin, wedelte mit dem Pinsel hin und her.

»Genau!« Bare klopfte Hal auf die Schulter.

Ich nippte am Kaffee, da blitzte es plötzlich. Mein Blick schweifte nach rechts direkt zum Grund meiner schlaflosen Nacht, die gerade ihre Kamera vom Gesicht nahm. »Guten Morgen, allerseits.«

»Guten Morgen, Miss Schroeder. Sie sind pünktlich! Perfekt. Dann können wir loslegen. Charlie, sei so gut und verpasse den beiden Idioten ein ansehnliches Gesicht.«

»Sorry, Boss. Dazu reichen meine magischen Fähigkeiten nicht aus.« Charlie wackelte belustigt mit den Brauen. Zarah und Julie kicherten und selbst die Mundwinkel von Hal zuckten verräterisch. »Tu einfach dein Bestes.«

»Pff«, schnaubte ich.

»Sana statim«, murmelte Charlie und fuhr mir mit der flachen Hand übers Gesicht. Es prickelte an den verwundeten Stellen und ich spürte, wie die Verletzungen heilten. »Wird nicht besser. Sagte ich doch«, spottete Charlie scherzhaft und tätschelte mir die Wange.

»Danke, du Arsch«, erwiderte ich zuckersüß.

Lachend wanderte er weiter zu Bare.

Zarah kam zu mir und verpasste mir etwas Make-up. *Damit die Haut nicht beim Fotografieren glänzt*, erklärte sie jedes Mal wieder, weil sie wusste, wie wenig wir das leiden konnten. Ich fand Make-up selbst bei Frauen nicht unbedingt schön. Zumindest nicht, wenn sie sich Tonnen davon aufs Gesicht schmierten. Julie benutzte tagsüber auch welches. Ein bisschen Lipgloss und Wimperntusche, die sie meines Erachtens nicht brauchte. Sie war pur wunderschön.

Aus dem Augenwinkel beobachtete ich, wie sie uns beobachtete. Was für einen Eindruck sie von uns haben musste? Es war schon lange her, dass wir jemand Neues in die Familie aufgenommen hatten, und wir alle hatten wohl das Gespür verloren, wie wir auf andere wirkten.

»Wer hat die Fotowand dahin gestellt?«, fragte sie in die Runde.

»Das waren unsere Techniker. Sie kümmern sich auch um die Ausstattung für die Fotosessions«, antwortete Hal.

Julie inspizierte die Spotstrahler rings um den Platz und stellte sich dann hinter die schwarze Linie, die am Boden angebracht war. In ihrem Outfit und unter dem Lichtstrahl sah sie ein bisschen aus wie Michelle Pfeiffer in Catwoman, nur ohne Maske.

»Die Fotos sind für welchen Zweck gedacht?«

»Das sind Pressefotos. Jedes Jahr schicken wir neue an alle Agenturen raus, die diese für ihre Artikel, Schlagzeilen, was auch immer benutzen können«, antwortete Hal.

»Und die sind jedes Jahr gleich?«

»Der Hintergrund wird angepasst. Letztes Jahr war er dunkelblau.«

»Wer besteht darauf?«

»Niemand. Leo hat es so eingeführt und wir haben es beibehalten«, reagierte Hal irritiert. Innerlich musste ich schmunzeln. Man sah förmlich, wie es in seinem Kopf ratterte. Womit Hal schlecht zurechtkam, waren unvorhergesehene Ereignisse. Für ihn musste alles immer klar strukturiert sein.

»Sind Sie bereit für etwas Neues, Mr Winters?« Julie lächelte einnehmend. Ganz offensichtlich spürte sie Hals Befangenheit.

»Nun ja.« Er zögerte. »An was hatten Sie denn gedacht?«

»An Authentizität.«

»Uh«, raunte Bare. »Das wurde uns jahrelang hart abtrainiert. Ich bin bei der Rebellion dabei!«

»Hören Sie nicht auf sein Geschwätz, Miss Schroeder. Erklären Sie mir, wie Sie das meinen?«

»Nun, Whistleblower ist die beliebteste und bekannteste Band unter den Nachtschwärmern. Natürlich ist das in erster Linie der guten Musik geschuldet, die Songtexte sind lebensnah. Jeder kann sich mit ihnen identifizieren, weil die Mischung der Band einzigartig ist. Es gibt keine andere Musikgruppe, die vier Nachtschwärmerarten vereint. Auf den Pressefotos sieht man davon nichts. Die Band könnte ebenso gut eine menschliche Band sein. Es gibt keinen sichtbaren Unterschied.« Julie deutete auf den Fotoplatz zu ihren Füßen. »Das ist Mainstream.« Dann deutete sie auf uns. »Diese Jungs sind aber besonders.«

»Verflucht, Babe! Wo hast du dich mein Leben lang nur herumgetrieben?« Tatum riss sie in seine Arme und tanzte mit ihr einmal quer durch den Raum. Zum Abschluss drückte er ihr einen Kuss auf den Handrücken und verbeugte sich. »Du findest meine Nummer unter *Mann deines Lebens* im Family-Telefon.«

Lachend schüttelte sie den Kopf, während ich mich zwingen musste stehen zu bleiben, um Tate nicht seinen ach so schönen Vampirhals umzudrehen.

»Was immer Ihnen vorschwebt, können Sie das in den nächsten drei Stunden realisieren? Den Soundcheck können wir nicht abblasen.«

»Sicher. Ich benötige nur ein paar starke Schwärmer für die Kulissen.«

»Das ist kein Problem. Ich trommle Ihnen gleich einen Trupp zusammen.«

# Fünf

## Julie

Mehrere Eichelhäher zwitscherten laut ihren Unmut hinaus, weil wir sie in ihrer Nachtruhe störten. An die zwanzig Nachtschwärmer belagerten ihren Lebensraum im Wald Blumenthal, der zuvor still und dunkel dagelegen war. Ich gab die letzten Anweisungen für den ebenso letzten Spot unserer Fotosession. Es beeindruckte mich stark, wie flüssig und konzentriert die gesamte Crew arbeitete. Man merkte ihnen die jahrelange Zusammenarbeit an und ganz vorsichtig bekam ich ein Gefühl für ihre Definition von *Familie.*

»Okay, wir machen wieder Shoots mit den Instrumenten als Gesamtbild und einzeln. Danach ohne Instrumente«, rief ich in die Menge.

Das Licht leuchtete die Stelle vor einem sanft plätschernden Bach perfekt aus. Ein weiterer Aspekt, der mich von der Arbeit der Crew einnahm – jeder wusste, was er tat. Ich musste keine zwanzig Anweisungen hinausposaunen, noch ständig um Verbesserung bitten. Die Bandmitglieder stellten sich auf die am Boden mit weißer Farbe bestrichenen Kreuze, direkt neben der Linie, an der eigentlich Evans Klavier stehen sollte. Aus logistischen Gründen hatten wir es nicht mitnehmen können, was kein Problem war, denn ich würde es später mit dem Bildbearbeitungsprogramm einfügen.

»Perfekt! Jetzt fehlt nur noch Evan.« Ich drehte mich von der Kulisse weg, da ich hinter mir ein Knacken hörte. Auf der Lichtung, von der wir gekommen waren, stand er. Wie ein König mit hoch erhobenem Kopf, die Schnauze in die Luft gereckt. Völlig still, mit regelmäßigen Atemzügen. Er war wunderschön! Sein braunes Fell schimmerte im Mondschein wie Cognac, der in dünnen Fäden auf die Erde regnete. Gleichmäßig. Beruhigend.

Wie fremdgesteuert hob ich die Kamera und knipste ein Bild nach dem anderen, obwohl mir bereits klar war, dass keine Reflexkamera der Welt so eine Schönheit einfangen konnte.

»Kooomm, Puschel! Bei Fuß«, ertönte Tatums Stimme zärtlich. »Was hab ich dich vermisst. Komm zu Papa, ich muss mich endlich wieder in deinem weichen Fell vergraben.«

Einige lachten, auch ich. Tatum war so eine Knalltüte. Von allen Jungs hatte er mich bislang am meisten überrascht. Positiv überrascht.

Evans Herzschlag drehte auf. Ein leises Knurren entwich ihm. Langsam setzte er sich in Bewegung, was mich etwas enttäuschte. Gerne hätte ich ihn beobachtet, wenn er richtig in seinem Element war. Während er auf uns zu schlich, blickte ich gebannt in seine tiefbraunen Augen. Mir schien es, als würde er nur mich ansehen. Und das ging mir tiefer unter die Haut, als ich mir eingestehen wollte.

Unsere Begegnung in der Nacht zuvor war nicht spurlos an mir vorübergegangen. Zum einen war mir bewusst geworden, dass ich tatsächlich einige Vorurteile gegenüber der Band und dem Bandleben an sich hegte. Und zum anderen hatte Evan es innerhalb von drei Tagen geschafft, ein komplettes Bataillon an Gefühlen in mir wachzurütteln und wie ein Tornado darüber hinwegzufegen. Und nun stand ich mittendrin und wusste nicht weiter.

Was ich aber wusste, war, dass ich hier einen Job zu erledigen hatte. Ich klatschte einmal in die Hände und rief mit fester Stimme: »Wir sind vollzählig. Los geht's.«

Geschäftiges Treiben erfüllte die Stille, die uns umgab. Evan schlich an mir vorbei. Dicht. So dicht, dass ich die Wärme, die von ihm ausging, deutlich spüren konnte. Werwölfe besaßen allgemein eine höhere Temperatur als ein Mensch oder Nachtschwärmer. Und in ihrer eigentlichen Gestalt pushte sich diese sogar noch um einige Grad hoch. Wie gerne würde ich mit meinen Fingern durch sein Fell streichen. Spüren, ob es sich wirklich so weich anfühlte, wie es aussah.

Schnell legte ich die Hände um meine Kamera. »Auf die Markierungen bitte. Wir müssen uns ein bisschen ranhalten, sonst verpasst ihr euren Soundcheck.«

Evan gesellte sich zu den anderen und innerhalb weniger Minuten hatte ich die Shoots, die ich brauchte, im Kasten. Ich wechselte die SD-Karte von der Kamera in den Laptop, damit ich die Bilder überprüfen konnte. Während ich den Computer auf einer Hand balancierte, um mit der anderen Hand durch die Fotos zu scrollen, erklang das Getrappel von mehreren Pfoten. Ich öffnete den Mund, doch Tatum war schneller. »Wir bekommen Besuch.«

Ich blickte auf. Drei Wölfe kamen angerannt. Das Security-Team setzte sich in Bewegung.

»Wartet«, hielt Charlie sie auf.

Die Wölfe verlangsamten ihren Schritt, der vorderste wandelte sich und im nächsten Moment lief eine völlig nackte Frau auf die Jungs zu. Irritiert riss ich die Augen auf. Schlanke Figur, lange dunkle Haare, Schmollmund. Attraktivität ohne Schamgefühl.

»Bei! Allen! Monden! Ihr seid es tatsächlich! Ich bin euer größter Fan!« Die Frau hüpfte auf und ab und klatschte in die Hände. Ihre beachtlichen Brüste schwangen zum Vibe mit. Diese Szene hatte etwas von einem Unfall. Man sollte da echt nicht hinsehen, doch man konnte einfach nicht den Blick abwenden.

»Darf ich euch umarmen?«, fragte sie schrill und öffnete die Arme. Die beiden anderen Wölfe heulten auf. Es klang wie Zustimmung.

Etwas stupste mich an meinen Po. Mehrmals. Ich sah hinter mich. Evan stand hinter mir und blickte mich durchdringend an. Hä? Wollte er etwa, dass ich ein Foto von dem durchgeknallten Fan schoss?

*Was?*, formte ich mit den Lippen, da stieß er mich ein weiteres Mal. Ich kniete mich hin, dicht an seine Ohren. »Ich versteh dich nicht.«

»Wie ist dein Name?«, hörte ich Bare fragen, während ich auf Evans Antwort wartete.

»Sandra.«

»Sandra. Schöner Name.«

Sie jauchzte auf. »Danke!«

»Sandra, wir sind mitten in einem Fotoshooting und haben es eilig. Zieh dir mal meine Jacke über, dann kannst du uns gerne umarmen. Wir müssen nämlich weiter.«

»Deine Jacke?«, schrie sie so grell, dass es mir in den Ohren klingelte.

Evan stupste gegen den Laptop, da funkte es endlich in mir. Er wollte wissen, ob die Fotos genügten und wir fertig waren. Ich nickte, obgleich ich mir die Bilder nicht richtig angesehen hatte. Die anderen drei Shoots waren jedoch alle gleich schnell und professionell abgelaufen, deswegen zweifelte ich nicht daran, auch hier ein, zwei perfekte Aufnahmen auf der Karte zu haben.

Er wackelte mit dem Kopf hin und her und ich hob die Hand, kurz davor mit meinen Fingern durch sein Fell zu streichen. Doch anstatt mich darin zu vergraben, stand ich auf. Die Aufmerksamkeit der umstehenden Schwärmer lag sicher noch auf *Freaky Sandra*, trotzdem wollte ich meine Zuneigung zu Evan nicht derart publik machen. Schon gar nicht, weil wir uns ja eigentlich darauf geeinigt hatten, uns aus dem Weg zu gehen. Und unprofessionell war es noch dazu.

Evan rannte los, zurück zu der Lichtung, hinter der die Wagen standen und er sich ausgezogen hatte. Ich klappte den Computer zu und beobachtete, wie Sandra, die nun das dunkelgraue Jackett von Bare trug, sich heiß und innig an ihn schmiegte.

»Wir können abbauen«, rief ich in die Runde. »Ich habe alle Fotos.«

»Fotos?« Sandra drehte sich zu mir um. »Machst du eins mit uns? Als Erinnerung? Und stellst du sie online, damit ich sie mir runterladen kann?«

»Das muss die Band entscheiden«, sagte ich, denn das lag sicher nicht in meiner Entscheidungsgewalt.

»Das geht leider nicht. Dein Outfit macht dem einen Strich durch die Rechnung. Kinder und Teenager besuchen unsere Seite auch und das verstößt gegen unsere Regeln«, klärte Bare sie freundlich, aber bestimmt auf.

Sandra zog eine Schnute.

»Kommst du heute Abend zu unserem Konzert?«, wollte Charlie wissen.

»Natürlich! Kathrin und Lisa auch.« Sie deutete nach hinten zu den Wölfen.

»Dann sag an der Kasse deinen Namen und du und deine Begleiterinnen bekommen VIP-Pässe. Nach dem Konzert könnt ihr so viele Fotos mit uns schießen, wie ihr wollt. Klingt das gut?«

Sandra kreischte los. »Das ist der Wahnsinn. Aaaaah!« Sie sprang wieder auf und ab. Umarmte Charlie und Tatum und entledigte sich des Oberteils. »Ich freu mich auf euch! Und vergesst bloß nicht meinen Namen. Sandra Baumann.«

»Ist notiert.« Bare lächelte gewinnend.

Ich hatte keinen Schimmer, ob er oder die anderen genervt oder angetan von Sandra und ihrer Aktion waren, für mich gehörte diese Aufführung aber echt in die Abteilung Fremdschämen.

Sie verwandelte sich zurück in einen Wolf und sprintete unter lautem Geheul mit ihren Freundinnen davon. Das Abklatschen der High Fives war das einzige Geräusch nach ihrem Abgang, das durch das Waldstück strömte. Die Belustigung stand allen Tourmitgliedern ins Gesicht geschrieben. Aufgrund des phänomenalen Hörsinns der Wölfe sagte jedoch keiner ein Wort zu dem Vorfall. Zumindest jetzt noch nicht.

Kopfschüttelnd packte ich meine Sachen ein. Ich hatte zwar eine Verschwiegenheitserklärung unterzeichnen müssen, aber Emma würde ich definitiv davon erzählen. Und wie konnte ich auch nicht? Drei Tage bei der Band und ich hatte schon mehr Geschichten auf Lager als in einem ganzen Jahr zu Hause.

Evan kam zurück. In seiner menschlichen Gestalt und natürlich angezogen.

»Jetzt hast du deine Fans verpasst«, sagte ich grinsend.

»Kann ich gut verkraften. Ich bin froh, dass du verstanden hast, was ich von dir wollte.«

»Warum?«

Er seufzte und fuhr sich durch den Bart. »Jeder in der Familie weiß, dass ich Körperkontakt nicht ausstehen kann, wenn ich in meiner wahren Gestalt bin. Fans wissen das nicht. Du hast es nicht gewusst. Aber dein Wort galt. Hättest du eine weitere Shooting-Runde gebraucht, hätte ich es ertragen, dass die Frau sich auf mich stürzt.«

»In Zukunft kannst du dich gleich davonstehlen. Es ist nur ein Foto. Die Wahrung deines Wohlfühlbereichs ist wichtiger und sollte respektiert werden.« Ich lächelte ihn an, erleichtert, ihn doch nicht angefasst zu haben.

***

**Evan**

Julies Lächeln wirkte ehrlich. Trotzdem fragte ich mich, ob sie nicht doch eine Spur Erleichterung verspürte, mich nicht gestreichelt zu haben. Sie ließ es sich zumindest nicht anmerken. Ob ich ihr sagen sollte, dass sie mich jederzeit anfassen durfte? Egal in welcher Gestalt ich mich bewegte? Tatsächlich hatte ich es mir gewünscht und als sie die Hand gehoben hatte, setzte für einen Schlag der Beat meines Herzens aus.

»Danke. Das weiß ich zu schätzen.«

Sie nickte und ging davon. Mit vereinten Kräften beluden wir die Autos und cruisten direkt zur Halle, in der später der Auftakt unserer sechsmonatigen Europatournee stattfand.

»Das war eine Premiere«, begann Bare das Gespräch, kaum dass wir vier im Wagen saßen. »Nackte Frauen begleiten uns schon seit Anbeginn unserer Karriere, aber dass sich eine vom Wolf direkt in die menschliche Gestalt wandelt ...«

»Für dich vielleicht«, merkte ich an und zog süffisant einen Mundwinkel hoch.

Bare schnaubte. »Ausgerechnet dir ist so was schon passiert.«

»Hör ich da einen Tick Eifersucht aus dem Klang deiner lieblichen Stimme?«

»Hab ich nicht nötig.«

Ich lachte über Bares betont lässigen Gesichtsausdruck. Er liebte das weibliche Wesen und für ihn gab es keinen besseren Job als Folk-Rocker einer Band, die mehr als bombig lief. Bedauerlicherweise hatte ihn diese Liebe nun in die Bredouille gebracht. »Gibt's schon Neuigkeiten?«, fragte ich ihn deswegen.

»Unsere Anwälte sind im Gespräch mit Lovis' Anwälten. Viel tun kann ich im Moment nicht. Bevor das Baby nicht auf der Welt ist, können wir keinen DNA-Abgleich machen.«

»Geht so was nicht schon vorher?«, hakte ich nach.

»Das ist nicht in jedem Land erlaubt und wird wenn dann nur bei strafrechtlichen Dingen gemacht. Außerdem muss ein unabhängiger Zeuge bei der Abnahme der Probe dabei sein.«

Ich nickte. »Wann ist der Geburtstermin?«

»In acht Wochen.«

Tatum zog scharf die Luft ein. »Zwei Monate bangen. Packst du das?«

»Wieso bangen?«, mischte sich Charlie ein. »Kinder sind toll.«

»Ja, Charlie. Aber nicht von einem Groupie, das nur auf Geld und Publicity aus ist«, erwiderte Bare.

Er hob beschwichtigend die Hände, doch Charlie ignorierte es. »Das find ich auch daneben. Trotzdem ist es dein Fleisch und Blut. Es ist deine Beziehung zu deinem Kind. Kein Außenstehender vermag das Band, das du mit ihm knüpfst, je berühren können. Es gehört euch.«

»Das hört sich bei dir so einfach an«, sagte Bare.

»Das ist es auch.« Charlie fuhr sich übers Gesicht, als wollte er sich den Schmerz wegwischen, der nun deutlich darin zu erkennen war. »Fakt ist und bleibt – Kinder kommen unberührt auf die Welt und sie lernen von uns und dem Umfeld, in dem sie aufwachsen. Unterschätze nicht deinen Einfluss, nur weil du vielleicht nicht täglich bei ihm sein wirst.«

»Oder hast du vor die junge Lady zu ehelichen?«, wollte Tate wissen.

»Nope. Auf gar keinen Fall. Ich erinnere mich noch nicht mal mehr an den Sex mit ihr. Außerdem bin ich kein Freund vom Heiraten, das wisst ihr genau.«

»Ist auch nicht das Schlimmste«, brummte Tatum.

Ich seufzte. Mann, da war sie dahin, die belustigte Stimmung. Die Themen Kinder und Ehe waren ein dünnes Eis, auf dem wir uns bewegten. Noch vor ein paar Jahren waren wir meilenweit davon entfernt gewesen, überhaupt nur einen Gedanken daran zu verschwenden, doch seit Tates und Charlies Schicksalsschlag konnte man sich kaum darüber unterhalten, ohne einem der beiden auf die Füße zu treten. Ungewollt, natürlich.

»Na gut«, versuchte ich die Stimmung umzureißen. »Wir werden sehen, was die Ergebnisse zeigen. Es ist ganz passend, dass wir uns nach der Tour die Auszeit gönnen. Wir können sie alle gebrauchen.«

Einstimmiges Gemurmel flutete durch den Van.

»Und? Was haltet ihr von unserem Neuzugang?«

Kritisch musterte ich Bare, der die Frage gestellt hatte. Ich war mir nicht sicher, ob die Jungs von Tatum bereits über mein Dilemma Bescheid wussten. So unbedarft wie Bare allerdings aus der Wäsche schaute, war das wohl eher nicht der Fall. Denn, auch das war ein ungeschriebenes Gesetz zwischen uns Brüdern, Frauen, egal ob One-Night-Stand oder feste Bindung, waren tabu, wenn sie mit einem von uns bereits etwas zu tun hatten.

Dazu mussten sie natürlich erst mal im Bilde sein. Deswegen brachte ich die Sache gleich auf den Tisch. »Mir gefällt sie. Sehr sogar. Ich will nichts mit ihr anfangen, trotzdem bitte ich euch bei ihr um Zurückhaltung.«

Charlie grinste breit. »Da haben mich meine Sensoren doch nicht getäuscht.«

»Hast du sie deswegen beim Meeting so angestarrt?«, fragte Bare.

Bei allen Monden! Das war ja nicht auszuhalten. Als hätte ich noch nie irgendeine Frau angesehen. »Ja«, knurrte ich.

»Und der Grund, weswegen du nicht bei ihr landen willst ...?«

»Liegt doch klar auf der Hand, Compadre«, unterbrach Charlie und verdrehte die Augen. »Unser Wolf im Schafspelz will seinen Trip in die Wälder nicht absagen.«

»Muss er doch nicht. Kann die Miss doch auch mitnehmen.« Jetzt verdrehte Bare die Augen.

»Charlie hat recht. Ich freu mich auf den Trip und den muss ich alleine machen. Also? Ist das geklärt?«

»Du hast nichts zu befürchten, Bruder.« Tatum klopfte mir auf die Schulter. »Dir ist aber schon klar, dass wir nur drei sind. Von einer Familie mit über sechzig Mitgliedern.«

»Ja, danke für den Hinweis, du Arsch.« Missmutig verzog ich den Mund. Was für ein Scheiß. Daran hatte ich noch gar nicht gedacht. Egal. Ich konnte es nicht ändern. Ich konnte auch keine Ansprüche auf sie erheben. Und wenn ich ihr wirklich aus dem Weg gehen wollte, sollte ich meine mich überfahrenden Gefühle komplett abmurksen und mich am besten nicht weiter um sie kümmern.

***

Ich warf meine Sachen in die Reisetasche, überprüfte, ob ich auch alles eingepackt hatte, und verließ das Zimmer. Der Soundcheck war glatt über die Bühne gegangen und das große Konzert startete in weniger als zwei Stunden. Bis dahin musste die komplette Tourfamilie in die fünf Busse umgezogen sein, da wir direkt danach losfuhren. Am Veranstaltungsort blieben wir meist ein bis zwei Nächte in einem Hotel, denn die Fahrt, die manchmal mehrere Tage dauerte, war nervenaufreibend. Wobei ich mich als Allerletztes darüber beklagte. Die Band hatte noch den meisten Platz zur Verfügung.

Mein Gesicht starrte mir entgegen, bevor ich einstieg. Ein überdimensionales Bild der Band prangte auf der Außenfläche des Busses. Nur zu erkennen für Nachtschwärmeraugen. Im Gegensatz zu anderen Bands traten Whistleblower nicht für beide Welten auf. Darüber waren wir uns gleich zu Beginn unserer Karriere einig gewesen. Es war schwer genug, sein Leben unter den Menschen zu arrangieren, ohne aufzufallen. Ein Leben, das von Lügen und gewissermaßen auch Angst begleitet war, entdeckt zu werden. Und so konnten wir in unseren Konzerten wirklich so sein, wie wir waren. Zeigen, was wir konnten. Wobei Charlie seine Gabe am meisten auslebte, einfach weil er als Hexer den größten magischen Spielraum von uns zur Verfügung hatte.

Der Duft von Reinigungsmittel und Leder strömte mir in die Nase, als ich durch den Wohnbereich zu den Kabinen streunte. »Yo, schon jemand da?«

»Ich, Compadre.« Charlie riss den Vorhang seines Schlafplatzes zur Seite und grinste mir entgegen.

»Warum grinst du, verflucht? Du kannst dich nicht tatsächlich auf wochenlange drei Quadratmeter so diebisch freuen!«

»Nö. Wobei ... doch. Wer weiß, wann wir wieder auf Tour gehen. Da sollte man den Charme der Schnarchgeräusche und den unwiderstehlichen Schweißgeruch nach einer Show auf engstem Raum wirklich noch mal huldigen.«

Ich schnaubte und warf meine Tasche unter seine Koje.

»Ich hab keinen Plan, wie ich ohne das alles auskommen soll. Stille. Gute Gerüche. Freizeit. Ein Bett, in dem man sich mal drehen kann, ohne rauszufallen ... Das wird eine heftige Erfahrung, Bruder, das spüre ich jetzt schon.«

Charlie sagte das so belustigt, doch genau das würde unsere Herausforderung werden und uns mit Sicherheit nachhaltig verändern. Oder prägen. »Bin da ganz bei dir. Neue Welten werden sich uns erschließen. Wir werden nie wieder dieselben sein, wenn wir unserem Alltag des Lebens entfliehen können.«

»Du mit Sicherheit nicht«, ertönte es plötzlich hinter mir. Bare klopfte mir auf den Rücken. »Jedes Mal, wenn ich an dich und die Blockhütte im Wald denke, geistert Jack Nicholson in *Shining* vor meinem inneren Auge herum. Das macht mir Angst.« Lachend drückte er sich an mir vorbei.

»Das kann nicht schlimmer werden als deine Entscheidung für ein Jahr im Tageslicht zu leben.«

»Es surft sich schlecht im Dunkeln«, erwiderte er ungerührt und schmiss sich in die Koje rechts neben mir. »Außerdem hätte ich auch gern mal einen Sonnenbrand.«

»Kann ich nicht nachvollziehen«, brummte Tatum und kam in die Kabine geschlappt.

Wir lachten, obgleich ich mir nicht sicher war, ob Tate nicht doch auch mal gerne einen Sonnenauf- oder untergang sehen wollte, die Wärme der Sonnenstrahlen auf seiner Haut spüren würde.

»Aah! Endlich! Die obere Koje ist Mein!« Tatum hievte sich hoch und setzte sich breit grinsend aufs Bett. Zu Beginn unserer Karriere hatten wir per Streichholz ausgelost, wer welche Schlafkoje bekam, da jeder von uns gerne oben geschlafen hätte. Tate verlor gegen Leo, dessen Platz ja nun frei war.

»Ein Traum wird wahr. Komm, Puschel, schieß ein Foto von mir.«

Ich schüttelte den Kopf und zog dennoch mein Handy aus der Hosentasche.

»Na, na, na! Wirst du wohl deinen Folk-Rock-Hintern vom Bett schwingen! Diese Koje gehört –«

»Leo«, sagten wir unisono und ich knipste aus Reflex ein Foto von Hal, der in der Schiebetür stand – direkt neben Julie. Oh. Fuck.

»Genau richtig. Die Koje gehört dem Fotografen. Miss Schroeder«, erklärte Hal.

»Hey.« Sie winkte in die Runde. Lächelnd, was total schief aussah. Ihr stand die Überraschung genauso ins Gesicht geschrieben wie vermutlich mir. »Bleib ruhig oben. Ich bin ganz glücklich mit einem Schlafplatz in Bodennähe.«

Tatum seufzte laut. »Du bist zu gut, um wahr zu sein.«

»Ich hoffe, es ist okay für euch, dass ich mir den Bus während der Tour mit euch teile?«, fragte sie und begann an ihrem Ohr zu zupfen.

»Natürlich ist es das«, antwortete Hal stellvertretend für vermutlich jeden aus der Band. Außer für mich. Das war eine Katastrophe. Wie sollte ich denn so genügend Abstand zwischen uns bringen?

# Sechs

**Julie**

Evan sah genauso angebissen aus, wie ich mich fühlte. Das war ja ein mega Mist. Aber jetzt noch Mr Winters um einen anderen Schlafplatz zu bitten, wo ich ihm bereits versichert hatte, dass es in Ordnung ginge … nee. Diese Blöße wollte ich mir irgendwie auch nicht geben. Dann musste ich da eben durch. *Und das schaffst du auch! Das ist Arbeit. Und du bist professionell!*, bescheinigte ich mir still.

»Tja, Bare – in Zukunft bleiben die Hosen an«, unterbrach Charlie meine Gedanken.

»Oh, oh«, erwiderte ich. »Ist es das, was ich denke?«

»Jup! Unser Sonnenschein hier hat ein Faible für Freiluftkörperkult.«

»Ich fröne nur der Natur«, erwiderte er und schob sich gespielt lasziv sein T-Shirt hoch, hinter dem wohldefinierte Muskeln hervorblitzten. Bei allen Monden. So einen Oberkörper hatte ich noch nie live und in Farbe betrachtet. Meine Ex gehörten immer dem eher schlaksigen Typ an. Ein bisschen so wie Charlie.

»Tu dir keinen Zwang an. Ich bin auch sehr naturverbunden«, sagte ich und zwinkerte ihm belustigt zu. Die Jungs lachten, nur Evan schob die Brauen zusammen. Aha. Mit meinem Humor konnte er wohl nichts anfangen.

»Dann beziehen Sie gerne unter Tatum Ihren Platz. Scheuen Sie sich aber nicht davor, sich zu melden, wenn es doch nicht passt!«, bat mich Mr Winters.

»Geht in Ordnung.« Ich legte meine Sachen aufs Bett, schlüpfte aus den Schläppchen und setzte mich im Schneidersitz hin.

»Zwanzig Minuten, dann fahren wir los zur Halle. Das Meet & Greet nach dem Konzert habe ich übrigens durch euren speziellen Fan plus zwei Begleitpersonen erweitert.«

»Juhu«, entgegnete Charlie trocken.

Überrascht horchte ich auf. »Ihr werdet als die fanfreundlichste Band überhaupt betitelt. Ist das ein Fake?«

»Nope. Wir lieben unsere Fans. Ihnen haben wir immerhin den immens großen Erfolg zu verdanken«, antwortete Tatum. »Es gibt nur leider einige von ihnen, die sich keinen Kopf darüber machen, ob sie in deinen Wohlfühlbereich eindringen oder nicht. Sie sehen dich und wollen dich haben. Mit Haut und Haaren. Alles an dir. Dann unterbrechen sie dich in dem, was auch immer du gerade tust. Sie fassen dich an, umarmen dich, machen Fotos oder verfolgen dich. Sie kennen einfach keine Grenzen.«

»Zu Beginn waren wir auf diesen intensiven Kontakt ganz heiß gewesen. Nur mit der Zeit mussten wir feststellen, dass je offener wir uns gaben, desto weniger unsere Grenzen gewahrt wurden«, ergänzte Bare.

Evan fiel mir gegenüber in seine Koje. »Und das zermürbt. Denn solche Fans hören einfach nicht zu, wenn man sie bittet Abstand zu nehmen. Deswegen beschäftigen wir doppelt so viel Security wie noch vor ein paar Jahren.«

»Das ist schade. Und eine unheimlich schwierige Situation, die ihr, wie ich finde, bravourös meistert. Von außen erkennt man nichts von diesem Dilemma.«

»Danke. Mit der Zeit bekommt man Routine. Und zum Glück gibt es viele Nachtschwärmer da draußen, die zu schüchtern sind, um sich uns einfach an den Hals zu werfen.«

Bare lachte. »Oder zu ehrfürchtig.«

»Oder das.« Evan grinste und wie ich ihn so betrachtete, realisierte ich erst, dass sein Schlafplatz meinem gegenüber lag. Innerlich seufzend wendete ich den Blick ab und öffnete meine Reisetasche. Meinen Koffer würde ich morgen auspacken. Im unteren Bereich gab es Schränke für jeden von uns. Dort befand sich auch die Küche samt Essplatz und ein ausladendes Bad mit vier Duschplätzen.

Ich fischte meinen MP3-Player hervor und legte ihn unters Kopfkissen. Meinen Wecker stellte ich auf die dreifingerbreite Ablage an der Wand. »Wann steht ihr morgens denn so auf?«, fragte ich in die Runde. Ich wollte unbedingt herausfinden, wann ich in Ruhe das Bad benutzen konnte.

»Immer dann, wenn ich die VIPs aus ihren Betten scheuche«, antwortete Mr Winters. »Freiwillig würden die sonst nie rauskommen.«

Tate sah kopfüber zu mir runter. »Stimmt gar nicht. Es kommt nur darauf an, was wir für diesen Sklaventreiber wieder tun müssen.«

»Tss. Für mich müsst ihr gar nichts tun. Das alles geschieht zu eurem Wohl.«

»Unser Wohl – dein Gehalt.« Charlie wackelte mit den Augenbrauen, was total komisch aussah, da sie ständig hinter seinem Beanie verschwanden. *Zauberbrauen ... wieder weg, wieder da, wieder weg, wieder da.*

»Au«, rief Mr Winters und rieb sich empört über die Brust. »Das tat weh.«

»Ooh, soll ich pusten?« Mit einem eleganten Sprung war Tate bei ihm und spitzte die Lippen. Lachend schlug ich mir die Hände vors Gesicht. Ich konnte echt nicht mehr. Dieser Kerl war der Knaller.

»Um Ihre Frage zu beantworten, Miss Schroeder – ich werde Ihnen einen Plan aushändigen, auf dem sämtliche Termine der Band verzeichnet sind. Das wollte ich sowieso tun, damit Sie sich Ihre freie Zeit auch besser einteilen können.«

Ich wischte mir die Tränchen aus den Augen und nickte. »Vielen Dank.«

Tate hechtete zu mir aufs Bett. »Ist das später eigentlich dein erstes Konzert von uns?«

»Nein.«

»Dann bist du ein Fan?«

»Nein.«

»Oh, mein Herz. Gleich zum zweiten Mal. Das halte ich nicht aus.« Mr Winters hielt sich erneut die Hände gegen die Brust gedrückt.

Giggelnd winkte ich ab. »Abwarten. Wer weiß, vielleicht bin ich ja nach der Tour ein riesen Fan von den Whistleblowern.«

»Da müssen wir uns aber ins Zeug legen.«

»Nee. Bloß nicht. Ich steh total auf –«

»*Natüüürlichkeit?*« Bare spielte rhythmisch mit seinem Shirt und wackelte mit den Hüften.

Schallend lachte ich wieder los. »Du hast es erfasst!«

***

Erstaunt schoss ich ein Foto nach dem anderen. Alleine der Backstage-Bereich war gigantisch. Raum um Raum gliederte sich an einen großen Saal, in dem die Cateringfirma die Verpflegung aufgestellt hatte.

Die gesamte Belegschaft wuselte geschäftig hin und her. Die Bühne wurde erneut überprüft, das Mischpult. Die Make-up Artistin lief den Bandmitgliedern hinterher, die zwischen Essen und ihren eigenen Umkleidezimmern umherstreunten.

Das Social-Media-Team saß gemeinsam in einer Ecke und sendete alle paar Minuten Updates für die Fans, die, wie ich erfahren hatte, teilweise schon seit Stunden draußen vor der Halle campierten und auf den Einlass warteten. Noch hörte man nichts, da das Gebäude schallisoliert war, aber man spürte es. Dieses Surren, das bis tief in den Bauch drang. Die aufgeladene Stimmung. Die Energie aus Vorfreude. Sie hüllte einen ein, ob man wollte oder nicht. Es war elektrisierend und traf mich völlig unvorbereitet. Bei dem einen Konzert, das ich je von Whistleblower gesehen hatte, war ich nicht halb so geflasht gewesen. Was vielleicht daran lag, weil ich nur Emma zuliebe mitgegangen war.

»Ist es okay für dich?«, raunte es plötzlich in meinem Nacken und Wärme strömte auf mich über. Eine Gänsehaut breitete sich von Kopf bis zu den Zehen aus und ich schüttelte mich leicht.

»Es ist ein Job. Das bekomm ich schon auf die Reihe.« *Hoffentlich.*

Er lachte leise, während ich mit klammen Fingern die Kamera hob und einen von der Security fotografierte, wie er mit Orangen jonglierte. Evan setzte mich unter Strom, aber mehr noch die Tatsache, dass jeder mit gutem Gehör – und in dieser Familie gab es einige Vampire und Wölfe – unser Gespräch belauschen konnte, denn so laut ging es hier nicht zu.

»So redest du es dir also schön.«

»Ich hab keine Ahnung, was Sie meinen, Mister Vega«, flüsterte ich und ging davon.

»Julie!«, rief Timber wie aufs Stichwort und winkte mir zu.

Ich schlug den Weg zu ihr ein und ließ mich auf die Bank direkt neben sie fallen.

»Ärgert er dich wieder?«

Mein Blick schweifte durch den Raum. Evan stand mit verschränkten Armen immer noch an der gleichen Stelle, an der ich ihn eben zurückgelassen hatte, und starrte mit raufgezogenen Brauen zu uns.

»Ich hab das Gefühl, er wärmt sich gerade erst auf.«

Seine Mundwinkel zuckten verräterisch. War ja klar, dass er uns belauschte.

Timber rückte vor und schaute ebenfalls zu ihrem Bruder. »Hau ab. Das ist ein Gespräch unter Frauen.«

»In einem Raum voller Vampire und Wölfe?«, fragte er.

»Gut, wie du meinst. Die, die ihre Lauscher nicht gekappt haben, interessieren sich bestimmt auch für diese eine Geschichte, die dir bei Mas 150. Geburtstag passiert ist. Du weißt schon, die mit dem Labrador –«

»Schon gut«, knurrte er, schoss seiner Schwester einen genervten Blick zu und zog ab.

Beeindruckt sah ich sie an. »Erzählst du mir die Geschichte trotzdem?«

»Bestimmt irgendwann.« Timber lachte. »Aber jetzt erzähl erst mal, was los ist.«

»Der Fotograf fährt immer im Tourbus der Band mit ...«

»Ha! Stimmt! Oh, Mann. Da hat der Gauner genug Zeit, dir auf die Nerven zu fallen.«

»Willst du nicht mit mir tauschen?«

»Wow! Vergiss es. Ich find dich ja echt gediegen, aber selbst für meine beste Freundin würde ich das nicht machen.« Timber schüttelte vehement den Kopf. »Das war kein Scherz, als ich meinte, die Jungs sind so etwas wie Brüder für mich. Sie behandeln mich nämlich gern wie ihre *kleine* Schwester, was ich so was von gar nicht abhaben kann. Der Beschützerinstinkt von Evan ist schon immens ausgeprägt. Frag nicht, wie es abgeht, wenn *alle* sich da einmischen.«

Sie zog eine Grimasse, die mir trotzdem ein Lachen entlockte. Ich fand es eigentlich ganz schön, wenn es da jemanden gab, der sich um dich sorgte. Das war für mein Empfinden schlicht ein Zeichen der Zuneigung. Der Liebe zu dieser Person. Und davon konnte man nie genug bekommen. Trotzdem verstand ich ihre Bedenken.

»Alles klar. Ist nachvollziehbar. Ich werde das irgendwie deichseln.«

»Mit Sicherheit. Und als kleines Notfallkit präg dir folgende Worte ein, die du meinem heißgeliebten Bruder jederzeit an den Kopf werfen kannst und deren Wirkung hundertpro zu deinen Gunsten ausfällt: *Ich sitze an der Quelle vieler einzigartiger Anekdoten über dich.*«

***

**Evan**

Ich band mir die Krawatte um, sprang kurz auf und ab, um mich zu lockern, und griff nach meinem Glücksbringer. Eine Miniaturfigur, eine Mischung aus einem Wolf und einem Ferkel, die komplett verbogen und schräg aussah und die man eigentlich nur mit viel Wohlwollen als solche erkennen konnte. Timber hatte sie aus Ton gemacht und mit braun-pinker Farbe glasiert. Da war sie vier Jahre alt gewesen und wir hatten unseren ersten Plattendeal unterschrieben. Ein Deal, welcher der Beginn unserer steilen Karriere auslöste, nachdem wir zuvor fünf Jahre lang erfolglos durch Bars getingelt waren.

Sie hatte ihn mir geschenkt kurz vor unserem ersten richtig großen Konzert. Ich war so aufgeregt gewesen, dass ich einige Nächte zuvor nicht schlafen konnte und unruhig durchs Haus meiner Eltern getappt war.

Eines Nachts stand sie da, gekleidet in ihrem I-Aah und Tigger Pyjama, mit den chaotischen zwei Zöpfen, die sie immer trug, Winnie Puuh unter den Arm gedrückt und sah mir aus wachen Augen entgegen. »BrummBrumm? Kannst du nicht schlafen?«

Ich nahm sie auf den Arm und setzte mich mit ihr auf den Treppenabsatz. Ihre Haare dufteten nach Kaugummi, ihr Lieblingsshampoo, weil: *Dann haben mich alle zum Fressen gern.*

»Nicht so richtig«, beantwortete ich ihre Frage.

»Warum?«

»Weil ich mich etwas fürchte.«

»Fürchten? Aber warum? Du bist doch ein Wolf.« Sie hob ihre winzige Hand und legte sie auf meine Wange. »Du bist der stärkste Wolf, den ich kenne. Außer Daddy. Der ist ein bisschen stärker als du. Glaub ich. Ich kenne viele Wölfe. Onkel Cyrus, Cousin Robin –«

»Danke, Puuh-Bär. Das ist lieb von dir. Aber weißt du, Furcht haut sogar den stärksten Wolf um.«

»Das verstehe ich nicht.« Sie kniff angestrengt die Augen zusammen und tippte sich gegen die Stirn. Mein Herz blühte auf. Sie war so wunderbar und sie schaffte es immer, mein Leben zu erhellen. Mich lächeln zu lassen.

»Das ist, als wärst in einer Folge von Winnie Puuh. Manchmal bist du mutig wie Tigger, aber manchmal bist du eben ängstlich wie Ferkel.«

»Ach soooo. Dann hast du Angst, weil du nicht weißt, was passiert?«

»Genau.«

Sie kicherte hinter vorgehaltener Hand.

»Was ist so lustig?«

»Na du! Jeder weiß doch, dass Ferkel immer seine Angst überwindet. Du musst dir also keine Sorgen machen.«

»Meinst du?«

»Ich weiß es!«, sagte sie und schlang ihre weichen Ärmchen um meinen Hals.

Lächelnd drückte ich ihr einen Kuss auf den Scheitel. »Dann muss ich mir wohl wirklich keine Sorgen machen.«

Zwei Tage später überreichte sie mir die Tonfigur mit den Worten: »Du bist der mutigste Ferkelwolf, den ich kenne. Und ich kenne keinen anderen.«

Heute verstand sie natürlich, was sie mir da gesagt hatte, und seither ergänzte sie gerne mal, dass ich immer noch etwas ganz Besonderes war – so als Ferkelwolf, denn bisher wäre ihr noch kein anderer begegnet.

Lächelnd steckte ich die Tonfigur in die Brusttasche meines weißen Hemds. Es gab seitdem kein Konzert, das ich ohne meinen Ferkelwolf gespielt hatte. Ich hütete ihn wie einen Schatz.

»VAN!«, brüllte Bare durch die Tür und klopfte wild. »Es geht los!«

Ich atmete einmal tief durch und verließ meinen Umkleideraum. Auf dem Weg durch die vielen Gänge bis zur Bühne herrschte absolute Stille. Wie jedes Mal, kurz bevor die Show begann. Wir alle standen vor jedem Konzert unter Strom. Um so ein Event auf die Beine zu stellen, bedurfte es vieler zupackender Hände, stundenlanger Arbeit und wochenlanger Planung, damit es für den Bruchteil eines Abends das Highlight für viele Nachtschwärmer wurde.

Je näher ich der Bühne kam, desto lauter wurde der Klang von Tausenden Stimmen, die unseren Bandnamen riefen. Es kribbelte in meinem Bauch. Und dieses Gefühl hörte vermutlich auch nie auf – Lampenfieber.

Am Bühneneingang warteten bereits die anderen. Billy, einer unserer Tontechniker, verkabelte mich und ich schloss den Kreis, den die Jungs gebildet hatten, und legte meine Arme auf die Schultern von Tate und Bare.

»Musik ist die Luft, die wir atmen, das Blut, das wir trinken, die Magie, die wir wirken, die Vielfalt aus unseren Herzen.«

Mit jedem Wort strömte mehr Energie in mich. Völlig aufgeladen streckte ich die Hand aus und klatschte mit meinen Brüdern ab. Ich war bereit. Und ich war heiß auf die Show. Die Lichter im Saal dimmten sich und das Geschrei der Fans zog an. Dieser Moment, bevor die ersten Töne erklangen, die Erwartung der Fans, das Kribbeln in meinen Finger, war magisch. Es gab kein vergleichbares Gefühl.

Gemeinsam schlichen wir auf die Bühne. Kurz bevor ich mich vors Klavier setzte, schweifte mein Blick zurück und traf direkt auf Julies. Ich zwinkerte ihr zu, da sie aussah, als hätte ein Blizzard sie eingefroren. Kein Mienenspiel spiegelte sich in ihrem Gesicht wider. Keine Gefühlsregung zeigte sich. Und das machte mich ganz schön nervös. Und vor allem machte es mir klar, dass ich Julie Schroeder beeindrucken wollte. Ich wollte sie mit meiner Musik verzaubern. Sie abholen und in eine Welt tauchen lassen, in der sie sich vom Alltag lösen konnte. Vom Trott oder irgendwelchen Sorgen. Ein paar Stunden Freiheit. Ein paar Stunden gutes Gefühl.

Verflucht noch eins! So heftig hatte es mich noch nie erwischt!

Ich erkannte mich kaum wieder. Als wäre mein Körper – nein, mein Herz von einem liebeswütigen Alien besetzt worden. Mein rasanter Herzschlag nahm noch mal an Fahrt auf.

Ich wandte den Blick ab und schloss die Augen. Das Intro von *Crash my mind* bestand nur aus meinem Klavierspiel. Unzählige Konzerte und doch bebten meine Finger, als wäre es das erste in meinem Leben.

Stille legte sich beim Klang der einsetzenden Melodie über die Halle. Tausende Nachtschwärmer lauschten der Musik, die wir komponiert hatten – direkt aus unseren Herzen heraus.

Tates Gitarrenspiel setzte ein. Gefolgt von Bares tiefem Kontrabass und Charlies Banjo. Ich schlug die Augen auf, just in dem Moment, als die Spotlights aufglühten, meine Lippen das Mikrofon suchten und der Zauber begann …

# Sieben

**Julie**

Wie gebannt starrte ich auf Evans fliegende Finger. Seine Stimme stob durch meinen Körper, benetzte jede Faser meines Seins. Er wirkte wie ein völlig anderer Nachtschwärmer. Der Kerl, der angetrunken auf mir gelegen hatte, der mir den Atem mit seinen Küssen geraubt, der ein widersprüchliches Wort nach dem anderen rausgehauen hatte, war verschwunden und hatte einem anderen Platz gemacht. Einem Superstar. Einem richtigen Kerl, den er nicht nur durch das Hemd und die Krawatte, durch sein gesamtes geschniegeltes Aussehen verkörperte, sondern vor allem durch die Pose, die er ausstrahlte – die Art, sich das Klavier zu eigen zu machen, die völlige Hingabe zur Musik und zu seinen Fans.

Immer wieder richtete er Worte an sie, bezog sie in die Lieder mit ein oder holte den einen oder anderen Fan auf die Bühne. Seit über einer Stunde spielte sich die Band nun ihre Seele aus dem Leib. Alle bis auf Tatum schwitzten und selbst mir war von der sprichwörtlich aufgeheizten Stimmung warm.

»Jimmy!«, rief ich einem aus dem Security-Team zu, das sich in der schmalen Gasse zwischen Bühne und Absperrung positioniert hatte und in der ich seit geraumer Zeit stand. »Kannst du mir mal helfen?«

Der bullige zwei Meter Wolf kam auf mich zu geschlappt mit einem Grinsen im Gesicht. »Dir doch immer, *Miss Schroeder!*«

Ich schmunzelte. Hier nannten sich alle beim Vornamen, aber die Familie fand es ultrakomisch, dass Mr Winters mich immer noch so förmlich ansprach. »Kann ich auf deine Schultern? Ich möchte die Bühne gerne von einem höheren Blickwinkel aus fotografieren.«

Kommentarlos und mit einem schnellen Schwung hievte er mich rauf.

»Wuah«, keuchte ich erschrocken und krallte mich mit der freien Hand in seinen dunklen Locken fest. Jimmy lachte. »Leicht wie eine Feder, aber Krallen wie ein Stier. Ein paar Haare hätte ich nach der Show gerne noch.«

Peinlich berührt ließ ich ihn los. »Sorry«, murmelte ich und strich ihm über den Kopf.

Mein Körper vibrierte durch sein Lachen, doch er hielt mich fest an den Beinen und ich bekam mein Gleichgewicht zurück. Ich betrachtete die Bühne, die mit Schlichtheit bestach. Keine riesen Ausstattung, keine Backgroundsänger, keine Lichteffekte oder Videostreams. Die Band. Ihre Instrumente. Und ein Vorhang, auf dem ihr Logo – ein ineinander verschlungenes W und B, das aussah, als würde es etwas raus in die Welt rufen – und das neueste Album abgedruckt waren. Das war's. Pur. Und eben besonders, wie ich früher am Tag vor dem Shoot gesagt hatte. Das Spektakel fand in ihrer Darbietung statt. In ihren Stimmen. Dem Klang ihrer Instrumente. Ihren Texten. Überhaupt bediente die Band kaum irgendwelche Klischees von Rockstars. Zumindest bis jetzt.

Ich schoss ein paar Fotos, scheuchte Jimmy danach zur Mitte und weiter auf jede Seite ganz außen. Bat ihn sich umzudrehen, damit ich auch die Fans ablichten konnte. Wenn ich nur einen Bruchteil der Atmosphäre einfangen konnte, würden das gigantisch gute Fotos werden. Eine Idee keimte in mir auf. Ich sah durch die Reihen und auch wenn man bei Nachtschwärmern das Alter nicht wirklich erraten konnte, so durften bestimmt einige ältere Jahrgänge unter ihnen sein. Schwärmer, die gerne lieber in Büchern blätterten, als durch Smartphones und Tablets zu scrollen. Ich schrieb mir eine innere Notiz, um nachzuforschen, ob es bereits einen Bildband über Whistleblower gab. Falls nicht, würde ich Mr Winters darauf ansprechen.

»Einige von euch«, schnurrte es plötzlich unter leisem, eingängigen Banjospiel, »haben bestimmt schon diese engagierte Lady entdeckt, die es sich wagemutig auf unserem Jimmy gemütlich gemacht hat.«

Jimmy drehte sich herum und ich starrte erschrocken zu Charlie, der unverhohlen auf mich zeigte.

Die Fans kreischten auf.

»Miss Julie Schroeder ist neu in der Tourfamilie. Sie springt für Leo ein, der sich ein Sabbatjahrzehnt gönnt.«

Einige *Ooohs und Oh, wie schade* crashten durch den Saal. Ich spürte die Blicke der Fans in meinem Rücken. Jeden einzelnen der zehntausend. Ich schluckte schwer. Völlig überrumpelt zeigte ich ihm den Vogel. Der hatte sie doch nicht mehr alle, mich derart vorzuführen.

Charlie grinste breit, völlig unbeeindruckt von meiner unhöflichen Geste. »Komm auf die Bühne, Julie! Wir möchten dich gebührend willkommen heißen!«

Ich schüttelte vehement den Kopf. »Vergiss es«, formte ich mit den Lippen, hob die Hand, winkte kurz in die Runde und rief: »Hallo hallo, vielen Dank.« Dann zischte ich Jimmy zu: »Lass mich runter!«

Der nahm die Hände von meinen Beinen, doch anstatt mit wackligen Knien am Boden aufzukommen, schwebte ich plötzlich in der Luft. Direkt auf die Bühne zu Charlie, der so tat, als würde er mich an einem unsichtbaren Seil zu sich ziehen.

»Hey, Süße«, flüsterte er mir zu. »Deinem Blick nach zu urteilen, möchtest du mich killen. Verschieben wir auf später, ja?« Er legte den Arm um mich, ehe ich überhaupt protestieren oder zumindest eine Antwort hätte quäken können, und drehte sich mit mir in Richtung des Publikums, das bereits wie verrückt schrie und applaudierte.

»Heißen wir sie willkommen? Unsere bezaubernde Fotografin

Julie! Ich will was hören, Leute!«, brüllte er ins Mikrofon und klatschte. Bare untermalte derweil musikalisch meinen peinlichsten Auftritt ever.

Die Fans pfiffen, stampften mit den Füßen und schrien *Julie, Julie, Julie!* Ich war völlig überfordert und in meiner verzweifelten Umnachtung, Charlie nicht augenblicklich den Kragen umzudrehen oder von der Bühne zu stürzen, tat ich das Nächstbeste, was mir einfiel. Ich hob die Kamera und knipste die Menge, die mir zujubelte. Mir!

»Ihr seid die Besten!«, rief Charlie euphorisch ins Mikrofon und bat dann mit einer Geste um Ruhe, die wenige Sekunden später eintrat. Ich senkte die Kamera und starrte aus dem Augenwinkel zu Evan, der höchst amüsiert neben dem Klavier stand. Seine Augen funkelten verräterisch und irgendwie wurde ich das Gefühl nicht los, dass hier irgendetwas im Gange war, das ich noch nicht gecheckt hatte.

»Jeder, der schon einige Konzerte von uns besucht hat, weiß, dass wir eine Tradition pflegen, um den oder die Neue in der Whistleblower-Familie willkommen zu heißen«, begann Charlie da bereits unheilvoll.

Die ersten Fans applaudierten wieder und hier und da wurden Zurufe laut, die das schauerliche Wort *Singen* beinhalteten. Wie in Zeitlupe drehte ich den Kopf zu meinem im Moment größten Feind. Wenn ich jetzt singen musste, konnte er aber sein blaues –

»Genau, Leute!«, unterbrach er meine rasenden Gedanken. »Ein neues Mitglied in einer Familie wie unserer sollte natürlich auch ein Faible für Musik haben! Und deswegen huldigen wir der Tradition und schmettern nun gemeinsam einen unserer Songs.«

Was zur Hölle? Panisch krallte ich mich an seinem Arm fest. Ich konnte kein einziges von ihren Liedern und selbst wenn – ich sang doch nicht einfach ein Lied vor Tausenden Nachtschwärmern! Und schon gar nicht vor der Tourfamilie! Und am allerwenigsten vor der Band! Und vor *ihm!*

»Singen, singen, singen«, schrie das Publikum im Gleichklang, während meine Knie butterweich wurden. »Bereit, Süße?«

Ich schüttelte den Kopf. Nein. Ich war nicht bereit, aber ich war auch nicht auf den Kopf gefallen! Es gab nur eine Lösung, einigermaßen glimpflich aus dieser Situation zu kommen. Ich sah Charlie tief in die Augen. »Traditionen gehören aufgefrischt, deswegen singen wir einen Song meiner Lieblingsband. Waterloo von ABBA«, bezirzte ich ihn, auch wenn das entgegen der Nachtschwärmerregeln war. Kein Anwenden der Gaben an anderen. Aber das war mir so was von egal. Ich befand mich in einer prekären Situation und ich hatte nicht damit angefangen.

Süß lächelnd ließ ich Charlie los, übergab Billy meine Kamera, der mich verkabelte und mir ein Mikro in die Hand drückte, während Charlie die Band instruierte. Bare fing schallend an zu lachen, Tatum zwinkerte mir belustigt zu. Und Evan hob fassungslos die Brauen, bevor er den Kopf schüttelte. Ha! Was für ein Gefühl! Da musste ich erst achtundzwanzig Jahre alt werden und mit einer Band auf Tour gehen, damit sich meine Gabe endlich auch mal auszahlte.

Charlie kam zurück und stellte sich an meine Seite. »Touché«, flüsterte er und sagte laut ins Mikro: »Traditionen gehören aufgefrischt, deswegen singen wir heute mal keinen Song von uns, sondern einen, den sich unsere bezaubernde Julie ausgesucht hat. Seid gespannt! Das wird eine Premiere!«

Die Lichter dimmten sich, der Spotstrahler richtete sich direkt auf mich. Entgegen meiner Befürchtung, ich würde jeden Moment vor Lampenfieber umkippen, stellte ich mich in meine schönste Frida-Pose und wartete die einsetzenden Gitarrenklänge, dicht gefolgt von den Drums, ab. Voller Inbrunst schmetterte ich los. ABBA rettete mir gerade so was von meinen Arsch! Bei keiner anderen Musik konnte ich völlig loslassen, alles um mich herum vergessen ... und kannte die Texte auswendig.

Evan schlug in die Tasten und ich tanzte wild umher, absolut in meinem Singstar-Element. Wohnzimmer in Karlsruhe, Bühne in Berlin, Straße in Tokio, egal! Mit ABBA hatte man immer den Groove!

Die Fans klatschten im Takt, ein paar sangen sogar mit, was mich total flashte, bis ... Evan in meinen Gesang mit einstimmte. Entrückt schaute ich zu ihm. Er sang tatsächlich Wort für Wort mit. Das war gruselig! Ein wölfischer Folk-Rocker der ABBA-Lieder schmetterte? In was für eine Band war ich da nur geraten? Keiner schien so wie erwartet. Und er ... Bei allen Monden! Wenn er jetzt auch noch ein ABBA-Fan war, fände ich ihn noch attraktiver als sowieso schon. Und das ging ja mal gar nicht.

Leicht irritiert wandte ich den Blick ab und konzentrierte mich auf meinen minimal schiefen Gesang. Adrenalin packte mich. Oder war es ein Beutel voller Endorphine? Egal. Begleitet von echten Musikern und einer unglaublichen Fangemeinde fühlte sich das Singen an, als wäre ich die Königin der Welt und das Leben einfach nur schön.

Unglaublich, aber wahr – die letzten Zeilen des Songs genoss ich mit jeder Zelle meines Körpers. Und in meinem berauschten Zustand hörte sich das Duett mit Evan sogar gar nicht mal so schlecht an. Deswegen stimmte es mich ein klein wenig traurig, als die Melodie verklang und *Waterloo* beendet war. Unfassbar, was Musik bewirken konnte!

»Einen riesigen Applaus bitte«, forderte Charlie die Meute vor uns auf. »War das nicht der Wahnsinn? Leute, was für eine Premiere!«

Ich verbeugte mich und winkte dem Publikum zu, ehe ich trotzdem erleichtert von der Bühne ging. Einige der Bandfamilie hielten die Hand zum Abklatschen hoch oder klopften mir auf die Schulter. Timber sprang auf mich zu. »Das war der Brüller! Und wie du die Jungs hochgenommen hast! Hast du Charlie bezirzt?«

»Jap«, gab ich unumwunden zu. »Er hat angefangen!«

»Stimmt. Du musst dir da keinen Kopf machen. Wir sehen das alle recht locker hier. Wozu haben wir denn unsere Gaben, wenn wir sie nicht nutzen dürfen?«

»Da geb ich dir recht.«

Sie stupste mich an der Schulter an. »Deine Stimme ist nicht übel.«

»Danke. Jahrelanges Singstar-Training.«

»Das hab ich noch nie gespielt. Zumindest nicht auf einem Gerät. Live schon. Übrigens laufen auf Naturalpic bereits die Threads heiß und frag nicht erst, was bei Shouter abgeht!«

Oh. Nein. Ganz sicher fragte ich nicht nach. Mich auf irgendwelchen Social-Media-Kanälen sehen, musste nicht sein. Echt nicht! »Covert die Band nie irgendwelche Songs?«, wollte ich wissen.

»Nicht mehr. Am Anfang haben sie das mal gemacht. Den einen oder anderen ihrer eigenen Lieblingssongs oder von einem ihrer persönlichen Lieblingsbands oder Sänger. Mittlerweile ist ihr Repertoire so groß, da spielen sie neben dem neuen Album nur noch ihre größten Hits.«

Billy händigte mir meine Kamera aus. »Danke«, sagte ich und nickte Timber zu. »Kann ich verstehen. Wenn ich ABBA mal live spielen sehen dürfte, würde ich auch keine Cover hören wollen.«

»So geht es mir mit My Chemical Romance. Schade, dass sie sich getrennt haben. Sag mal, hat dich einer der Jungs angespuckt?«

»Was?«

»Deine Stirn glitzert verdächtig.«

Ich wischte mir mit dem Handrücken drüber und tatsächlich spürte ich Feuchte. »Wäh«, stieß ich angewidert aus.

Timber lachte. »Das geht ja noch. Warte mal nach der Show, wenn sie direkt von der Bühne kommen und dich in den Arm nehmen wollen. Das ist bei allen, außer Tate, echt grenzwertig.«

»Ja, danke für den Tipp. Dann werde ich da mal schön das Weite suchen. Denen traue ich nämlich nach der Aktion eben nicht mehr über den Weg«, gab ich zu.

»Da musste jeder durch. Ich auch.« Sie beugte sich zu mir und strich sich ihre Haare hinter die Ohren. »Aber wir sind wenigstens vorgewarnt gewesen.«

»Was?«, rief ich geschockt und sie nickte. »Gewöhnlich wird es bekannt gegeben und auch, was für einen Song man singt. Ich hab keinen Plan, warum die Jungs es dir verschwiegen haben.«

Ich schaute hinter mich zur Bühne. Besser gesagt zu Evan. Wenn er damit etwas am Hut hatte, würde ich ihm den Kopf dafür abreißen. So viel stand fest!

»Ich muss wieder los«, sagte Timber. »Bin nur rausgekommen, um mir deine Show anzusehen.« Grinsend hechtete sie davon.

Einen Moment sah ich ihr noch hinterher. Dann wischte ich mir erneut über die Stirn und den Handrücken an meiner Hose ab. Feucht! Komisch. Ich konnte schwören, dass ich es mitbekommen hätte, wenn mich jemand anspuckt. Vor allem so gezielt. Ich presste meine Handflächen gegen meine Wangen – ganz warm. Konnten das eben Schweißperlen gewesen sein? Aber das war unmöglich. Vampire schwitzten nicht. Wärme konnte uns einhüllen oder ausgelöst von Essen und Trinken von innen wärmen, aber nie, niemals so stark, dass unser Körper die Temperaturregler hochfahren musste, um uns abzukühlen.

Entgeistert schüttelte ich den Kopf. Vielleicht verdankte ich das Charlie. So als kleinen Sidekick seiner Magieanwendung. Der Hexer schien ziemlich begabt zu sein. Und ich sollte in Zukunft besser auf alles vorbereitet sein.

***

**Evan**

Völlig nassgeschwitzt trabte ich begleitet von der Security zum Tourbus. Ein paar Fans hatten es wie üblich über die Absperrung auf den Parkplatz geschafft. Ich unterschrieb einige Autogramme und stellte mich für wenige Selfies zur Verfügung, ehe sie des Platzes verwiesen wurden und ich in den Bus verschwand. Die erste Show war immer die anstrengendste. Danach spielte sich die Routine ein und erfahrungsgemäß lief der Rest der Tour geschmeidig weiter. Mal mit mehr, mal mit weniger Zwischenfällen.

Ohne Umwege steuerte ich den unteren Bereich an. Tatum und Bare hingen noch beim Meet & Greet fest, was mir gelegen kam, denn so konnte ich in Ruhe duschen. Summend entledigte ich mich meines Bühnenoutfits. *Waterloo* hatte sich in meinem Kopf festgeeist. Der Rhythmus. Die Lebendigkeit, die in diesem Song steckte. *Ihre* Stimme, die voller Kraft direkt in meinen Magen gecrasht war. Julie sang gar nicht mal so schlecht. Das war es jedoch nicht, was mich stärker in ihren Bann zog. Es war die Aktion an sich gewesen. In den paar Tagen hatte ich mehrmals beobachtet, wie sie sich in größeren Gruppen verspannte. Sie begann dann immer an ihrem Ohr zu ziehen, obgleich sie freundlich lächelte oder ein paar Worte sagte. Es war ihr trotzdem anzusehen, dass sie mit großen Nachtschwärmer- und vermutlich ebensolchen Menschenmengen nicht zurechtkam. Dass sie plötzlich die absolute Entertainerin abgab, war überraschend und extrem anziehend zugleich gewesen.

Tja. Das war der Beweis – Musik bewirkte Wunder. Sie konnte die besten Gefühle in dir wecken, deine Stimmung aufhellen, dir das Leben einfacher machen, Situationen erträglicher. Musik war universell. Und sehr mächtig.

»Compadre«, rief es und im gleichen Moment ertönte ein Warnsignal in Form einer Hupe. Das war das Startzeichen, dass der Bus losfuhr. Ein Zauber verhinderte das gewöhnliche Rütteln und Schütteln während einer Fahrt, weswegen wir es nicht erkannten, wenn es losging oder stoppte. Jetzt waren also alle an Bord.

»Yo«, antwortete ich, schob die Duschabtrennung zur Seite und holte mir ein Handtuch. Charlie stand mit dem Rücken zu mir und präsentierte seinen Hintern in nackter Pracht. »Weißt du, zwei Dinge fallen mir gerade auf. Erstens, mir werden eure nackten Ärsche echt fehlen, und zweitens, ich kann mit Stolz behaupten, dass ich euch an eben jenen Prachtexemplaren erkennen kann.«

Charlie lachte dröhnend los. »Willst du ein Porträtfoto von meinem Arsch? Ich hau Julie mal drauf an.«

»Wenn dir dein Leben egal ist, kannst du sie gerne darum bitten.«

»Oha. Wer ärgert den großen, bösen Wolf?«, ertönte Bares Stimme, der ins Bad geschlappt kam.

Charlie wackelte mit seinem Hintern und verschwand immer noch lachend in der Dusche.

»Falsch getippt«, sagte Bare und begann sich auszuziehen. Tatsächlich war Tatum derjenige, der es nicht sein lassen konnte, einen aufzuziehen oder seine Späße zu treiben. Zumindest mehr als jeder andere in der Band. Wir schenkten uns alle nichts. In dieser Hinsicht war jeder von uns wieder fünf Jahre alt. Wir alle trugen noch den frechen Bengel in uns. Und wenn es nach mir ging, hoffte ich den Rabauken in mir nie zu verlieren.

»Und? Hat sie dich schon rundgemacht?«, fragte Bare Charlie.

»ABBA zu singen war Bestrafung genug«, rief der zurück und die Qual in seiner Stimme entlockte mir ein Grinsen. Ein breites Grinsen. Charlie war recht eingefahren, wenn es um Musik ging. Er gehörte der verrockten Sparte an – Rock, Hardrock, Independent, Punk, Grunge. Alles andere, insbesondere mit einem Hauch von Pop, fiel bei ihm in Ungnade.

»Na offensichtlich nicht für sie. Ich fand ihre Stimme ganz ordentlich und ihre Darbietung war klasse. Ich hab mir überlegt sie zu fragen, ob sie in Schweden ein paar ABBA-Songs singen möchte. Das kam heute nämlich echt gut an. Das Video hat bereits einige tausend Klicks.«

Ich hielt im Rubbeln meiner Haare inne. »Das Video?«

»Jap. Ein Fan hat es aufgezeichnet und online gestellt.«

»Oh, oh. Weiß Julie davon?«

Bare nickte. »Hal zeigt es ihr gerade.«

»Wenn du sie fragst, verpass ich deinem Gesicht einen All-over-Pickel, Schönling«, rief Charlie.

»Dann verwandle ich mich in eine Wespe und stech dich ein paarmal«, reagierte der prompt und stieg ebenfalls in die Dusche.

Ein frustrierter Laut drang aus Charlies Kabine. Lachend schlang ich das Badetuch um meine Hüften und ging raus zu meinem Schrank, um mir ein paar Kleider zu holen. Charlie war allergisch gegen Wespengift. Es war zwar nicht so dramatisch wie bei einem Menschen, da er in der Lage war, das Gift aus sich heraus zu zaubern, ehe es Schaden anrichten konnte, aber die Einstiche würden ihn eine Weile begleiten. Er war begabt, aber diese Verletzung konnte selbst er nicht wegzaubern.

Ich zog mir lange Joggerhosen und ein Longsleeve über und ging in die Küche. Vor Jahren hatten wir festgelegt, dass wir immer abwechselnd nach einer Show kochten und gemeinsam aßen. Im Hotel zerstreute sich das. Oft gingen wir nach einer Show noch feiern oder einer von uns hatte etwas mit einer Schwärmerin am Laufen und anderes als Essen im Sinn. Das Abendessen im Bus war somit heilig und vermutlich wirklich das Einzige, das mir während unserer Auszeit fehlen würde.

***

Julie schöpfte sich zum zweiten Mal vom Paprikaeintopf nach, was mir herunterging wie Öl. Ich war kein Meisterkoch, ein paar Sachen beherrschte ich jedoch ganz gut und dieses Rezept war eines von meiner Ma.

»Ich sage ja nur, dass wir *alle* Bescheid gewusst haben.« Charlie sah ihr entschuldigend entgegen.

»Einer muss immer der Sündenbock sein«, erwiderte sie zuckersüß, während sie mit ihrem Blick Charlie erwürgte. »Ich kenne euch ja noch nicht richtig, bin jedoch nicht so überrascht über diese hinterhältige Aktion von euch, als dass Sie, Mr Winters, mich mit keinem Ton gewarnt haben. Das entsetzt mich wirklich!«

Hal verschluckte sich fast, räusperte sich und zog dann eine Grimasse. Innerlich lachte ich laut. Hal gehörte zu den standfestesten Kerlen, die mir je begegnet waren, und nun hatte es Julie bereits zweimal in kurzer Zeit geschafft, ihn durcheinanderzubringen.

»Da haben Sie recht. Ich hab es verschwitzt, Ihnen mitzuteilen. Allerdings kann ich nicht behaupten, dass es mir leidtut, denn die Show, die Sie uns geboten haben, war phänomenal. ABBA ist eine Band, die in jedem Land seine Anhänger findet. Sind Sie ein Fan?«

Julie wischte sich mit der Serviette über den Mund. »Absolut! Ich mag die Unbeschwertheit der meisten Songs und die gute Laune, die sie verbreiten. Sehr schade, dass sie nicht mehr auf Tour gehen. Das habe ich leider verpasst.«

»Hey! Unsere Songs sind auch unbeschwert«, murrte Tatum.

»Ja. Und tiefgründig. Manchmal braucht man im Leben aber einfach nur Songs zum Durchpusten.«

»Wahre Worte«, pflichtete Bare ihr bei. »Deswegen hab ich mir überlegt, ob du bei den Konzerten in Schweden nicht immer eine Nummer von ABBA mit uns singen willst?«

Jetzt verschluckte Julie sich fast. Mit weit aufgerissenen Augen schüttelte sie den Kopf. »Noi. Spinschd? Des mach ich ned. Ich bin heit schu tausend Tode gschtorwe«, rutschte es ihr schnell heraus und fünf Augenpaare sahen sie fragend an. Ich verstand ja mittlerweile ein paar Brocken Deutsch, aber mehr als das *Ich* war mir wirklich nicht geläufig.

»Huch!« Beschämt knibbelte sie an ihrem Ohr und wechselte zurück ins Englische. »Ich meinte – nein, vielen Dank. Kein Interesse.«

Bare lachte laut los. »Das war jetzt aber stark abgekürzt, oder?«

»Das halte ich für ein Gerücht.« Julie grinste, was total ansteckend war. »Aber ich bin heilfroh, dass ihr kein Deutsch versteht.«

Ich lehnte mich im Stuhl zurück und verschränkte die Arme vor der Brust. War es verrückt, sich zu wünschen, dass sie auch mal mit mir so schimpfte? Deutsch hörte sich aus ihrem Mund einfach fantastisch an, obwohl es eine harte Sprache war und längst nicht derart melodisch klang wie zum Beispiel Französisch.

»Ich finde die Idee ausgezeichnet. Die Schweden werden Sie lieben«, sagte Hal. »Denken Sie darüber nach? Es sind ja noch ein paar Wochen, bis wir dort sind.«

Julie nickte. »Nachdenken werde ich, versprochen. Würden Sie, beziehungsweise ihr alle auch über etwas nachdenken?«

»Schieß los«, meinte Tate stellvertretend.

»Euer Publikum ist ja breit gefächert. Von jung bis alt hört jeder eure Musik. Die Fotos, die Leo gemacht hat, sind extrem gut, keine Frage. Aber alles, was ihr bisher rausgehauen habt, war online. Abgesehen von den Autogrammkarten versteht sich.«

Hal lauschte gespannt. Seine Ohren, die wie von jedem Elf leicht spitz zuliefen, drückten sich näher an seinen Kopf heran. »Sprechen Sie weiter«, forderte er Julie auf.

»Ich persönlich mag meine Bilder lieber auf der Leinwand als auf dem Bildschirm und ich schätze, dass es viele Fans gibt, die vielleicht auch gerne ein Bildband von den Whistleblowern in den Händen halten würden.« Sie hob beschwichtigend die Hand. »Ich weiß, dass wir Nachtschwärmer nicht gerne Bildmaterial herausgeben, das auch in Menschenhand gelangen könnte, aber da bin ich gerade im Gespräch mit einer befreundeten Hexe, die mal erwähnt hatte, dass man einen Zauber –«

»Auf die Bücher sprechen kann, sodass die Seiten für menschliche Augen leer wären«, unterbrach Charlie sie. Er schmiss den Löffel auf seinen Teller und spurtete die Treppen rauf. »Bin gleich wieder da.«

»Hab ich ...?«

Ich schüttelte den Kopf. »Nichts falsch gemacht. Eher das Gegenteil. Warte ab.«

»Mir gefällt die Idee. Wir alle besitzen Alben von unserem Bandleben der letzten zwanzig Jahre, die Leo uns geschenkt hat. Aber ein Bildband ... das hätte Klasse«, sagte Bare und Hal nickte einvernehmlich. »Dem schließ ich mich an. Mir würde das auch sehr gut gefallen, allerdings eben nur, wenn wir dadurch nicht in Gefahr geraten aufzufliegen.«

»Das werden wir gleich sehen«, ertönte es von oben und im nächsten Moment polterte Charlie bereits wieder die Treppen herunter, sein Buch in der Hand. Er setzte sich, schob die Teller beiseite und legte das Buch auf den Tisch. »Hier drin stehen hunderte Sprüche, die ich gesammelt habe. Die meisten kann ich nicht wirken, dafür fehlt mir schlicht die Macht, aber es gibt viele, die auch familienspezifisch sind und die jeder in meiner Familie in seinem eigenen Buch festhält.« Er blätterte wild darin herum, bis er an einer Seite stoppte, deren Rand blutrot angemalt war. »Das ist es. Das ist der *Spruch des Verborgenen*. Nur wer die rechten Blitze schießt, kann erkennen, was verborgen ist.«

»Der Glimmer wäre also der Bildbandöffner?«, hakte ich nach.

»Genau!«

»Kannst du ihn sprechen? Und muss er auf jeden Bildband gesprochen werden?«, fragte Julie.

»Ja und Nein. Ich kann ihn sprechen.« Er blickte ins Buch, las darin und schaute auf. »Und ich müsste den Spruch lediglich auf jedes Bild sprechen, das für den Band benutzt wird.«

»Es ist also realisierbar«, sagte Bare und fuhr sich durch seine dunkelblonde Surfermähne. »Mir gefällt die Idee, ich wär dabei.«

»Stimmen wir ab«, meinte ich. »Wer ist dafür?«

Alle Hände gingen hoch.

»Wow.« Julie lachte übers ganze Gesicht. »Damit hab ich nicht gerechnet. Ich freue mich, dass euch die Idee gefällt! Das wird mein erster Bildband.«

Hal klatschte in die Hände. »Und ich freue mich jeden Tag mehr, Sie eingestellt zu haben, Miss Schroeder! Wir sollten sofort die Rahmenbedingungen besprechen.«

»Gerne! Ich mach nur schnell den Abwasch –«

»Papperlapapp! Das übernehmen die Rockstars. Das hält sie schön am Boden.« Hal stand auf und machte eine Geste die Treppen hinauf. »Bitte, nach Ihnen«, sagte er an Julie gerichtet.

*Sorry,* deutete sie mit den Lippen an und kam seiner Bitte nach. »Ich übernehm den Küchendienst dann morgen.«

»Mach dir keinen Kopf, Babe. Was ist schon ein bisschen Geschirr gegen einen Bildband, der unsere unvergleichliche Band huldigt?« Tatum strich sich über seine stolz geschwellte Brust.

»Apropos …« Hal hielt inne. »Tate, dein Cousin hat doch Kontakte zum Nighthawks Publishing Verlag, wenn ich mich recht erinnere?«

»Mehr als das. Er wohnt mit dem Inhaber unter einem Dach.«

»Das ist ja fantastisch. Wie hieß der doch gleich?«

»Morgan O'Malley.«

»Morgan O'Malley …« Hal zückte sein Handy und gab etwas ein. »Haust du ihn mal an, ob er Interesse hat, unser Projekt zu verlegen?«

»Ist schon erledigt!«

# Acht

**Julie**

Unruhig schlich ich im Bad umher. Vor einer Stunde hatte ich mich hier verschanzt, nachdem ich mich vergewissert hatte, dass keiner mehr das Bad aufsuchen musste. Trotzdem hörte ich von oben noch Geräusche.

»Geht doch endlich schlafen«, murmelte ich frustriert. Ich stoppte am Waschbecken und starrte in den Spiegel. Gold und Silber funkelten mir müde entgegen. Meine Augen brannten, ich wollte mir jetzt nicht wieder die Kontaktlinsen einsetzen. Innerlich verfluchte ich mich dafür, mir keine Tag- und Nachtlinsen besorgt zu haben. Tatsächlich hasste ich das Tragen dieser Dinger. Sie fühlten sich wie Fremdkörper an und ich freute mich jeden Abend, wenn ich sie wieder loswurde.

Sollte ich es der Band sagen? Ihnen meine Anomalie zeigen? Es wäre sicher die einfachere Lösung, als immer darauf zu warten, dass sie endlich schliefen, und morgens die Erste zu sein, die vor allen anderen wach und im Bad gewesen war.

Unsicher knubbelte ich an meinem Ohr. Sie hatten alle ihre Geheimnisse, die sie wahrten. Bestimmt. Und wenn ich sie darum bat, würden sie auch meins hüten. Bestimmt. Oder? Ich schnaubte unzufrieden. Ich konnte die Jungs schlecht einschätzen, dafür kannte ich sie zu wenig.

»Julie?« Es klopfte sacht.

Erschrocken zuckte ich zusammen. »Moment. Bin gleich fert–«

»Babe, du hast deine Wände fallen lassen.«

Oh, verdammt! Rasch überprüfte ich meine Mauern, die entweder stets mit beeindruckenden Kunstwerken versehen waren oder mit meinen liebsten ABBA-Songs … und tatsächlich! Es war nichts da. Schnell errichtete ich sie wieder. »Danke, Tate. Ich war wohl zu sehr in meinen Gedanken versunken.«

»Magst du darüber reden? Da herrscht ein ziemliches Chaos in dir.«

Seufzend schlurfte ich zur Tür. Einen Moment hielt ich den Knopf fest in der Hand und ging in mich – aber es war mir sowieso schon klar. Ich musste ehrlich sein. Derzeit passierten mir ständig Unaufmerksamkeiten und ich spürte, warum auch immer, dass es nicht besser werden würde. Ich war noch nie in so einer Situation, war noch nie aus meinem klar strukturierten Leben ausgebrochen, hatte noch nie Abenteuer erlebt. Vielleicht lag es ja daran.

Langsam öffnete ich die Tür.

»Wow! Was ist mit deinen Augen passiert?«

Ich deutete hinter ihn. »Setzen wir uns?«

Tatum nickte, ging in den Essbereich und rückte mir einen Stuhl zurecht, auf den ich mich fallen ließ. »Krass. Was für Farben.«

»Das sind meine richtigen Augenfarben. Evan kennt sie bereits, obwohl ich sie eigentlich nicht zeigen wollte.« In kurzen Sätzen klärte ich Tate über mein Dilemma auf.

»Julie! Du musst dir keine Gedanken machen! Was in diesem Bus passiert, bleibt in diesem Bus! Und selbst wenn die restliche Familie das mitbekommen würde, wir alle schützen unsere Privatsphäre vor der Öffentlichkeit. Du musst dich nicht sorgen.« Tatums bordeauxrote Augen glimmerten hell fast wie loderndes Feuer. Sein stets neckisches Lächeln war verschwunden. So ernst hatte ich ihn bisher nicht erlebt und irgendwie brandete ein Gefühl der Sicherheit in mir auf. Und der Beschämung.

»Okay.« Ich vergrub mein Gesicht hinter den Händen. »Ich komm mir so doof vor.«

»Warum das denn?«

»Weil ich so unsicher bin. Wenn ich nicht als Fotografin fungiere, fällt es mir echt schwer, straight zu sein. Sicher. Geradlinig.«

»Ich denke, das liegt daran, weil du immer ein Stück von dir verstecken musstest. Zusätzlich zum Nachtschwärmer-Dasein. Das allein fällt vielen von uns schon schwer. Und dann in doppelter Hinsicht aufpassen zu müssen ... Mir würde das auch zusetzen.« Er lächelte mich an. So liebevoll, dass seine Grübchen zum Vorschein kamen. »Deine Augen ... die sind das Tor zur Seele. Zum Herzen. Man kann in ihnen sämtliche Gefühle lesen. Deswegen sei du selbst. Sei die sechs Monate einfach nur Julie. Wie sie ist. Wie du bist. Du wirst sehen, du wirst dich fühlen, als würdest du dir selbst neues Leben einhauchen.«

»Fühlst du dich so, wenn du aus dem Rampenlicht raus bist?«

»Ja.«

»Aber warum? Warum gibst du dich nicht, wie du bist? Mir gefällst du privat besser. Du bist offener. Freier. Eigentlich so, wie du es mir gerade rätst.«

Eine Weile sah er mich an und trotz seiner Wände, die mit rauschenden Wasserfällen inmitten einer farbenprächtigen Natur ausgeschmückt waren, und seinem Lächeln, spürte ich die Zerrissenheit, die von ihm ausging.

»Selbstschutz vermute ich. Und Unsicherheit. Wenn tausende von Nachtschwärmern dich beurteilen, obwohl sie dich gar nicht kennen ... Es ist einfacher so. Einfacher für mich.«

»Dann geht es dir nicht anders wie mir.«

»Da magst du recht haben. Und wenn die Zeit kommt, werde ich vielleicht auch mal über meinen Schatten springen. Deine Zeit für einen Sprung ist aber definitiv jetzt. Ich schubs dich gerne an, wenn du Hilfe dabei brauchst.« Er wackelte mit einer Augenbraue und ich lachte auf. Tatum war wie der große Bruder, den ich mir immer gewünscht hatte, und es erfüllte mich mit Dankbarkeit, ihn getroffen zu haben und mit ihm auf einer Wellenlänge zu surfen.

»Danke«, sagte ich, beugte mich vor und hauchte ihm ein Küschen auf die Wange. »Es geht mir schon viel besser.«

***

Seit einer Viertelstunde lag ich in meinem Bett. Außer Evan war keiner mehr wach gewesen, als ich kurz nach Tatum heraufgekommen war. Und der hatte mich mit einem total komischen Gesichtsausdruck angesehen. Einen, den ich nicht einordnen konnte, von dem ich jedoch das Gefühl vermittelt bekam, irgendetwas falsch gemacht zu haben.

Zum wiederholten Mal drehte ich mich in meiner schmalen Schlafkoje hin und her. Es war zwar genug Platz von der Tiefe wie auch von der Höhe, doch trotz des sanft schimmernden Nachtlichts rückte die Dunkelheit und damit die Enge des kleinen Raumes immer stärker auf mich ein. Ich platzte gleich. Mein gesamter Körper kribbelte unheilvoll und in meinen Beinen zuckte es.

*Ich brauch Luft,* schoss es mir durch den Kopf. *Luft! Ich ersticke!* Mit einem Schwung sprintete ich aus der Koje, raus aus der Schlafkabine in den Wohnbereich. Ich keuchte schwer und in meinem Herz polterte es – als wäre ich ein Sauerstoffatmer … Völlig verwirrt strich ich mir übers Gesicht. Feuchte bedeckte meine Handinnenfläche. Überrascht starrte ich meine Hand an. Das konnte doch nicht sein. Woher kam denn das nun schon wieder? Und wieso tickte ich gerade so aus? Meine Beklemmungsangst hatte sich noch nie auf diese Weise geäußert.

»Hey«, raunte es sanft und mein Blick schnellte zu Evan, der hinter sich die Schiebetür zu den Schlafkabinen schloss. »Was ist los? Kann ich dir helfen?«

»Ich leide ein bisschen unter Klaustrophobie. Die … die Kabine …«

»Oh, verdammt.« Er fuhr sich durch seine offenen Haare. »Und wenn du den Vorhang auflässt?«

»Ja«, wisperte ich und fiel auf die Couch. Meine Beine zitterten, obwohl das Kribbeln verschwunden war. Nun ja. Platz gemacht hatte für eine andere Art von Kribbeln. Ich war peinlich berührt. Zuerst das Verbarrikadieren im Bad und nun das. Dabei war ich der Meinung aufgesessen, richtig gut vorbereitet auf die Tour gewesen zu sein.

Ich legte die Unterarme auf meinen Knien ab und ließ den Kopf hängen. Womöglich ging es mir deswegen so merkwürdig. Die letzten paar Tage waren ja echt heavy gewesen. Als wäre ich ein Fisch, der sein Leben allein in einem Aquarium bestritten hatte und plötzlich ins weite Meer hinausgeworfen worden war.

Eine schwere, warme Hand legte sich auf meinen Rücken und streichelte in beruhigenden Kreisen über ihn. Evans nackter Oberschenkel drängte sich dabei gegen meinen. Ich schloss die Augen und genoss seine Berührung. Seine Wärme. Den herben Duft, den er verströmte. Diese pure Männlichkeit. Diesen intimen Kontakt zwischen uns. Die Stille, die vollgefüllt war mit Worten. Sehnsüchtigen Worten. Worten, die nicht aus meinem rational denkenden Kopf, sondern aus meinem Herz strömten. Evan Vega hatte es mir so was von angetan! Und das war schlecht. Aber noch schlechter war, dass sich das Schlechte so gut anfühlte.

»Zum Glück leben wir nicht in Zeiten unserer Vorfahren. Ich wäre gleich von der Sonne geküsst worden, weil ich mich geweigert hätte, in einen Sarg zu steigen«, unterbrach ich die Stille und richtete mich auf.

Evan lachte leise. »Das wäre sehr bedauerlich gewesen.«

Ich schaute über meine Schulter zu ihm. Selbst ohne den LED-Sternenhimmel über uns hätte ich seinen herausfordernden Blick erkannt. Die gleiche Sehnsucht, die in meinem Innern umherstob. Bedächtig leckte ich mir über die Lippen. Er sah wild aus mit den zerzausten Haaren, dem Bart, dem Funkeln in den Augen und dem Fakt, dass er lediglich schwarze Boxershorts trug. Gerade hatte Evan nichts mehr mit dem Kerl gemein, der vor ein paar Stunden das Publikum als vollkommener Gentleman mit einer Wahnsinnsperformance um den Verstand gesungen hatte. Was meinen Gefühlen völlig egal war – sie fanden beide Versionen anziehend.

Ich stöhnte verzweifelt auf. »Kannst du nicht weiter der Arsch sein, der du nach unserer ersten Begegnung gewesen bist? Bitte?«

»Du willst tatsächlich, dass ich mich dir gegenüber wieder wie ein Idiot aufspiele?« Evan zog fragend die Brauen zusammen. »Erklär mir das mal, Hübsche.«

Schnaubend fiel ich auf die Rückenlehne zurück. »Du spürst es doch auch, Evan. Was soll ich dir da erklären?«

***

**Evan**

Ja. Ich spürte es auch. Mit jeder Faser meines Seins. Julie Schroeder war wie ein Tornado in mein Leben gekracht und wirbelte seither alles auf. Ein bisschen hatte ich ja gehofft, dass sich ihre Persönlichkeit als Fehlschlag entpuppte, doch das war ein Schuss in den Ofen gewesen. Im Job war sie hochprofessionell und leidenschaftlich und privat … schwankte sie zwischen bezaubernd und durchgeknallt.

Ihre offene und ehrliche Ader, die sie Tatum offenbart hatte, und ja, ein klein bisschen schämte ich mich dafür, die beiden belauscht zu haben, war wie ein Schlag ins Genick. Eifersucht war durch meine Adern geronnen, weil ich derjenige sein wollte, dem sie sich öffnete, und gleichzeitig vermischte sich die Eifersucht mit Zufriedenheit.

Eine Frau an meiner Seite musste unbedingt mit meinen Brüdern auskommen. Wir kannten uns unser Leben lang und selbst wenn wir uns entschließen sollten, getrennte berufliche Wege zu gehen, würden wir uns niemals privat trennen. Sie waren meine Familie und Julie hatte einem Teil meiner Familie ihr Vertrauen geschenkt. Und das pushte meine verrückten Gefühle nur noch weiter in ihre Richtung – auch wenn ich das mit dem Küsschen für Tate etwas übertrieben fand …

»Dann lassen wir es einfach geschehen. Und behalten dabei im Hinterkopf, dass es für uns eine zeitliche Begrenzung gibt. Vielleicht kommen wir über die erste Verliebtheit gar nicht hinaus. Vielleicht hast du mich in drei Monaten so satt, dass du das Ende der Tour gar nicht mehr erwarten kannst«, flüsterte ich.

»Mhm, ja genau. Und dann wären die restlichen Monate eine Tortur für uns beide. Was vermutlich nicht annähernd so schlimm wäre, als wenn ich beginnen würde, dich richtig zu lieben.« Sie drehte sich zu mir. Ihre Schultern sackten leicht nach vorn. »Es gibt keine Lösung, die für uns beide gut ausgeht, wenn wir weitermachen, was wir kopflos begonnen haben. Das weißt du genau so gut wie ich.«

*Kopflos* … ja, das war der Beginn gewesen. Und sollte es nicht so auch sein? Dass Liebe einfach passierte? Ich schluckte hart, denn unsere Situation war ungünstig. Falscher Ort. Falscher Zeitpunkt. Wir waren nicht die Ersten, die in diesen Schlamassel hineingerieten, und würden auch nicht die Letzten sein. Ich nickte sacht und stand auf. »Dann werd ich mal versuchen meine Gefühle für dich zu verbannen.« Ich zwang mich zu lächeln, denn in mir wehrte sich alles gegen meine Worte. Leise schob ich die Tür zur Seite. »Ein neuer Versuch? Wir können auch diese Tür offen lassen.«

»Ich probier's. Zur Not schlafe ich auf der Couch«, erwiderte sie und kam mir nach. Ohne zu lächeln. Oder mich nochmals anzusehen. Sie drückte sich an mir vorbei, schob den Vorhang ihrer Kabine beiseite und legte sich hin.

Ich war zu aufgewühlt, um jetzt Schlaf zu finden, wollte ihr das aber nicht zeigen, deswegen legte ich mich ebenfalls hin.

Julies Augen waren geschlossen. Sie hatte sich die Decke tief unter ihr Kinn gezogen und einige Haarsträhnen verdeckten ihre

Wange. Sie streckte den Arm aus und fuhr damit sanft in der Luft umher, wo eigentlich der Vorhang die Kabine abgrenzte.

»Alles okay?«, flüsterte ich.

»Ja. Das geht.« Sie senkte den Arm, ließ ihn aber über die Bettkante baumeln.

»Gute Nacht, Hübsche.«

»Gute Nacht, Evan. Danke.«

Ich beobachtete sie eine Weile. Es war tricky, bei einem Vampir zu erkennen, wann er schlief, doch bei ihr war es ganz einfach. Ihre verkrampfte Haltung lockerte sich zusehends und als sie ihre Decke nicht mehr fest umklammert hielt, stand ich auf und schlich runter, um mir aus meinem Schrank mein Midi-Keyboard zu holen. Mein Klavier für unterwegs, das mit seinen anschlagdynamischen Tasten als hervorragender Ersatz für mein Klavier diente.

Ich verband das Keyboard mit meinen In-Ears, schnappte mein Notizbuch und einen Bleistift und legte los. Schaffte Raum für meine verrückten Gefühle, bannte meine ungestillte Sehnsucht in melodische Töne. Wir alle schrieben Songs, oft sogar zusammen, wobei Tatum und ich mehr an Textmaterial zusteuerten als Bare und Charlie, die wiederum die Texte besser in Melodien verpacken konnten.

Die Worte stürzten aus mir heraus wie Wasser einen Wasserfall hinab. In kürzester Zeit schrieb ich zwei Songs, samt dazu passender Musik. Ich war aufgedreht, obwohl es mir mit jedem entflohenen Wort besser ging. Erleichterung verschaffte.

Ich hätte noch stundenlang dasitzen und in meinem kreativen Schaffensprozess verharren können, aber ich zwang mich aufzuhören. Nicht nur weil morgen wieder ein stressiger Tag sein würde, sondern vor allem weil ich nicht wusste, ob diese Songs je einer zu Gesicht bekam.

Alle unsere Lieder waren persönlich. Erfahrungen, Meinungen, Hoffnungen und Träume. Und wir wägten immer genau ab, welche wir raus in die Welt schicken wollten und welche nicht. Und das war wohl einer der grundlegenden Unterschiede zwischen uns und anderen Bands – wir gaben einen Scheiß darauf, ob der Song ein Hit werden konnte. Wir wollten, dass unsere Songs die Leute erreichten. Sie eine Stütze sein konnten. Wie ein unsichtbarer Freund, der immer da war und der einem half durch schwere Zeiten zu kommen. Oder sich an den guten Zeiten zu erfreuen.

Ich packte die Sachen weg, die Melodie des persönlichsten Songs vor mich hin summend, und schlich zurück in mein Bett. Vielleicht war mir das Glück ja hold und ich konnte durch das Schreiben meine Gefühle für Julie kompensieren.

***

Kaffeeduft weckte mich am nächsten Morgen. Ich rieb mir über die Augen und starrte dann auf ein leeres Bett gegenüber. Geräusche drangen von unten zu mir herauf. Aha. Es gab bereits Frühstück und keiner hielt es für nötig, mich zu wecken. Ich warf die Beine über die Bettkante und sprintete energiegeladen runter. Ich fühlte mich, trotz dass ich mir die halbe Nacht um die Ohren geschlagen hatte, ziemlich fit.

»Morgen. Danke fürs Wecken, Compadres«, murrte ich und holte mir aus dem Schrank ein Shirt und Shorts, in die ich mich schnell schmiss, ehe ich mir einen Becher Kaffee einschenkte.

»Du hast so friedlich geschnarcht, mein Puschel. Da brachten wir es nicht übers Herz, dich zu wecken«, säuselte Tatum grinsend und prostete mir mit seiner Portion Blut zu.

Ich verdrehte die Augen und setzte mich an den Tisch. Julie und Hal waren die Einzigen, die bereits geschniegelt und gestriegelt und bereit für den Tag aussahen, was mich ein klein wenig enttäuschte. In der Nacht hatte ich sie noch eine Weile beobachtet. Die süße Nase, die sie öfter mal kräuselte, und ihre Hände, die immer wieder durch die Luft glitten. Ihre Schönheit in mich aufgesogen. Zu gerne hätte ich gewusst, wovon sie träumte, und noch viel lieber hätte ich sie heute Morgen beim Aufwachen beobachtet. Völlig verschlafen und total zerzaust. Ich wurde das Gefühl nicht los, dass es ihre natürliche Schönheit noch übertreffen würde.

Jemand knallte mir den Ellenbogen in die Rippen. Genervt wandte ich den Blick von Julie ab und sah zur Seite. Bare räusperte sich unschuldig und ich zuckte mit den Schultern. Anschauen war ja wohl noch erlaubt. Und träumen.

»Wie handhabt ihr das denn mit dem Waschen der Kleidung?«, fragte Julie.

Mir fiel auf, dass sie wieder ihr übliches Outfit trug. Schwarze Leggins, schwarzer Rollkragenpulli. »Entweder du nutzt den Wäscheservice in einem der Hotels, dann musst du aber gleich beim Einchecken deine Kleider abgeben, oder du wartest, bis wir an einem unserer Waschsalons stoppen, die wir üblicherweise auf der Tour frequentieren. Einige aus der Familie geben ihre Kleider nicht gerne ab und machen das lieber selbst«, antwortete ich.

»Mhm. Okay. Im Moment hab ich noch genügend Arbeitsoutfits.«

»Trägst du immer dasselbe?« Charlie beäugte sie kritisch, was mir ein Schmunzeln entlockte. Wir alle legten viel Wert auf ein sauberes Aussehen, aber er hatte echt ein Hygieneproblem. Desinfektionsgel war sein ständiger Begleiter und vor Jahren hatte er von seiner Großmutter gelernt, mit welchen Kräutern er sich selbst eines zusammen mischen konnte … für den Fall der Fälle, von dem ich immer noch nicht wusste, was für ein *Fall* das sein sollte. Wir Nachtschwärmer waren zwar nicht unsterblich, doch aber sehr robust, und gerade die Hexen und Hexer konnten dank ihrer magischen Kräfte einiges abwenden. Und falls nicht, gab es ja immer noch die Elfen und Feen, die behilflich sein konnten.

Julie lachte bei Charlies Blick auf. »Ja. Ich trage immer *das Gleiche*. So muss ich mir nicht noch Gedanken machen, was ich anziehe, wenn ich zu einem Auftrag gehe. Das ist meine Arbeitskluft. Ich hab noch eine Businesskluft, die ich beim Meeting trage. Und von jedem besitze ich sieben identische Outfits.«

»Sorry«, nuschelte er und fuhr sich leicht beschämt über seine Glatze.

»Kein Ding. Du bist nicht der Erste, der denkt, ich trage jeden Tag dieselbe Kleidung.« Sie zuckte mit den Schultern. »Ich mag es gern unkompliziert.«

*Unkompliziert*, hallte es in mir nach. Tja. Da war unsere Situation meilenweit davon entfernt.

»Das gefällt mir!« Hal nickte unterstreichend. »Das merkt man Ihnen auch in Ihrer Arbeit an. Sehr klar und strukturiert. Ich habe Ihre Fotos gesichtet, die bereits online sind. Sie sind großartig.«

»Danke.«

»Ich versuche gerade Leo zu erreichen. Ich hatte mir überlegt, dass es schön wäre, wenn wir den Bildband auch mit Fotos aus früherer Zeit schmücken. Wäre das okay für Sie?«

»Natürlich. Das ist mir auch schon in den Sinn gekommen.«

»Sehr schön.«

Julie biss in ihr Croissant, während ich an meinem Kaffee nippte. Ich konnte kurz nach dem Aufstehen nichts in mich reinhauen und eigentlich war ich im Moment ganz zufrieden, meine schwarze Köstlichkeit zu trinken und Julie über den Becherrand zu beobachten, wie sie mit Genuss das süße Teilchen verschlang.

»Und wie handhabt ihr es mit dem Einkaufen?« Julie deutete zur Küchenzeile. »Die Schränke sind prall gefüllt. Wer macht das?«

»Wir gehen selbst einkaufen und wir wechseln uns beim Kochen ab. Außer Hal, der hat Kochverbot, nachdem er zweimal die Küche in Brand gesteckt hat«, antwortete Bare auf Julies Frage.

Sie riss die Augen auf. »Sie haben was?«

Hal richtete sich etwas auf und strich sich über sein Hemd. »Unleidliche Missgeschicke. Wenn man für die beliebteste Nachtschwärmerband arbeitet, wird man immer wieder abgelenkt.« Er räusperte sich. »Ich bin unschuldig.«

Gelächter brach aus. Charlie schlug Hal lässig auf den Rücken. »Genau, mein Freund. Gib immer uns die Schuld.«

»Ich vermute ja eher, dass er sich so geschickt aus seiner Aufgabe manövrieren wollte und sein Plan damals aufgegangen ist«, erklärte Tatum und zog verschwörerisch ein Lid runter.

»Das weise ich strikt von mir!«, entgegnete Hal entrüstet, tupfte sich die Mundwinkel mit seiner Serviette ab und stand auf. »Denn immerhin putzt hier niemand so gründlich wie ich.«

»Elfenmagie«, flüsterte ich und die Jungs stiegen mit ein. »Elfenmagie, Elfenmagie«, summten wir im Chor, bis Hal stöhnend die Küche verließ.

# Neun

**Julie**

Die kommenden Wochen vergingen wie im Flug. Mit jeder Sekunde, die ich in der Familie verbrachte, fühlte ich mich wohler und ich schaffte es öfter mal, aus mir herauszukommen und weniger nervös zu sein.

Mein Respekt für die Band stieg. Eigentlich für die komplette Crew. Ständig unterwegs, Aufbau, Abbau, Interviews, Konzerte, Fanansammlungen – es gab kaum Luft zum Atmen. Und trotzdem waren alle bestens gelaunt.

Nach Stationen in Hamburg, Düsseldorf und Köln steuerten wir heute Frankfurt an. Vorfreude crashte durch mein Blut. Emma kam zum Konzert in der Jahrhunderthalle. Steffi und Jana mussten leider arbeiten. Ich hatte Mr Winters gebeten, meiner Schwester ein VIP-Ticket zukommen zu lassen, damit sie nach dem Konzert hinter die Bühne kommen konnte.

Aufgescheucht trippelte ich den schmalen Gang des Wohnzimmers auf und ab. Ich war dermaßen energiegeladen, dass ich am liebsten durch die Decke des Busses geschossen wäre. Ob es nun mit meiner Vorfreude zusammenhing oder dem Fakt, dass es mir täglich schwerer fiel, mich von Evan fernzuhalten, wusste ich nicht. So oder so fühlte ich mich, als wäre ich auf Entzug, und diese Power musste ich irgendwie kompensieren.

Um mich fit zu halten, ging ich gewöhnlich zum Step-Aerobic und regelmäßig mit meinen Mädels tanzen, doch beides hatte ich die letzten Wochen vernachlässigt. Dabei machten viele in der Familie Sport und Timber hatte mich mehrmals gefragt, ob ich nicht mal mit ihr eine Runde joggen gehen wollte. Vielleicht wäre das heute eine gute Idee. Ich schnappte mir mein Handy und schrieb ihr eine Nachricht, auf die umgehend eine Antwort kam.

Wir machen gleich einen Stopp im Fechenheimer Wald, damit wir Wölfe rennen können. Wenn du uns begleiten magst? Santiago kommt auch mit – Timber

Hört sich gut an. Bis gleich – Julie

Oh, das würde ein Spaß werden! Vampire waren schnell. Sehr schnell! Aber ob wir schneller als ein Wolf in Aktion waren? Gut gelaunt tänzelte ich in die untere Etage. Tate und Bare lümmelten in ihren Kojen herum, Mr Winters saß in der Küche und telefonierte, während Charlie in einem Buch vertieft war. Nur von Evan war nirgends eine Spur zu entdecken, was nur eins bedeuten konnte.

Seufzend holte ich meine Sportkleider aus dem Schrank und klopfte gegen die Badtür. »Wie lange brauchst du noch?«

»Kannst reinkommen, Hübsche. Bin dann fertig.«

Ein Kribbeln zog durch meinen Bauch. Dass er mich ständig *Hübsche* oder *Schöne* nannte, auch vor versammelter Mannschaft, daran hatte ich mich zwischenzeitlich gewöhnt. An den Klang seiner Stimme, die sich immer minimal veränderte, wenn er mit mir sprach, nicht. Es hörte sich an wie ein Lied, das er nur für mich sang. Und das nur wir beide verstehen konnten.

Ich öffnete die Tür und blickte direkt auf Evans breites, nacktes Kreuz. Er stand vor dem Spiegel, ein Handtuch um die Hüften gebunden, und stutzte seinen Bart.

»Bin gleich weg«, sagte er und sah mich über den Spiegel hinweg an. Seine braunen Augen schimmerten warm und ein leises Lächeln stahl sich auf seine Lippen. Der Raum roch nach ihm. Nach seinem herben Duft, den er stets verströmte und der meine Knie beständig weich werden ließ. Ungewollt leckte ich mir über die Lippen. War natürlich nicht von Vorteil, dass er mir äußerlich schon immer so gut gefallen und ich mittlerweile herausgefunden hatte, wie familiär, höflich und verwegen zugleich er war. Im Gegenteil.

Ich lehnte mich an die Wand und starrte ihn unverhohlen an. War ja das Einzige, das ich machen konnte, ohne in Gefahr zu geraten, mein Herz zu verlieren. Denn wenn eines in den vergangenen Wochen nicht abgekühlt war, dann die Anziehung zwischen uns. Egal wie sehr wir versuchten uns aus dem Weg zu gehen. Mir kam es stattdessen so vor, als würde das unsere Sehnsucht nur noch mehr anstochern und wir mit Blicken alles ausleben, was wir uns verboten. Deswegen spürte ich, wie momentan ständig Hitze in mir aufloderte.

Seelenruhig kümmerte er sich weiter um seinen Bart, keinen blassen Schimmer davon, was in mir vorging, und schaute mich dabei an. Der Raum schien sich zu verkleinern. Auf Briefmarkengröße. Nein. Auf Wolfsgröße. Evan-Vega-Größe. Die Intimität, die wir austauschten, spiegelte sich in dem schnellen Schlag seines Herzens wider. Ein Rhythmus, der mir genauso durch den Körper flirrte.

Mein Sportdress, das ich fest gegen meine Brust gedrückt hielt, fiel zu Boden. Ohne drüber nachzudenken, schlich ich auf Evan zu. Er legte die Schere weg und klammerte sich links und rechts am Waschbecken fest, ohne den Blickkontakt zu unterbrechen.

Mit den Fingerspitzen berührte ich seinen Rücken. Fuhr die Konturen seiner Muskelstränge nach. Spürte die Gänsehaut, die sich auf seiner Haut ausbreitete. Lauschte seinem unregelmäßigen Atem, seinem leisen Zischen, als ich die Handflächen ausbreitete und mit ihnen über seine festen Rückenpartien strich. Ich schloss die Augen, umfasste seine Hüften und rückte auf. Sanft hauchte ich ihm einen Kuss in sein Kreuz. Drückte meine Nase gegen seine weiche Haut und zog tief seinen Duft ein. Lehnte die Stirn gegen ihn und verharrte. Sekundenlang. Minutenlang.

Tauchte ein in ein Gefühl aus Geborgenheit. Wärme. Sehnsucht. Purer Männlichkeit.

*Mit Evan an meiner Seite wird mir nie etwas passieren,* hallte es kristallklar durch meine Gedanken.

Erschrocken trat ich einen Schritt zurück. So ein mächtiges Gefühl hatte bisher noch keiner meiner Ex-Freunde in mir hervorgerufen. Ich schlug die Augen auf. Verwirrt. Überfordert, und ohne einen Blick auf Evan zu werfen, drehte ich mich um und sammelte meine Kleider vom Boden.

Evan schritt an mir vorbei, stoppte an der Tür, kam zurück und umschloss in einer fließenden Bewegung mein Gesicht. »Das«, raunte er tief, »war die sexieste Situation, die ich je erlebt habe. Du hast keine Ahnung, was für ein Beben du in mir freigesetzt hast.« Sanft streichelte er mit den Daumen über meine Wangen, musterte eindringlich mein Gesicht und verschwand dann in Sekundenschnelle.

Mit butterweichen Knien zog ich mich um. Ich fühlte mich kurzatmig, dabei atmete ich ja gar nicht. Sterne tanzten vor meinen Augen und als ich mich im Spiegel betrachtete, erkannte ich einen Schweißfilm auf meiner Stirn.

Irgendetwas stimmte nicht mit mir. Das war doch nicht normal, dass mein Körper transpirierte. Dass ich dachte, ich kippte gleich um. Egal wie stark Evan mir unter die Haut ging. Das konnte doch nicht nur er in mir auslösen … oder doch? War es das, was wahre Anziehung mit einem anstellte? Dass das Herz, die Seele und der Körper völlig verrücktspielten?

Seit ich mit den Jungs auf Tour war, veränderte ich mich. Als wäre ich eine Raupe, die sich durch ihren Kokon zwängte, um zu einem Schmetterling zu werden …

Vielleicht sollte ich mal die Tourärztin aufsuchen. Vampire wurden zwar nie krank und heilten schnell, wenn sie sich verletzten, aber wer wusste schon, ob sich im Laufe der Jahrhunderte nicht doch irgendein Virus entwickelt hatte, der uns gefährlich werden konnte. Alles war möglich.

»Julie?«, rief es plötzlich. »Bist du so weit?«

Ich wischte mir den Schweiß vom Gesicht und trat aus dem Bad. Ich hatte gar nicht bemerkt, dass der Bus stand. »Ich komme«, rief ich Timber zurück.

»Du bist kein Wolf, das weißt du aber, ja?«, fragte Charlie amüsiert, der neben der Bustür stand.

»Haha. Ein bisschen sportliche Betätigung würde dir auch guttun«, meinte ich und tippte lächelnd auf seinen Bauch. Charlie war echt schlaksig. Er sah aus wie einer dieser Achtzigerjahre Punks in ihren Skinny Jeans.

»Ihm würde es schon guttun, wenn er mal wieder anständig isst«, bemerkte Bare rau, der hinter uns auftauchte.

Ich neigte den Kopf und sah zwischen den beiden hin und her. Keiner wirkte belustigt. Da stand eher ganz viel Unausgesprochenes zwischen ihnen. Ein Gespräch, das sie mit ihren Augen führten und von dem ich keinen Plan hatte, um was es ging. Charlie aß ungefähr so viel wie ich, was nicht annähernd so viel war, wie die restlichen Jungs verschlangen, die in einer Mahlzeit einen gesamten Lebensmittelmarkt leer futtern konnten. Dafür trainierten sie aber auch und irgendwoher musste die Energie ja kommen.

»Oookay«, dehnte ich das Wort. »Ich wollte hier keine schlechte Stimmung verbreiten. Sorry.«

»Mach dir keinen Kopf. Der Surferboy mosert gerne rum. Das muss man nicht ernst nehmen.«

Bare schüttelte schnaubend den Kopf, enthielt sich jedoch eines Kommentars. Ich lächelte den beiden zu und sprang raus aus dem Bus. Timber und einige andere Wölfe hatten sich im Schatten der Fahrzeuge versammelt. Sie alle trugen entweder Bademäntel oder Badetücher, außer Santiago, der in weißen Shorts und ebenso weißem Shirt gekleidet war.

»Weiß? Das ist aber mutig«, bemerkte ich.

»Nope. Das ist reiner Selbstschutz und hätte ich dir gesagt, wenn ich gewusst hätte, dass du mit uns läufst.« Er fuhr sich durch seine kurzen dunkelblonden Haare. »Willst du dich noch schnell umziehen?«

»Was? Nein. Warum?«

»Es ist dunkel im Wald. Die Wölfe sehen zwar gut, aber sie achten nicht darauf, was sie umhauen. Wenn sie in ihrem Element sind, mutieren manche zu *The Flash*. Weiß ist aber eine Signalfarbe. Die kann man nicht übersehen.«

»Ach so.«

»Tut mir leid«, mischte sich Timber ein und verzog bedauernd ihr Gesicht. »Das hab ich total vergessen.«

»Das macht nichts. Ich hab sowieso kein weißes Sportdress. Ich werd's überleben, oder? Ich kleb einfach wie Kaugummi an dir dran.«

Santiago lachte. »Das ist ein guter Plan. Du darfst jederzeit an mir kleben.«

Ich grinste. Ich mochte Santiago. Er war genauso ungezwungen wie Tatum. Eigentlich wie die meisten in der Familie.

»Was hast du vor?«, erklang es leicht gereizt neben mir.

Überrascht sah ich auf. »Rennen. Und du?«

Evan schenkte mir einen *Echt-Jetzt*-Blick und verschränkte genervt die Arme vor der Brust. »Die werden dich umnieten. Du könntest verletzt werden.«

»Ich bin ein Vampir. Mich nietet nichts so schnell um.«

»Willst du tatsächlich eine Wolf-versus-Vampir-Diskussion anzetteln?«, fragte er.

»Nein. Ich möchte lediglich meine aufgestaute Energie loswerden. Können wir?«

Timber deutete auf die Ansammlung vor uns. »Es geht schon los.«

Handtücher und Bademäntel fielen auf den Boden, als die ersten

Nachtschwärmer sich verwandelten. Ich packte Santiago an der Hand und sprintete los. Evan knurrte, was mir einen Kick verschaffte. Sollte er doch mal versuchen mich einzuholen.

***

**Evan**

Fassungslos starrte ich Julie hinterher. Das war kein Spaß. Ein Dutzend Wölfe in Aktion könnten ihr echt zum Verhängnis werden in den dunklen Sachen, die sie trug. Würde sie wenigstens ihre Haare offen tragen.

»Ich knall durch! Mein Bruder ist tatsächlich verliebt!« Timber jauchzte erfreut.

»Sie ist eine Vampirin. Du kennst meine Einstellung.«

»Scheint deinem Herzen egal zu sein.«

»Da ist nichts«, beharrte ich stur.

»Nichts, was du zugeben willst.« Sie hüpfte in meinem Gesichtsfeld auf und ab. »Du weißt, dass deine Ansichten total antiquiert sind, ja? Besonders nachdem wir nun alle frei wählen dürfen!«

»Ich finde, es ist nichts daran verwerflich, mit jemandem sein Leben zu teilen, der genauso tickt wie man selbst. Wie unsere Art eben.«

Timber schlug sich auf den Mund und gähnte übertrieben. »Laaaangweiliiig.«

»Warum? Ich wünsche mir einfach auch gerne eine Familie.«

»Mann, Brüderchen ...« Timber seufzte. »Nicht jedem passiert, was Charlie passiert ist. Sonst wären die Nachtschwärmer schon längst ausgestorben.«

Ich zog sie in meine Arme, weil ihr neckisches Lachen verschwunden war, und drückte sie fest an mich. »Schon klar. Aber mir ist das Risiko zu groß. Ich bin mir nicht sicher, ob ich das jemals überwinden könnte.« Ich küsste sie auf den Scheitel. »Und jetzt los. Ich muss eine widerspenstige Vampirin schützen.«

»Ach, mach dir um Julie keine Sorgen. Die ist tough. Und außerdem hat sie Tiago an ihrer Seite.« Timber zwinkerte mir zu und stand im nächsten Moment als Wölfin vor mir. Sie war kleiner als ich wie in der menschlichen Gestalt auch. Und zierlicher. Unser Fell jedoch glich sich fast eins zu eins. Sanft stupste sie mit der Schnauze gegen mein Bein, ehe sie losrannte.

»Pff«, schnaubte ich. Tough! Julie wirkte in ihrer menschlichen Gestalt neben einem Wolf schon zerbrechlich. Sie konnte noch so hart im Nehmen sein, körperlich jedoch ... Bilder blitzten vor meinem inneren Auge auf. Wie ich auf sie gefallen war. Und sie dennoch versucht hatte mich runterzuschieben. Es war ein verdammtes Glück gewesen, dass ich ihr nichts gebrochen hatte. Unruhe beschlich mich. Beim nächsten Mal könnte es nicht so glimpflich für sie ausgehen.

Blitzschnell verwandelte ich mich und stürmte los. Der Mond schien kaum durch die Baumkronen des Waldes hindurch. Es war mehr als düster, was mich noch mal antrieb. Getrappel anderer Wölfe rauschte durch meinen Kopf. Sie liefen überall verteilt. Ich vernahm jedoch keine Renngeräusche von Zweibeinern. Es ließ sich überhaupt nichts herausfiltern. Umgehend öffnete ich meinen Geruchssinn, um Julies Duftspur zu folgen, die mich immer tiefer in den Frankfurter Wald hineinzog. Ich kannte das Gebiet mittlerweile wie meine Westentasche, bezweifelte jedoch, dass Julie sich ebenso gut auskannte. Verflucht noch mal. So einen großen Vorsprung konnte sie doch nicht tatsächlich geschafft haben.

Etwas Weißes blitzte vor mir auf. Santiago! Er lief oft mit uns und schaffte ein beachtliches Tempo für einen Gestaltwandler. Manchmal foppte er uns und wandelte sich während des Rennens in einen Gepard. Mir gefiel die Herausforderung, die er damit anstachelte. Ich scannte die Umgebung, aber von Julie war nichts zu sehen. Hier entlang war sie jedoch gerannt, das konnte ich riechen. Ich stürmte an Santiago vorbei, der lachte.

»Die bekommst du nicht zu fassen. Ich hab noch nie jemanden so schnell rennen sehen!«

Abwarten! Ich heulte auf und zog meine Geschwindigkeit an. Sie wollte sich also beweisen. Prima! Ich würde auf sie aufpassen, ob es ihr gefiel oder nicht. Sich von Santiago zu lösen, war nämlich ganz schön fahrlässig gewesen.

Vor mir tauchten ein paar Wölfe auf. Ich umrundete sie und raste an ihnen vorbei. Die Befreiung, das Gefühl, ich selbst zu sein, stellte sich nicht ein. Sorge verdrängte es. Sorge darüber, Julie könnte etwas zustoßen. Ich wollte ihr Glauben schenken, dass sie die Situation im Griff hatte. Sie robust genug war, von einem oder mehreren Wölfen umgenietet zu werden, eventuell einen Hang hinunter zu kullern oder gegen einen Stein oder Baumstamm zu krachen, sich den Kopf anzuschlagen, von einem Ast durchbohrt zu werden – *Stopp, Vega! Hör sofort auf mit diesem beschissenen Kopfkino,* schalt ich mich selbst. *Hör auf und konzentrier dich!*

Mühsam lenkte ich meine Aufmerksamkeit zurück auf Julies Duft, der immer stärker wurde. Ich spitzte die Ohren und hörte Renngeräusche von zwei Beinen, links von mir. Mein Blick schnellte in diese Richtung. Da! War sie das? Da bewegte sich doch etwas. Ich kniff die Augen zusammen und ja! Da bewegte sich etwas Helles in der Luft. Schwang auf und ab. Ihr Zopf! Mein Herz pochte mir bis zum Hals, meine Zunge hing bereits aus meinem Maul. Ich war am Limit meines Tempos angelangt. Ein tiefes Knurren entwich mir. Der helle Fleck machte eine Drehung, als hätte Julie sich umgesehen.

»Fang mich doch, du großer, böser Wolf«, schnurrte sie amüsiert und zack, der helle Fleck löste sich auf.

Irritiert scannte ich die Gegend ab, aber sie war weg! Das konnte doch nicht wahr sein! Ich gehörte zu den Schnellsten unter den Wölfen und konnte es locker mit Vampiren aufnehmen – sie? So schnell? Mit diesen kurzen Beinen? Das war verrückt. Ich hatte sie total unterschätzt! Aber verflucht – wenn man sie sah, so zierlich, klein und nervös an ihrem Ohrläppchen zupfend …

»Mit einem Vorsprung wäre ich auch so großmäulig«, heulte ich hinaus die Dunkelheit. Was sie nicht verstehen konnte, trotzdem wollte ich meinen Frust loswerden.

Ihr Lachen erklang in meinen Ohren. Leicht und melodisch. Als hätte sie sehr wohl verstanden, was ich gesagt hatte. Okay – der Klang in meinem Heulen war eindeutig gewesen. Wölfe konnten mit ihrem Heulen klare Signale an jedermann senden, ohne dass diejenigen genau wussten, was wir gesagt hatten.

»Wie süß«, drang ihre Stimme belustigt in meine Ohren. »Gib einfach zu, dass du verloren hast.«

Pah! Verloren. »Gib du doch einfach zu, dass du viel zu viel Schiss hast, dich wirklich mit mir zu messen.«

Sie lachte wieder, was mir durch Mark und Bein ging. Eine Weile rannte ich ohne eine Antwort ihrerseits, bis plötzlich das Blond ihrer Haare auftauchte, an dem ich gnadenlos vorbei schlitterte.

Ich bremste scharf mit meinen Vorderläufen ab und rutschte über Äste, trockenes Laub, Erde. Hechelnd kam ich zum Stehen. Endorphine crashten mich. Ich stand völlig unter Strom.

»Dort vorne ist ein Bachlauf«, ertönte es nun direkt neben mir. »Wer zuerst ankommt, hat gewonnen. Deal?«

Mein Blick schweifte zu Julie, die herausfordernd zu mir heruntersah. Ihre Haare hatten sich aus dem Zopf gelöst und fielen ihr in einzelnen Strähnen ins Gesicht. Das Funkeln in ihren Augen erwischte mich gnadenlos. Sie war so unglaublich schön und ihr Verlangen danach, mir ihre Stärke zu zeigen, imponierte mir.

Ohne einen Ton der Einwilligung stellte ich mich in Startposition.

»Ich zähl von drei runter. Drei, zwei, eins – Go!«

Ich legte meine gesamte Kraft in meine Hinterbeine und sprang los. Kopf an Kopf hechtete ich neben Julie durch den Wald. Vorbei an Dickicht, Eichen und Kiefern. Der Duft von Julies blumigen Duschgel vermischte sich mit dem modrig-erdigen Geruch des Waldes. Ich hörte nichts außer dem Aufstampfen unserer Schritte und meinem lauten Hecheln.

Ich gab alles in diesen Lauf und quetschte jeden letzten Energietropfen aus mir heraus. Ich wollte gewinnen. Ich wollte ihr zeigen, dass ich stark war. Unbesiegbar. Dass ich ein Fels in der Brandung sein konnte. Ein Mann, an den sie sich lehnen konnte und der sie immer beschützen würde.

Das Rauschen von Wasser erklang. Jetzt war es so weit. Ich musste nur noch einmal richtig Schwung holen und –

Julie zog an mir vorbei. In Riesenschritten. Ich sah gerade noch den hellen Fleck vor mir, ehe er in der Dunkelheit verschwand … lange bevor ich am Bachlauf ankam.

# Zehn

**Julie**

Ich legte mich mitten in die Kiesel neben dem Bach und streckte alle viere von mir. Glücksgefühle überschwemmten mich. Ich hatte ihn besiegt! Schade nur, dass mir alles wehtat und ich es nicht mehr schaffte, ihn wie eine Siegerin zu empfangen und wild tanzend um ihn herumzuspringen. Mir war heiß und dieses Gefühl der Atemlosigkeit erwischte mich wieder eiskalt. Am liebsten hätte ich mich ins Wasser gerollt, doch auch dafür war ich zu schlapp.

Evan hielt scharf neben mir. Hechelnd, die Zunge links aus seinem Maul gestreckt, starrte er mir aus seinen warmen braunen Augen entgegen.

»Gewonnen«, hauchte ich.

Er senkte den Kopf, was einer Verbeugung gleichkam, tappte dann zum Bach und nahm ein paar Schlucke Wasser zu sich. Ich beobachtete jeden seiner Schritte, tief beeindruckt von seinem wunderschönen Wesen, das er als Wolf war. Wie gerne würde ich mein Gesicht in seinem Fell vergraben, mit meinen Händen die Weichheit spüren.

Evan blickte auf und neigte den Kopf. Geradeso als hätte er meine Gedanken gehört. Langsam tappte er auf mich zu. In einer fließenden Bewegung legte er sich hin, dicht neben meinen Körper, kein Blatt passte mehr zwischen uns. Vorsichtig senkte er den Kopf. Seine Augen wirkten fragend. Ich lächelte. Leise knurrend bettete er seinen Kopf auf meiner Brust.

Hitze strömte über mich. Eine versengende Hitze, die meine Wärme verbrannte und sie zu einem lodernden Feuer entfachte. »Du bist wunderschön«, flüsterte ich und sah ihm tief in die Augen.

Gedankenlos hob ich die Hand, stoppte jedoch und ließ sie wieder fallen.

Evan hob den Kopf und stupste mit der Schnauze gegen meine Hand. Es kribbelte in meinen Fingerspitzen. Ich kannte zwar einige Wölfe, aber noch keinen hatte ich in seiner natürlichen Gestalt angefasst.

»Sicher?«, wisperte ich. Er legte die Ohren an und ein bisschen sah es auch so aus, als würde er die Brauen heben. »Okay«, wisperte ich kaum hörbar.

Unendlich sanft strich ich mit meinen Fingern über sein Fell. Es fühlte sich weich wie Seide an. So weich, wie ich es mir vorgestellt hatte. Ich vergrub meine Hände in seinem samtenen Kleid und Evan heulte auf. Ein leises Heulen. Ein melodisches. Ein genussvolles.

Ich schloss die Augen, Evan dicht an mich gedrückt, und driftete weg.

***

»Julie! Hey, Jules! Wach auf!«

Etwas Nasses spritzte in mein Gesicht. Verschlafen blinzelte ich ein paarmal, hob die Hand und wischte mir über die Augen. Evans ausdrucksstarkes Gesicht geriet in mein Blickfeld. Wo war ich? Was hatte ich zuletzt getan? Ich richtete mich auf und mein Blick wanderte weiter. Zu seinem Hals. Seinem muskulösen Oberkörper. Seiner Lendengegend. Seinem ... »Ha!«, stieß ich keuchend aus.

»Hübsche! Schau hierhin, ja?« Er machte mit seinen Fingern eine Geste rauf in sein Gesicht. »Es wäre für uns beide besser.«

»Wieso bist du nackt? Haben wir?« Ich schüttelte verzweifelt den Kopf. Was hatte ich zuletzt getan? Warum war es so dunkel?

»Erinnerst du dich nicht? Wir sind im Wald gerannt und du und ich sind gegeneinander angetreten. Du hast gewonnen. Dann haben wir uns hingelegt –«

»Und sind eingeschlafen.«

»Du bist eingeschlafen. Ich hab dich dabei beobachtet.« Evan grinste verschmitzt.

»Verflixt! Wie lange war ich weg?«

»Ich schätze so 'ne halbe Stunde. Leider hast du nicht auf meinen Wolf reagiert, deswegen musste ich mich wandeln. Das hier ist also kein plumper Annäherungsversuch.«

*Bedauerlich.* »Ich geb's zu. Du hast mich ganz schön gefordert. So schnell bin ich in meinem ganzen Leben noch nicht gerannt.«

»Ich bin auch schwer beeindruckt.«

»Was nur bedeutet, dass du es mir nicht zugetraut hast.«

»Stimmt. Du musst mir verzeihen, ich kenne dich erst kurz und leite leider noch eine Menge aus deinem Äußeren ab«, gab Evan offen zu, was mich wiederum beeindruckte.

»Denkst du, es ist nur das zwischen uns? Körperliche Anziehung?«

»Nein. Denn dann wäre mein Hauptziel, dich ins Bett zu kriegen. Mein Verlangen kann ich aber nur stillen, wenn du in meiner Nähe bist. Wenn ich mit dir rede. Dich ansehe. Dir zuhöre. Dich kennenlerne. Dich lachen sehe. Mit dir Liebe zu machen, käme einer Vollendung gleich.«

Oh. Bei. Allen. Monden. Seine Worte klangen genauso poetisch wie die Texte seiner Songs.

»Zumindest ist es bei mir so«, schob er nach, nachdem ich ihn nur anstarrte, jedoch keinen Ton dazu sagte. Weil mir die Worte fehlten. Weil mir einmal mehr klar wurde, dass das zwischen uns etwas wirklich Mächtiges war. Etwas mit Substanz. Etwas ... Aussichtsloses.

»Warum gehen wir uns noch mal aus dem Weg?«, flüsterte ich und rückte ein Stück näher.

Evan beugte sich hinab, sein warmer Atem flirrte über mein Gesicht. »Hab ich vergessen.«

Unsere Lippen verschmolzen miteinander. Besiegelten unser Vergessen. Pushten unsere Sehnsucht. Setzten Zeit und Raum außer Kraft. Ich schwebte. Mein Herz pochte. Erschrocken zuckte ich zurück und schlug die Hände gegen meine Brust. *Mein Herz?*

»Hübsche?«, raunte Evan.

»Mein Herz.«

»Dein Herz?«

»Ja – ich ...« Beschämt lachte ich auf. »Vergiss es.« Ich hielt den Kopf gesenkt, um Evan nicht ansehen zu müssen, doch er bemerkte meine Flucht. Sanft nahm er mein Kinn zwischen Daumen und Zeigefinger und hob es an. »Ich kann es nur vergessen, wenn du es mir vorher erzählt hast.«

Tja. Da war was dran. »Ich dachte, ich habe mein Herz pochen gespürt, als wir uns küssten.«

»Pochen? Wie ein Herzschlag?« Er ließ mich los und schnappte sich meine Hand, die er an seine Brust führte. Ich fühlte das bebende Klopfen seines Herzens unter meiner Handfläche. »So?«

»Nur nicht ganz so wild.«

»Könnte es aus deinem Bauch gekommen sein?«

»Nein. Mein Bauchkribbeln fühlt sich anders an.« Ich schüttelte den Kopf und wollte meine Hand aus seiner winden, doch er gab sie nicht frei.

»Tu es nicht ab. Wenn du das gefühlt hast, glaube ich dir.«

»Ich weiß aber noch nicht mal, ob ich nicht verrückt werde. Seit ich zu euch gehöre, passieren seltsame Dinge mit mir.«

»Ich kenne das und es ist völlig normal. Das bist du, mit einer komplett neuen Wahrnehmung von dir selbst, in einem Umfeld, das völlig neu für dich ist. Das nennt man auch Erfahrung oder Weiterentwicklung, je nach Situation.«

Ja. Das klang plausibel. »Vermutlich hast du recht.«

»Wir können es ja testen.«

»Testen?«

Evan grinste spitzbübisch. »Wenn du gestattest, lege ich meine Hand auf deine Brust und …«

»Und?«, hauchte ich, obwohl ich wusste, worauf er hinauswollte. Sein Grinsen verwandelte sich in ein begnadetes Lächeln. In ein eindeutiges Lächeln.

Ich nickte sacht, umschloss nun meinerseits seine Hand und führte sie an meine Brust. Wärme strömte durch mein Laufshirt und feuerte über meinen Körper. Ich neigte mich nach vorne und begegnete seinen weichen Lippen. Evan umfasste mit seiner anderen Hand meinen Nacken, zog mich dichter an sich heran und küsste mich, als wäre ich seine Luft zum Atmen.

»Fuck!« Evan zuckte zurück und riss die Augen auf.

»Genau«, bekräftigte ich seine Reaktion auf das Pochen meines Herzens, das mich wieder in der Sekunde erwischt hatte, in der unser Kuss intensiver geworden war.

»Das ist unglaublich. Ist dir das vorher schon passiert?«

»Nein. Das ist das erste Mal.«

»Hast du schon mal davon gehört? Kennst du irgendeinen anderen Vampir, dessen Herz schlägt?«

»Auch nicht.«

Ein durchdringendes Wolfsgeheuel erklang.

»Wir müssen los«, sagte Evan. »Reden wir nach dem Konzert weiter?«

Ich schüttelte den Kopf. »Ich bekomme Besuch von meiner Schwester.«

»Das ist mir wohl entgangen. Sieht sie sich auch unser Konzert an?«

»Davon kannst du aber ausgehen. Sie ist ein riesiger Fan und Frankfurt ist mit dem Zug von Karlsruhe aus zum Glück in nur einer Stunde erreichbar. Sie hat die Karte schon seit zwei Minuten nach Verkaufsstart.«

»Das hört sich an, als kommt sie eigentlich nur, um uns zu sehen.«

Ich lachte. »So ist das wirklich. Ich bin nur die Sahne auf dem Törtchen.«

»Für mich bist du beides.« Evan zwinkerte mir zu und wandelte sich in seinen Wolf.

Ich rappelte mich auf und folgte ihm durch den dunklen Wald zurück zu den Tourbussen ... ohne wie verrückt zu rennen. Aber mit einem glücklichen Lächeln auf den Lippen.

***

**Evan**

Wie gebannt starrte ich von Julie auf die doppelte Version von ihr und wieder zurück. Wahnsinn! Sie und ihre Schwester glichen sich bis auf die Augenform und -farbe wie Zwillinge, dabei war Emma einige Jahre jünger, wie sie mir erzählt hatte.

Ich kippte den Kurzen und zog einen kräftigen Schluck Bier nach. Wir waren vor ein paar Minuten im *Black* aufgeschlagen, einem unserer bevorzugten Nachtschwärmerclubs in Deutschland. Es gab ein Erdgeschoss, von dem sich rundum ein Stockwerk höher eine Empore bildete, die man zur privaten Nutzung mieten konnte. Es gab nur wenige Ausnahmen in unserer Familie, die mit Party nichts am Hut hatten, schon allein deshalb benötigten wir den Platz neben der Möglichkeit, ungestört feiern zu können.

Der Bass wummerte unter den Sohlen meiner Stiefel, was jedoch nicht der Grund für das Brummen in meinem Bauch war. Immer wieder schweiften meine Gedanken zu den Küssen, die ich mit Julie getauscht hatte.

»Oh. Schaut mal – ein Wolf, der seine Beute nur mit den Augen erlegen kann«, spottete es amüsiert neben mir.

Ohne den Blick von Julie abzuwenden, seufzte ich. »Klappe, Alter.«

»Wie viele Songs gibt es denn bereits?«, fragte Tatum.

»Acht.«

»Das sollte dir zu denken geben.«

»Denken, hm? Ich tu nichts anderes mehr.«

»Das ist dann wohl das Problem. Tu einfach, was du fühlst.«

»Woher kommt denn jetzt der Sinneswandel?«

»Ich hab Augen. Und Erfahrungswerte. Manches kann man einfach nicht ignorieren.« Er klopfte mir auf die Schulter und mischte sich dann in den Pulk tanzender Leute unweit der Bar, an der ich stand.

*Augen. Aha. Wie auch immer – Ich hab heute getan, was ich fühle … und was hat es mir gebracht? Schlimmere Sehnsucht als zuvor,* dachte ich mürrisch und beobachtete, wie Julie in diesen mörderischen High Heels und in dem superkurzen Kleid mit ihren Hüften zum Beat der Musik wackelte. Und Santiago sie von hinten antanzte. Überhaupt schwänzelte der Kerl bereits den ganzen Abend um sie herum. Na gut. Auch um ihre Schwester.

Genervt wandte ich mich ab und stellte mich an die Balustrade der Empore, um der feiernden Meute unter uns zuzusehen. Der Club war restlos überfüllt, was vermutlich an unseren Fans lag, die sich da unten tummelten. Wir kamen immer hierher, wenn wir in Frankfurt waren. Deswegen wunderte es mich auch nicht, dass so viele Tänzer nicht ihr Gegenüber anschauten, sondern hier herauf.

Ich lächelte runter und winkte einmal kurz. Unser schamloser Fan, der nach dem Konzert mit ihren Freundinnen backstage bei uns gewesen war, schrie auf und winkte mit vollem Körpereinsatz zurück, während andere lachten oder verstohlen wegsahen.

»Wieder jemanden glücklich gemacht.«

Ich neigte den Kopf. Emma strahlte mich mit ihren großen, kugelrunden Augen an.

»Das hoffe ich zumindest. Glückliche Fans sind die besten.«

»Ach so. Dann geschieht dieses unwiderstehliche Lächeln nur aus Berechnung? Sozusagen als Teil des Jobs?«

Auflachend drehte ich mich zu ihr um. Emma war forsch. Herausfordernd. Und überhaupt nicht auf den Mund gefallen. »Nennen wir es Kettenreaktion. Die Freude unserer Fans schwappt auf mich über und lockt die schönsten Gefühle in mir hervor. Es ist wie ein Kreislauf.«

Sie schnalzte mit der Zunge. Grinsend. »Gut gekontert. Und schade nur, dass diese Kettenreaktion nicht auf alle deine Bandmitglieder zutrifft.« Mit einer vagen Geste unterstrich sie ihre Worte. Ich brauchte gar nicht hinzusehen, um zu wissen, wen sie meinte.

»Tatum freut sich auf seine eigene Art und Weise.«

»Offensichtlich.« Jetzt lachte sie und ihre langen Haare wirbelten umher. Ich mochte sie. Und zwar nicht, weil sie Julies Schwester war, sondern weil sie etwas Ungezwungenes an sich hatte. Im Gegensatz zu Julie ging sie auf jeden völlig unbedarft zu, gerade so als wäre sie schon jahrelang mit demjenigen befreundet.

»Die Arbeit mit euch tut meiner Schwester verdammt gut.«

»Ist das so?«

Emma rückte verschwörerisch ein Stück näher, obgleich sich ihr Gesichtsausdruck verdüsterte. »Unsere Eltern sind sehr bestimmend und einnehmend gewesen. Sie sind tolle Eltern, nicht falsch verstehen – aber durch die Besonderheit, die Julie mit sich trägt, war ihr Aktionsradius immer ziemlich eng geknüpft. Unter wachsamen Augen. Es ist besser geworden, als wir ausgezogen sind, aber den letzten Kick zur Abnabelung bekommt sie jetzt.«

»Das freut mich zu hören.« Und erklärte auch ihre Kopflosigkeit, als sie ihren Schlüssel im Hotelzimmer liegen gelassen hatte. Oder ohne ihre Kontaktlinsen losgezogen war. Wenn man nicht über jeden einzelnen Schritt nachdachte, handelte man intuitiv. Oder kopflos. Ich setzte die Flasche an und nahm einen tiefen Schluck.

»Nur was sie damit meinte, dass sie mit Santiago etwas testen müsse, um sich sicher zu sein …«

Ich verschluckte mich und prustete etwas Bier auf Emma. »Fuck! Tut mir leid! Aber was?«, grollte ich mit wildem Herzschlag.

»Eine feuchtfröhliche Nacht mit einer Band zu verbringen, hab ich mir irgendwie anders vorgestellt.« Sie zwinkerte mir zu, ehe sie sich ein Taschentuch aus ihrer Umhängetasche zog und sich damit abwischte.

»Das war echt keine Absicht. Entschuldige noch mal.«

Emma winkte ab. Mein Blick flirrte über die Menge zu dem Platz, an dem Julie zuletzt gestanden hatte. Mit Betonung auf *hatte*. Denn sie war weg.

»Weißt du, wo deine Schwester hin ist?«

»Eben stand sie noch dort.« Emma deutete auf genau die Stelle, die jetzt leer war.

»Entschuldige mich«, sagte ich, drückte mich an ihr vorbei und pfefferte die Bierflasche auf einen der runden Stehtische, die überall verteilt standen. Ein ekliges Gefühl zog sich durch meinen Bauch. Eines, das ich kannte und das ich von jeher nicht leiden konnte – Eifersucht! Niemand anderes durfte sie küssen. Oder ihr nahekommen. Oder …

Sie war nicht mein. Ich wusste das. Mein Verstand machte mir das absolut klar. Belegte es mit Gründen, die mehr als plausibel waren. Die Sache war nur die – jetzt, in diesem Moment, mit dieser Befürchtung in meinem Kopf, übernahm mein Herz das Zepter. Die Basisstation meines Seins. Die Schaltzentrale meiner Gefühle.

Hastig umrundete ich die Empore. Julie war wie vom Erdboden verschluckt. Genauso wie Santiago. Wo ging man hin, wenn man in Ruhe knutschen wollte? Ich wusste es nicht, denn eigentlich küsste ich die Frau meines Begehrens immer genau dort, wo ich wollte. Außer es war ein Flirt für eine Nacht … Ob sie zurück ins Hotel gegangen waren? Kraftvoll schmiss ich die Tür gegen die Wand und schlitterte raus auf die Dachterrasse. Ein paar Raucher erschreckten sich, auch Santiago.

»Alles klar, Mann?«, fragte er und zog an seinem Stängel, der definitiv nicht mit Tabak befüllt war.

»Hast du Julie gesehen?«

»Zuletzt im Club. Ist was passiert?«

Ich senkte den Kopf und sah ihn düster an. »Das weiß ich nicht. *Ist etwas passiert?*«

Tiago hob die Brauen und lachte. »Hast du etwa schon einen sitzen?«

»Leider nicht.«

Er streckte mir den Joint entgegen. »Brauchst du 'n Zug?«

»Das wird nicht reichen«, murrte ich und verdrückte mich wieder zurück auf die Empore. Ich flippte gleich aus, selbst wenn es mich ein wenig beruhigte, die beiden nicht gemeinsam bei irgendetwas erwischt zu haben.

*Sie ist eine freie Lady und kann tun und lassen, was sie will,* nervte mich mein ungebetenes Gewissen.

*Ich will aber nicht, dass sie mit jemanden irgendetwas tut oder lässt, außer mit mir,* maulte mein störrisches Herz.

Ich knurrte. Laut. Da erhaschte ich in der Menge einen Fetzen ihres hellblau gestreiften Kleides. Julie steuerte gerade ihre Schwester an. Hastig stapfte ich hinter ihr her, packte sie am Arm und warf sie im hohen Bogen über meine Schulter.

»Ha«, rief sie schrill, aber ich achtete nicht darauf. Auch nicht auf die irritierten Blicke und das einsetzende Getuschel. Mit wenigen Schritten befanden wir uns vor dem VIP-Eingang des *Black*. Um die Ecke, im Schatten der Spotstrahler und weit genug von den Außenkameras entfernt, ließ ich sie sanft herunter.

»Ich muss dir was sagen«, begann ich umgehend das Gespräch.

»Ich bin gespannt, Evan. Es muss schon etwas verdammt Wichtiges sein, das erklärt, warum du uns zum Gesprächsthema Nummer eins gemacht hast. Und mich in Gefahr bringst, meinen Job zu verlieren.« Sie verschränkte wütend funkelnd die Arme unter der Brust. Ich konnte es ihr nicht verübeln.

»Um deinen Job musst du dir keine Sorgen machen. Hal würde dich niemals feuern.«

»Weil du es verhinderst?«

»Weil er absolut angetan von deinem Können ist.«

»Hoffentlich irrst du dich da mal nicht.«

Ich schüttelte den Kopf. »Darüber musst du dir wirklich keine Gedanken machen.«

»Worüber dann?«

Tief atmete ich durch. Leckte mir über die Lippen. Vergrub die Hände in den Hosentaschen. Rollte auf den Fußballen hin und her. »Ich will nicht, dass du mit jemand anderem etwas anfängst.«

»Geht das schon wieder los?« Ihr Blick verdüsterte sich. »Was hab ich getan, das dich so austicken lässt?«

»Sag du es mir! Hast du mit Santiago rumgeknutscht, um zu sehen, ob dein Herz reagiert?«

Entgeistert ließ sie die Arme fallen. »Nicht dein Ernst? Hast du etwa gelauscht?«

»Nope. Es ist mir zugetragen –«

»Emma!«, zischte Julie, schloss für einen kurzen Moment die Augen und rieb sich über die Stirn. »Ich hab ihr das im Vertrauen erzählt. Davon abgesehen war es als Scherz gemeint. Ich bin nicht der Typ, der mit jedem rummacht, der mir über den Weg läuft. Schon gar nicht, wenn ich Gefühle für einen anderen habe.«

Erleichterung flutete mich. Ich hätte nicht gedacht, dass mir ihre Worte so guttaten. Aber das taten sie. Sogar mehr als das. »Ich kann das nicht länger. Die letzten paar Wochen waren ein stetiges Auf und Ab, aber letztlich bin ich immer wieder an diesen einen Punkt gekommen.«

Ich umfasste Julies Gesicht mit meiner Hand und strich ihr sacht mit dem Daumen über die Wange, die sich überhaupt nicht kühl anfühlte. Ich verdrängte den Gedanken und konzentrierte mich auf ihren wartenden Blick. Auf meine Worte, die in meinem Kopf Pogo tanzten. »Ich will die Gründe, weswegen das mit uns beiden eine verdammt schlechte Idee ist, ausblenden. Ich will sie zur Seite schieben, dem rationalen Teil meines Seins den Mittelfinger zeigen und Platz schaffen für meine Emotionen. Für das, was ich für dich empfinde. Ich möchte mich nicht immer fragen müssen, ob ich dich mal wieder zu lange anstarre, denn ich möchte dich ansehen so oft und so lange ich mag. Ich möchte dich an mich ziehen und küssen, dich berühren und deinem Lachen lauschen, ohne ein schlechtes Gewissen zu haben oder es mir zu verbieten. Ich möchte Zeit mit dir verbringen und mich nicht länger mit Songsschreiben davon ablenken müssen.«

Ich rückte näher und senkte den Kopf. »Julie Schroeder. Möchtest du ganz offiziell meine Freundin sein?«

# Elf

**Julie**

Sein Atem flirrte wild über mein Gesicht, dabei stockte sein Herzschlag vor Anspannung. Das warme Braun seiner Augen tanzte vor Aufregung, die sich auf mich schmiss und mitriss. Mein gesamter Körper kribbelte und irgendwo tief versteckt schrie er mir Warnungen zu.

Dass ich mein Herz verlieren würde.

Meine Seele.

Meinen Verstand.

Mich.

An ihn.

Aber das war genau das, was ich wollte.

Ich stellte mich auf die Zehenspitzen und beantwortete Evans Frage mit einem Kuss. Einem federleichten, alles sagenden, intensiven Kuss. Meine Finger klammerten sich an seinem T-Shirt fest, die Knie weich von dem Schmetterlingsblues, der durch meine Venen strömte.

Evan zog mich fest an sich, vergrub seine Hand in meinen Haaren. Verwandelte den federleichten Kuss in loderndes Feuer. Ich stöhnte auf. Atemlos. Atemlos? Ich versuchte einen Gedanken auf mein Herz zu richten, doch es klappte nicht. Evan berauschte mich von Kopf bis Fuß. Mit seiner Stärke. Seinem herben Duft. Seinen freigesetzten Gefühlen.

Unendliche Zeit später lösten wir uns voneinander. Ein lilafarbener Glimmer umspielte seine Gestalt, als ich zu ihm aufsah. Überrascht blinzelte ich ein paarmal. Das war unheimlich. Wo kam denn der her?

»Alles okay, Hübsche?«, fragte er rau.

»Ich … siehst du das auch? Das Glimmern über dir?«

»Glimmern?« Er schaute hoch, schüttelte dann den Kopf. »Ich kann nichts erkennen. Sind vielleicht die Lichter in meinem Rücken.«

»Lichter … ja«, meinte ich. Mein Verstand spielte mir wohl einen Streich, denn jetzt war nichts mehr zu sehen.

»Wie geht es deinem Herz?« Er legte seine Hand auf meine Brust und neigte den Kopf. »Ich spüre etwas.«

Ich horchte in mich und ja – da war es tatsächlich. Ein sanftes Klopfen. Nur kurz. Und dann – nichts mehr. Ich zuckte mit den Schultern. »Mein Körper reagiert von Kopf bis Fuß auf dich.«

»Ach ja?«, raunte Evan und hob mich in einer flüssigen Bewegung hoch auf seine Hüften.

»Was hast du vor?«, flüsterte ich und legte die Arme um seinen Nacken.

»Spazieren gehen? Ein Taxi nehmen? Mit dir die Stadt erkunden, bis die Sonne aufgeht? Deine Nähe spüren? Deinen Worten lauschen?« Langsam bewegte er sich Richtung Straße.

Ich giggelte. »Verschieben wir das auf eine andere Stadt? Emma befindet sich noch im Club und sie schläft heute Nacht bei mir.«

»Aah, Mist! Das hab ich verdrängt.« Stöhnend vergrub er sein Gesicht an meinem Hals.

»Und … eine Bitte hätte ich noch«, bemerkte ich sanft.

Alarmiert sah Evan auf. »Ich höre?«

»Könnten wir unser Zusammensein bitte nicht vor der Familie ausleben?«

Evan hob irritiert die Brauen. »Hübsche, welcher Teil von *offiziell* ist dir nicht geläufig?«

Ich schnalzte missbilligend mit der Zunge. »Der Teil, der erst mal in der Familie ankommen und als eigenständige Person angenommen werden will. Ich möchte nicht gleich als dein Anhängsel gelten.

Als Vans Freundin. Ich möchte zuerst oder eigentlich sowieso nur als Julie wahrgenommen werden. Vor allem auch in der Öffentlichkeit.«

Er schnaubte unzufrieden. Und mir war klar, dass ich unserer Anziehung – uns! – damit einen Dämpfer verpasste. Doch da konnte ich nicht aus meiner Haut. Es ging auch um meinen Job und ich wollte nicht, dass es hieß, ich hätte diesen gigantischen Auftrag nur bekommen, weil ich mit einem aus der Band liiert war.

»Das ist hart. Ich hab noch nie meine Freundinnen versteckt. Affären, One-Night-Stands ja, weil ich um die Frauen nicht viel Aufhebens machen wollte, im Wissen, dass sie mich lediglich sexuell befriedigen. Frauen, die mir wichtig waren, die mein Herz berührten jedoch nie. Ich möchte keinen falschen Eindruck erwecken. Du gehst mir nämlich bereits so tief unter die Haut wie keine meiner bisherigen Beziehungen.«

Ich öffnete den Mund, doch ehe ich etwas sagen konnte, küsste er mich und stellte mich zurück auf den Boden. »Und eben weil du und alles an dem, was ich für dich empfinde, anders ist, neu, respektiere ich deinen Wunsch voll und ganz. Ohne Wenn und Aber.«

Ein riesiges Lächeln breitete sich auf meinen Lippen aus. Eines, das bis zu meinen Augen ging und mein gesamtes Gesicht in Mitleidenschaft zog. Ich hatte tatsächlich mit einer aufreibenden Diskussion gerechnet und es erleichterte mich, wie locker Evan mit meiner Bitte umging.

»Danke«, entgegnete ich, gab ihm einen zärtlichen Kuss und tanzte glücklich zur Tür, um zurück in den Club zu gehen. Die Blicke der Leute schenkte ich mir. Es war klar, dass nach der Aktion mit Evans Schulterwurf geredet wurde. Spekuliert. Das konnte ich nicht mehr ändern. So lange wir jedoch keinen handfesten Beweis lieferten, dass etwas zwischen uns lief, blieb es eben nur das – Spekulation.

Emma grinste mich breit an, als ich wieder zu ihr stieß. »Der hat ganz schön Feuer unterm Hintern.«

»Mhm. Ein Feuer, das du entfacht hast.« Ich zog vielsagend die Brauen hoch.

Emma winkte ab. »Nichts zu danken.«

Ich lachte auf. Kopfschüttelnd. Das war Emma. Pur und unverfälscht. Und weil ich meine kleine Schwester genauso liebte, konnte ich ihr auch überhaupt nicht böse sein. Schon gar nicht, wenn man den Ausgang ihrer *Trickserei* betrachtete.

»Ich bin ja schon gespannt, was du mir zu erzählen hast, denn wow! Ich will auch mal von einem großen, starken und gutaussehenden Kerl über die Schulter geworfen werden, aber jetzt wird erst mal getanzt.«

Sie griff nach meiner Hand und zog mich mitten in eine Traube von Nachtschwärmern. Timber rockte genauso ab wie Santiago oder Zarah, die Make-up Artistin. Die Songauswahl des DJs war ganz nach meinem Geschmack. Er spielte Charts im Wechsel mit etwas rockigeren Songs.

Ab und an linste ich zu Evan, der gegen die Wand gelehnt stand und entweder ein Bier in Endlosschleife trank, oder sich immer dann Nachschub holte, wenn ich nicht hinsah. Ich hingegen trank ein paar Cocktails, die mich nur leicht beschickerten. Als Vampir konnte man eine Menge Alkohol in sich reinschütten, bevor man jenseits von Gut und Böse war. Deswegen war es eigentlich unfair, wenn man sich einer Trinkchallenge mit einem Menschen stellte, der keinen Schimmer hatte, gegen wen er da eigentlich antrat.

»Wuhuu!«, schrie Emma lachend. »Ich könnte die ganze Nacht durchtanzen.«

»Ich auch! Aber so was von!« Timber sprang auf und ab und deutete auf ihren Bruder. »Los! Bewege deinen weltweit geliebten Starhintern auf die Tanzfläche und fühle den Rhythmus!«

Evan zog einen Mundwinkel hoch. »Es gibt nur eine Party, auf der ich je freiwillig das Tanzbein schwingen werde, Schwesterchen. Und das wird meine Hochzeit sein.«

»Jaja«, wiegelte Timber ab und zog eine Grimasse. »Deine perfekte Hochzeit mit deiner perfekten Wölfin, um ein noch perfekteres Wolfsleben zu führen.«

Sie drehte sich im Kreis, völlig im Beat gefangen, der mir augenblicklich abhandenkam. Mein Blick schwirrte zu Evan, dem sein angedeutetes Grinsen vergangen war. Aha. Das war es also. Er wünschte sich für sein restliches Leben eine Partnerin, die von seiner Art war.

Ich zwang mir ein Lächeln ins Gesicht und verdrückte mich tänzelnd weiter in den Kern der partywütigen Menge, damit ich außer Sichtweite gelangte. Ich wollte nicht, dass Evan sah, wie mir diese Information zusetzte. Weil es völliger Blödsinn war, überhaupt pikiert zu sein. Ich hatte mich auf ihn eingelassen, im Wissen, dass es Gründe gab, die, rational gesehen, gegen eine Beziehung sprachen. Diese Information war nur eine klarere Formulierung seiner Gründe.

Und trotzdem stach dieses Wissen tief in mein Herz. Eine Beziehung einzugehen, von der man sich nicht sicher war, wie sie verlaufen oder in was sie enden würde, war per se nichts Außergewöhnliches, ja sogar gängig. Doch zu wissen, dass sie spätestens an diesem Punkt stoppte und vermutlich einem damit das Herz zerriss … War es das dann wert? Seine Zeit, seine Gefühle, sein Selbst, sein Leben einer anderen Person zu schenken? Würden wir alle andere Entscheidungen treffen, wenn wir den Ausgang kannten? Hätte Liebe dann noch eine Chance? Wer würde sich überhaupt noch auf eine Beziehung einlassen?

Ich fühlte mich wie vor dem Aufheben des Bindungszaubers. Wo man sich auch mehrmals überlegen musste, ob man eine Bindung zu einem Nachtschwärmer einging, im Wissen, jederzeit dem oder

der Einen zu begegnen und seine derzeitige Liebe Knall auf Fall im Stich zu lassen. Oder im Stich gelassen zu werden.

Meine Sicht begann sich zu drehen. Schwindel erfasste mich, mein Körper fühlte sich plötzlich wie Zuckerwatte an. Ich öffnete den Mund, um Emma zu sagen, dass ich mich kurz hinsetzte, aber ich bekam keinen Ton heraus. Stattdessen wankte ich. Stieß gegen jemand. Wischte mir über die Stirn, die zu glühen schien. Von irgendwoher hörte ich jemanden meinen Namen rufen. Ich sackte zusammen, schwarze Flecken tanzten vor meinen Augen. Dröhnendes Rauschen waberte durch meinen Kopf. Und dann knipsten sich meine Lichter vollständig aus.

***

**Evan**

Ich bekam nicht ganz in den Kopf, was unsere Tourärztin Layken da von sich gab. Julie sollte lediglich einen zu viel über den Durst getrunken haben? »Wie kann das sein? So wie Emma sagt, hat sie höchstens eine Handvoll Cocktails getrunken. Sie ist ein verdammter Vampir! Das ist doch völliger Schwachsinn.«

Bare legte beschwichtigend die Hand auf meine Schulter, doch ich schüttelte sie ab.

Layken sah mir mitfühlend entgegen. Die Fee spürte offensichtlich ganz genau, wie wichtig mir Julie war. »Evan … sie ist kerngesund! Ich hab sie von Kopf bis Fuß untersucht, nicht nur auf herkömmliche Weise. Das ist die einzige Erklärung, die plausibel klingt.«

»Compadre! Du weißt schon, dass selbst wir Vampire unterschiedliche Belastungsschwellen haben«, erinnerte mich Tatum an eine Tatsache, die ich nicht hören wollte. Es ging ja nicht nur darum, dass Julie umgekippt war. Es ging darum, dass sich plötzlich ihr Herz meldete. Und sie schwitzte.

»Und wie erklärst du ihre Körpertemperatur?«

»Bedingt durch die Gruppenwärme und den Alkohol kann es durchaus zu solchen Reaktionen kommen. Selten, aber möglich. Ich verstehe, wie wenig zufriedenstellend meine Aussagen sind, ich kann dir und ihr nicht mehr sagen als die Ergebnisse meiner Untersuchung. Und die waren alle einwandfrei!« Layken rückte ihre runde Brille zurecht und schulterte ihre Notfall-Tasche. »Wenn du möchtest, kontaktiere ich einen Kollegen in München, der sie sich auch mal ansehen kann. Vorausgesetzt Julie ist damit einverstanden.«

»Mach das«, erwiderte ich und nickte ihr zu. »Danke.«

»Ist mein Job.« Sie strich mir kurz über den Arm und verschwand im Aufzug, neben dem wir unweit entfernt standen. Bare, Charlie, Tate und Hal sahen mich abwartend an. Insbesondere Hal, in dessen Augen man schon Fragen über Fragen lesen konnte.

Seufzend fuhr ich mir mit der Hand durch den Bart. »Ich hab mich in Julie verliebt, wir wollen es aber geheim halten.«

»Hast du dich doch durchgerungen!« Bare knallte mir spielerisch mit der Faust gegen den Arm. »Sauber, Alter!«

»Das darf nicht wahr sein! Wie konnte mir das nur entgehen?«, fragte Hal stirnrunzelnd.

»Es ist noch ganz frisch und wie gesagt, wollen wir es nicht an die große Glocke hängen.«

Hal grinste schief. »Na, das begrüße ich.«

»Das dachte ich mir«, erwiderte ich, woraufhin er mit den Schultern zuckte. Er konnte eben nicht aus seiner Haut. Was vollkommen in Ordnung war. Wäre Hal nicht, hätten wir es niemals so weit gebracht und jede einzelne Tour wäre im Chaos und in üblen Exzessen untergegangen.

»Ich freu mich für euch!«, ergänzte er. »Verbock es nur nicht. Miss Schroeder ist eine begabte Fotografin, die ich nicht verlieren möchte. Aber mehr noch ist sie eine bemerkenswerte junge Frau, die kein gebrochenes Herz verdient.«

»Nichts liegt mir ferner als das«, erwiderte ich leicht genervt, weil mich sein Kommentar störte. Ich wusste, er meinte es nur gut, weil er Julie mochte und er uns kannte wie niemand anderes und wir alle schon mal den ein oder anderen Fehler begangen hatten. Doch die Sache mit Julie war jenseits von allem bisher dagewesenen.

*Die Möglichkeit besteht trotzdem,* monierte mein unerwünschtes Gewissen.

»Wieso machst du dir überhaupt solche Sorgen?«, fragte Bare. »Doc Layken gehört zu den Besten! Sie würde es sagen, wenn irgendetwas mit Julie nicht stimmt.«

Kurz überlegte ich, ob ich die Sache mit ihrem Herz ansprechen wollte, entschied mich aber dagegen. Zuerst musste ich mit Julie darüber reden und herausfinden, ob sie Layken eingeweiht hatte.

»Ich finde es eben merkwürdig«, wich ich aus und klopfte gegen Julies Hotelzimmertür, damit mir jemand öffnete.

»Kommt rein«, sagte Emma und winkte uns in den Raum.

Julie lag auf dem Bett und sah abgekämpft aus. Müder Blick und irgendwie bleich. Was für einen Vampir schon eine Leistung war, das hinzubekommen.

»Hey, Hübsche.« Ich setzte mich auf die Bettkante und nahm ihre Hand in meine. Sie fühlte sich kühl an. Kein Vergleich zu dem siedend heißen Körper, den ich aus dem Club getragen hatte. »Wie geht's dir?«

»Mir geht's gut. Es ist mir nur unangenehm, so einen Auftritt hingelegt zu haben.«

»Darüber brauchst du dir keine Gedanken zu machen«, antwortete Charlie. »Wir können schon gar nicht mehr zählen, wie viele von der Tourfamilie bereits umgekippt sind und wir sie ins Hotel oder in den Bus schleppen mussten.«

»Uns eingeschlossen«, ergänzte Bare grinsend.

Hal verdrehte gequält die Augen. »Zu meinem Leidwesen.«

Julie lächelte angedeutet. »Vielen Dank, dass ihr so schnell reagiert habt und euch Sorgen macht. Es geht mir wirklich gut. Ihr müsst hier also nicht weiter abhängen.«

»Och, mich stört ihr nicht«, warf Emma ein und wackelte belustigt mit den Brauen.

»Dann geh mit den Jungs zurück zum Club und genieß den Rest vom Abend.«

»Vergiss es. Ich lass dich nicht allein –«

»Ich bleib bei ihr«, unterbrach ich Emma.

Emma beugte sich zu ihrer Schwester und gab ihr einen Kuss auf den Scheitel. »Ja?«

Julie nickte. »Absolut! Und jetzt geh und rock noch ein paar Stunden ab! So schnell wirst du nicht mehr mit deiner Lieblingsband abhängen können.«

»Da ist was dran. Na gut, du meldest dich, wenn …«

»Selbstredend. Und ihr versprecht mir gut auf meine kleine Schwester aufzupassen?«

»Wie auf jeden in unserer Familie«, entgegnete Tatum, schnappte sich Emmas Hand und winkte amüsiert zum Abschied.

»Ich bin für die restliche Nacht raus«, sagte Hal. »Ich war sowieso im Begriff gewesen zu gehen. Miss Schroeder, ruhen Sie sich gut aus.« Er streckte den Zeigefinger aus und hielt ihn drohend unter meine Nase. »Benimm dich. Sie muss sich schonen.«

»Jaaa, Dad«, murrte ich, was Julie ein Lachen entlockte. Die anderen verabschiedeten sich und im nächsten Moment waren wir allein. »Ich bin gespannt. Was war los?«

»Ich hab keine Ahnung. Von einer zur anderen Sekunde überkam mich Schwindel und zack lag ich am Boden. So etwas hab ich noch nie erlebt. Ich bin noch nie umgekippt und an Alkohol vertrage ich gewöhnlich einiges mehr als die paar Cocktails, die ich heute Abend getrunken habe.«

»Layken meinte, du seist kerngesund.«

»Ich fühl mich auch gesund. Etwas müde, klar. Meine Energie ist genauso in den Keller gesunken wie ich.«

»Hast du dem Doc über dein Herz Bescheid gesagt?«

Sie schüttelte den Kopf. »Emma war dabei. Ich wollte sie nicht unnötig beunruhigen.«

»Du hättest es tun sollen. Vielleicht hängt es zusammen!«

»Ich werde mit ihr morgen drüber reden. Dr. Layken wollte noch mal nach mir sehen.«

»Gut. Mach das unbedingt. Und wenn wir in München sind, könntest du dich bei einem befreundeten Arzt von ihr vorstellen. Manchmal ist es klug, sich mehr als eine Meinung einzuholen.« Ich hob beschwichtigend die Hände. »Was nicht bedeuten soll, dass ich Laykens Können nicht traue. Im Gegenteil. Sie ist die beste Ärztin, die ich kenne.«

»Ich überleg's mir. Aber danke.«

Am liebsten hätte ich ihr gesagt, dass ihre Gesundheit kein Thema war, über das man lange überlegen musste. Aber sie zu bedrängen, war nicht meine Natur und würde vermutlich den gegenteiligen Effekt erzielen.

»Ich spring mal schnell unter die Dusche«, sagte sie und rutschte vom Bett. »Machst du mir mein Kleid auf?«

Oh. Mann. Das war nicht wirklich eine Frage, oder?

Sie stellte sich mit dem Rücken voran zwischen meine Beine und wartete. Ich schob ihre langen Haare zur Seite und öffnete langsam den Reißverschluss, der bis zum Ansatz ihres Hinterns verlief. Makellose, helle Haut kam hinter dem hellblau-weißen Stoff hervor.

Ohne zu überlegen, strich ich ihr sanft mit der flachen Hand über den Nacken und den Rücken hinunter. Julie drehte sich um und legte die Arme um meinen Hals. In ihrem Blick flackerte etwas auf, das ich nicht benennen konnte, wenngleich es mich an etwas erinnerte.

»Danke«, hauchte sie, küsste mich sanft auf meine Lippen und verschwand ins Bad.

Kaum war die Tür verschlossen, fiel es mir ein – es war genau der Blick, den sie mir zugeworfen hatte, nachdem Timber lauthals meinen Wunsch, mein Leben mit einer Wölfin zu verbringen, hinausposaunt hatte. Und kurz bevor sie zusammengebrochen war …

# Zwölf

**Julie**

Angst griff nach mir und hielt mich fest in ihren Klauen. Die Schweißausbrüche, das Herzpoltern und nun der Zusammenbruch. Meine irrsinnige Geschwindigkeit beim Rennen und dem Knockout danach. Irgendetwas stimmte nicht mit mir und es sorgte mich zutiefst, dass die Ärztin nichts finden konnte. Über den Vorschlag, von einem weiteren Arzt begutachtet zu werden, war ich sehr froh, auch wenn ich es Evan eben nicht gezeigt hatte. Ihn wollte ich nämlich genauso wenig beunruhigen wie Emma.

Ich zog mich aus und stellte mich lange unter die Dusche. Das Wasser prasselte auf meinen Körper, der völlig angespannt war. Es fühlte sich merkwürdig an. Das Ziehen in meinen Waden. Vielleicht war das ausgiebige Tanzen nach dem Sprint etwas too much gewesen? Ich hatte zwar noch nie mit Muskelkater zu kämpfen gehabt, doch das wäre zumindest eine Erklärung. Eine plausible. Und vor allem eine ungefährliche.

Wehmütig trocknete ich mich ab und kuschelte mich in den Bademantel. Ich putzte meine Zähne und nahm die Kontaktlinsen raus, was sich jedes Mal wieder wie ein Befreiungsschlag anfühlte. Im Bus ließ ich sie mittlerweile immer, wenn es ging, draußen, doch meine Augen der gesamten Tourfamilie zu präsentieren, so mutig war ich noch lange nicht.

Timbers Worte summten in meinem Kopf herum und schlugen mit ihren Tönen in mein Herz. *»Deine perfekte Hochzeit mit deiner perfekten Wölfin, um ein noch perfekteres Wolfsleben zu führen.«* Ich wollte das nicht zu nah an mich heranlassen, doch das war einfacher gesagt als getan. Ich war eine Schwärmerin, die von Kopf bis Fuß liebte, selbst als der Bindungszauber noch an den Nachtschwärmern gewirkt hatte. Selbst mit dem Wissen, jederzeit das Herz gebrochen zu bekommen, war ich damit besser klargekommen als jetzt. Gut möglich, dass es daran lag, weil ich wusste, dass mir auf jeden Fall mein Einer begegnen und all mein Schmerz und die Sehnsucht sich auf Nimmerwiedersehen auflösen würden. Diese Garantie hatte ich nun nicht mehr. Im Gegenteil. Jetzt war ich mir sicher, Evan würde mir mein Herz zerstören und unsere Beziehung war nur eine Frage der Zeit.

»Bei allen Monden! Was ist das?«, fragte ich, als ich zurück ins Zimmer trat. Auf dem Bett thronte ein Tablett mit unzähligen Köstlichkeiten. Käsekuchen. Muffins. Törtchen.

Evan grinste. »Ich dachte mir, nach dem anstrengenden Tag wäre es nicht schlecht, seine Speicher aufzufüllen. Den Energie- und den Seelenspeicher.«

»Damit ist es offiziell. Du bist mein Held«, erwiderte ich lächelnd und setzte mich ihm im Schneidersitz gegenüber an den Bettpfosten gelehnt.

»Na das ging ja einfach. Weiß jetzt nicht genau, ob ich mich geehrt fühlen soll oder nicht.« Gespielt empört strich er sich über seine Brust.

Ich lachte. »Da du tatsächlich der Erste bist, der mir Desserts auf einem Silbertablett serviert und das noch in meinem Bett, darfst du dich bedenkenlos in deiner Ehrung baden.«

»Was für ein Glück«, stieß er belustigt aus und deutete auf den Becher, der inmitten der Leckereien stand. »Trink das, bevor es kalt wird.«

»Heiße Schokolade?«

»Besser. Lebenselixier.«

»Oha. Ich hatte meine Dosis heute schon.«

»Ich denke, du kannst eine zweite gut gebrauchen.« Er lächelte, doch im Ton seiner Stimme schwang eine Bitte mit. Eine Dringlichkeit. Ein Wunsch. Deswegen schnappte ich den Becher Blut und trank davon.

»Hör mal«, begann Evan und fuhr sich durch den Bart. »Das, was Timber vorhin im Club gesagt hat –«

»Stopp!«, unterbrach ich ihn. »Du bist mir keine Erklärung schuldig. Du hast von Anfang an gesagt, dass du deine Gründe hast, weswegen das mit uns eine schlechte Idee ist. Es ist okay.«

»Ist es das?« Evan blickte mir ernst entgegen. Es schien, als würde er mir nicht glauben, und das konnte ich ihm nicht mal verübeln, denn ich glaubte mir selbst nicht.

Seufzend stellte ich den Becher zur Seite. »Evan ... die Sache zwischen dir und mir hat so chaotisch begonnen und sie ist irgendwie immer noch total verwirrend, auch wenn wir uns dazu entschieden haben, unseren Gefühlen nachzugeben. Können wir es nicht ... einfach halten? So unkompliziert wie möglich? Ich möchte dich richtig kennenlernen. Und Zeit mit dir verbringen. Alles andere ...« Ich zuckte mit den Schultern. *Alles andere wird mich mein Herz kosten,* dachte ich, versuchte jedoch so unbekümmert wie möglich auszusehen.

Evan zog scharf die Luft ein. Er schien nicht zufrieden mit meiner Bitte. Eine Weile blickten wir uns an und mit jeder Sekunde, die verstrich, drang er mehr und mehr in mich. Durchbrach meine Komfortzone. Meinen persönlichen Wohlfühlbereich. *Intim* ... das war der Begriff, der unser Blickduell am besten beschrieb.

»Unkompliziert?«, raunte er nach einer Ewigkeit. »Hübsche, das mit uns wird vermutlich nie unkompliziert werden. Keine Ahnung, woher ich die Sicherheit nehme, aber ich spüre es tief in mir. Ich werd's aber versuchen. Okay? Das ist alles, was ich dir im Moment versprechen kann.«

Ich nickte. Und das war mehr, als ich mir selbst versprechen konnte.

***

»Also echt. Ich wäre auch in Ohnmacht gefallen, wenn mich Tatum so angesehen hätte, wie Evan dich den ganzen Abend angeschmachtet hat.« Emma kuschelte sich an mich und giggelte. Sie war etwas angeschickert und vor wenigen Minuten vom Feiern mit den anderen zurückgekehrt.

Ich zog die Decke über uns und genoss die Anwesenheit meiner kleinen Schwester. Keiner war mir näher als sie. Am liebsten hätte ich sie in mein Gepäck geschmuggelt und mit auf Tour genommen.

»Das ist ja noch gar nichts, Em. Echt, wenn der Kerl mich küsst, spüre ich keinen Boden mehr unter den Füßen.«

»Oooh, wow! Das ist der Wahnsinn! Dabei fangirlst du die Band noch nicht mal.«

»Na ja, so langsam …« Ich lachte. Diese verrückte Bande schlich sich tatsächlich Tag für Tag immer tiefer in mein Herz. »Evan hat mir trotzdem schon immer gefallen.«

»Ich weiß, Jules. Das weiß ich doch.« Emma gähnte. »Ist wirklich alles in Ordnung mit dir? Oder sagst du nur wieder keinen Ton, damit ich mir keine Sorgen mache?«

*Oh, Mann. Ertappt.* Ich legte den Arm um sie und bettete mein Kinn auf ihrem Kopf. »Ich verändere mich. Und ich bin durcheinander. Dieser Job ist von außen betrachtet echt easy. Aber mich schlaucht er total.«

»Weil du dich immer eingeigelt hast.«

»Mhm. Und wem hab ich das zu verdanken? Es ist schwer, aus jahrelang antrainierten Mustern auszubrechen.«

»Außer man wird in ein Haifischbecken geworfen und hat keine andere Wahl, als zu müssen. Dieser Job ist genau das Richtige für dich. Wie ungezwungen du mit den Leuten umgehst, das ist schön. Richtig schön«, flüsterte Em. »Ich bin froh, dass ich die Bewerbung für dich eingereicht habe.«

»Ich auch«, antwortete ich ehrlich. Nicht nur wegen Evan, obwohl er einen großen Teil ausmachte. Es kitzelte in meinem Bauch beim Gedanken an ihn. Alleine die Art, wie er mich ansah, blies mir meinen Verstand weg.

»Ruf mal noch Mam und Paps an. Oder nimm wenigstens mal ab, wenn sie dich anrufen. Die beiden machen mich verrückt mit ihrer Nachfragerei.«

»Hab ich gar keine Lust zu. Mam quetscht mich so dermaßen aus, dass sie am Ende mehr über meine Zeit hier weiß als ich selbst.« Ich zog eine Schnute und Emma lachte. »Das kann durchaus passieren. Ist aber immer noch besser, als dass sie plötzlich bei einem Konzert auftauchen, oder?«

Alarmiert zuckte ich zusammen. »Haben sie das gesagt?«

»Zwischen den Zeilen.«

»Schon gut. Dann ruf ich sie morgen an. Jetzt bin ich zu müde. Nacht, Em.«

»Nacht, Jules.«

Ich schloss die Augen, meine Gedanken wirbelten um Evan, verwandelten sich in Träume –

»Jules?«

»Mhm?«

»Legst du bei Tatum ein gutes Wort für mich ein?«

»Emma!«

»Was?« Sie kicherte. »Träumen wird ja mal noch erlaubt sein.«

*Träumen wird ja mal noch erlaubt sein ...* Emmas Worte rasten wie ein Güterzug in meinen Bauch. Der Traum vieler Frauen da draußen war nun meine Realität! Evan Vega, Frontmann der beliebtesten Nachtschwärmer-Band, war in mich verliebt! Julie Schroeder. Fotografin aus Karlsruhe.

***

**Evan**

Gefrustet klappte ich den Laptop zu. Nichts. Kein einziger Eintrag war in der internen Datenbank der Nachtschwärmer über Vampire und Krankheiten vermerkt. Selbst im Reglement, das Regelwerk, an das sich alle Nachtschwärmer halten mussten, war nichts zu finden.

Was doch nicht sein konnte! Im Laufe der Jahre mussten irgendwelche Vampire doch auch mal untypische Anzeichen gezeigt haben!

Ich sprang vom Bett und lief grübelnd im Zimmer auf und ab. Die Nacht war kurz gewesen und die Dusche hatte nicht die Entspannung gebracht, die ich mir erhofft hatte. Immer wieder schweiften meine Gedanken zu Julie und ihrem außergewöhnlichen Gesundheitszustand. Sie konnte doch nicht ernsthaft der erste Vampir sein, der unter solchen Symptomen litt?

Aber was wusste ich schon?! Ich war nur ein einfacher Nachtschwärmer. Am Ende fiel dieser Punkt ebenso unter *Geheimhaltung* wie der Betrug um den Bindungszauber. Also eine Sache für den Rat. Den ich nicht kontaktieren konnte ... oder doch? Ich musste ja Julies Namen nicht nennen und schon gar nichts über ihre Augenfarbe sagen. Aber ob der deutsche Rat über so ein Wissen verfügte wie der amerikanische? Immerhin war dieser der Leitführer aller Räte auf der Welt. Es gab nur zwei Personen, die über uns allen standen. Die Macht und Wissen vereinten, das Jahrtausende zurücklag – die Ältesten! Bis vor Kurzem handelte es sich dabei um das älteste Nachtschwärmerehepaar der Welt. Merlin und Emerson. Nun waren sie jedoch abgelöst worden und Gerüchten zufolge war das neue Nachtschwärmerehepaar ganz und gar nicht alt, jedoch ebenso mächtig und wissend wie ihre Vorgänger. Deswegen nannte man sie *die Ältesten,* da sie ihre Namen und Identitäten nicht preisgeben wollten, ihre Macht und Weisheit jedoch unerreicht blieben.

Ja! Das wäre eine Option, die ich im Hinterkopf behielt. Sollte sich Julies Zustand verschlechtern oder neue Symptome hinzukommen und auch der Arzt in München nichts aufdecken können, würde ich die Ältesten kontaktieren!

Einigermaßen beruhigt warf ich mir meinen Anzug über. Das Treffen mit unseren deutschen Sponsoren stand an. Ein Essen, gefolgt von einem Privatkonzert im kleinen Rahmen mit abschließender Feier. Ich war kein Fan von solchen Veranstaltungen, denn im Laufe der Jahre hatte ich feststellen müssen, dass die Sympathie sich steigerte, wenn der Rubel rollte, und entsprechend abnahm, wenn dem nicht so war. Wobei wir bereits von Beginn an so viel Kohle verdienten, dass wir nach der ersten Tour schon ausgesorgt hatten und es im Laufe der zwanzig Jahre zu keinen wirklichen Verlustgeschäften gekommen war. Doch es reichte schon, ein schlechter laufendes Album zu veröffentlichen. Das bekam man sofort zu spüren. Egal ob von den Sponsoren, der Presse und auch den Fans, die das Album ja nicht kauften, weil es sie nicht erreicht hatte. Zu experimentell. Zu ähnlich. Zu viel Rock. Zu wenig Folk. Zu wenig Rock. Zu viel Folk. Es war unmöglich, es allen recht zu machen. Deswegen hatten wir unsere Selbstzweifel relativ früh eingedämmt und verließen uns auf das, was uns Spaß machte. Was aus unseren Herzen kam. Was uns verkörperte und womit wir uns wohlfühlten. Und damit fuhren wir, auch wenn wir im Laufe der Zeit die eine oder andere Schlappe hatten einstecken müssen, bisher recht gut.

Ich band mir die Haare zusammen, kämmte mir den Bart und verließ das Zimmer. Gerne hätte ich Julie für das Dinner abgeholt, doch sie brachte ihre Schwester zum Bahnhof und kam später nach. Leider um zu arbeiten. Die Sponsorenfirma lud grundsätzlich nur die Band und Hal ein. Was ich verstand, mich trotzdem störte. Zu einer Band, insbesondere zu einer Tour, gehörten so viele Leute, damit wir unseren Job überhaupt erledigen konnten. Ohne sie würde das alles gar nicht funktionieren.

»Uh lala. You look so fine, I wanna be your valentine! Heute Abend schon was vor, Prinzessin?«, erklang es belustigt hinter mir, während ich auf den Aufzug wartete. Mein Blick schweifte über die Schulter zu Bare, der breit grinsend angelaufen kam. Geschniegelt und gestriegelt in einem türkisfarbenen Anzug mit dunkelblauem Hemd. Alles an ihm wirkte sonnig. Immer. Und wüsste man es nicht besser, könnte man meinen, er wäre die Sonne höchstpersönlich. Was natürlich nicht stimmte. Bei näherer Betrachtung und wenn man ihn gut kannte, sah man, wenn er nicht so gut drauf war. Wenn ihn etwas belastete. Dann wechselte er zum Beispiel das Piercing an seiner Lippe aus. Statt einem platinfarbenen Ring steckte nun ein kleiner schwarzer Stecker in der Form einer Note rechts an seiner Unterlippe. Dieser war, im Gegensatz zum Ring, weniger geeignet, nachdenklich darauf herumzukauen.

»I'm always your one and only valentine«, säuselte ich zurück und klimperte mit den Wimpern. Ein bisschen Fun nahm ihm vielleicht etwas Druck aus der Geschichte mit Lovis und dem Baby.

Bare lachte. »Gut siehst du aus. Das Glück steht dir.«

»Ein ganz schön chaotisches Glück«, erwiderte ich und wir stiegen in den Aufzug.

»Lieber chaotisches Glück als chaotisches Unglück.«

»Mann, Alter …« Ich klopfte ihm auf die Schulter.

»Ich kann einfach nicht mehr aufhören daran zu denken. Was, wenn sie wirklich mein Kind unter ihrem Herzen trägt?« Bare rieb sich die Stirn, als würden ihn Kopfschmerzen plagen. »Ich hab mir nie Gedanken über eine Familie gemacht. Über Kinder … aber jetzt – wenn es mein Fleisch und Blut ist, will ich für ihn oder sie da sein. Ich möchte nicht irgendein Scheißdad sein, der sich nie zeigt, der nur Geld zahlt. Ich möchte zum Leben meines Kindes gehören. Möchte ihm Laufen beibringen, Fahrrad fahren. Dabei sein, wenn das erste Zähnchen kommt und wenn es wieder ausfällt. Den ersten Liebeskummer auffangen und seine Wut zähmen. Mit ihm sein Glück teilen.« Er hob die Hände. »Aber wie? Wie soll das gehen? Ich kann mich kaum an seine Mutter erinnern. Und wir? Ständig on Tour oder im Studio.«

Die Aufzugtüren glitten auf, doch keiner von uns bewegte sich. Ich drückte auf den obersten Knopf, um die Etagen wieder raufzufahren. Bares Überforderung war wie Nebel, der ihn einhüllte – dick und undurchlässig. »Dachte ich mir schon, dass es nicht so locker an dir abprallt, wie du uns weismachen willst. Und echt, Bruder, darüber bin ich verdammt froh! Dieses Baby, dein Baby, wird seinen Platz in deinem Leben finden. Und in unserem! Wir alle werden dich unterstützen. Und halt mich für verrückt, aber ich hab ein gutes Gefühl. Ich glaube, dass du der Vater sein kannst, der du sein willst!«

Es plingte und die Türen glitten erneut auf. Auch diesmal stand keiner davor, der einsteigen wollte. Diesmal drückte Bare den Knopf fürs Erdgeschoss. Es dauerte vier Etagen abwärts von den fünfzehn, bis er sich räusperte. Seine Stimme klang brüchig. »Genau diese Worte habe ich gebraucht! Die Bestätigung, dass ich das nicht alleine durchstehen muss!« Er packte mich an der Schulter und zog mich in eine feste Umarmung. »Ihr seid meine Familie. Manchmal frag ich mich, wie ich mein Leben irgendwann ohne euch bestreiten soll!«

Ich schluckte hart. »Musst du nicht! Wir vier Idioten haben schon lange vor der Band aneinandergeklebt wie Kaugummi. Über sechzig Jahre, Mann! Das ändert sich jetzt nicht, nur weil wir ein Jahr Pause einlegen. Oder vielleicht nicht mehr als Band zurückkehren. Whistleblower ist ein Teil von uns. Wir sind aber mehr als das.« *Viel mehr.*

Ich spürte, wie er nickte und die Türen sich in unserem Rücken öffneten.

»Gruppenkuscheln ohne mich? Never, Compadres!« Charlie sprang auf uns zu und umarmte uns beide, ehe wir die Chance hatten, uns voneinander zu lösen. Es blitzte plötzlich und automatisch schweifte unser aller Blick raus in den Gang, um zu sehen, welcher Fan oder Reporter uns nun schon wieder aufgelauert hatte, doch die Türen schlossen sich und ich konnte nur noch einen Hauch von hellblonden Haaren erkennen. Mein Herz schlug augenblicklich schneller – Julie!

Der Aufzug setzte sich in Bewegung und ich stöhnte innerlich. Mist. Ich hätte sie gern noch gesehen, bevor sie mit Emma weg war.

Charlie gab uns frei und machte eine umfassende Geste. »Warum kuscheln wir?«

»Weil ich vielleicht Vater werde«, meinte Bare rau und strich sich seinen Anzug glatt.

»Oh«, erwiderte Charlie. Er legte Bare eine Hand auf die Schulter, so wie ich es getan hatte, und nickte. Für einen Moment hielt ich den Atem an. Es war wichtig, vermutlich am wichtigsten von uns allen, was Charlie zu dem Thema sagen würde. »Und ich werde vielleicht Onkel! Ich freu mich drauf!«

Erleichterung flutete Bares Blick. »Danke«, sagte er und zog nun Charlie in eine kurze Umarmung, die mehr als Dankbarkeit ausdrückte. Ein klein wenig konnte ich darin Heilung ausmachen. Für beide.

Es plingte zum vierten Mal.

»Also, ich hatte ja schon immer den Verdacht, dass zwischen euch was läuft«, sagte Tatum in einem amüsierten Ton und kam in die Kabine geschlendert. »Habt ihr euch endlich eure Liebe gestanden!«

»Besser«, antwortete ich. »Wir freuen uns über eventuellen Zuwachs!«

»Und ob wir das tun!«, versicherte Tate grinsend. »Hat etwa jemand daran gezweifelt?«

# Dreizehn

**Julie**

Meine Kamera glühte. Seit über zwei Stunden schoss ich ein Foto nach dem anderen. Jeder einzelne der sechzig Gäste der Sponsorenveranstaltung bat um ein Bild mit der Band. Als hätten die Aufnahmen vom Essen und dem Privatkonzert nicht ausgereicht ... Ich konnte mir den Gedanken nicht verwehren, dass die Fotosession einem schamlosen Trophäensammeln glich. Wer bekam die coolsten, schönsten, abgefahrensten Fotos mit den Whistleblowern?

Immer wieder wurde ich aufgefordert Bilder zu löschen und neue Aufnahmen zu machen. Selbst der edelste Anzugträger verlangte die Fotos zu sehen und gab seine Anweisungen dazu. Zum Glück war ich eine sehr geduldige Nachtschwärmerin, obgleich ich das ein oder andere Mal haarscharf davor war, an bestimmten Gästen eine kleine Manipulation vorzunehmen. Wie bei jener Blondine, die sich lasziv an Evan drückte und dabei übertrieben lachte.

Ihre blutrot lackierten Fingernägel hoben sich leuchtend von seinem weißen Hemd ab, das er mittlerweile ohne das Jackett, wenn noch mit der Weste und aufgekrempelten Ärmeln trug. Er schäkerte mit ihr, was ihr ganz offensichtlich imponierte. Genau wie all jenen Frauen, die sich ebenso an ihn oder einen der anderen rangeschmissen hatten. Die Pose perfektionierten die Jungs wirklich. Nun ja – Tatum eher nicht. Nur machte ihn seine abweisend kühle Art noch unwiderstehlicher. Zumindest wenn man den Gesprächen der Damen hier im Raum Glauben schenken durfte.

Ich knipste ein paar Fotos von dem Mann, in den ich mich so gnadenlos verliebt hatte, und seinem widerlich anhänglichen Fan und schalt mich selbst *Idiotin*. Das hatte ich nun davon, dass ich darauf bestand, unsere Beziehung geheim zu halten.

Mit schwingendem Hüftschwung kam sie auf mich zu gestöckelt. »Zeigen Sie mal!« Bild für Bild quiekte sie entzückt auf. »Heiß! Evan, Süßer, Sie sind unglaublich fotogen!«

»Liegt an meiner Partnerin«, schmeichelte er ihr, was ihr ein Seufzen entlockte. Und mir einen Würgereiz. Ehrlich. Ich kotzte denen gleich vor die Füße. Zum einen, weil ich dieses Gesäusel echt nicht mehr länger ertrug. Zum anderen, weil ich einen Bärenhunger hatte und mir mal wieder richtig heiß war. Ich trug zwar ein Kleid aus champagnerfarbener Seide, aber es ging bis zu den Knöcheln und meine vampirische Coolness hatte schon lange wieder den Abflug gemacht. Zudem schmerzten meine Füße in den High Heels. Es war schon ein riesen Unterschied, ob man in ihnen tanzen ging und sich ständig bewegte oder ob man fast die ganze Zeit mit ihnen auf der Stelle trat.

Die Blondine stöckelte zurück und fasste Evan am Arm. »Tanzen Sie mit mir!«

Er lächelte nickend. »Selbstverständlich.«

Gemeinsam schlenderten sie auf die kleine Tanzfläche unweit der Tische und vor der provisorisch aufgebauten Bühne, auf der nach dem Konzert Melou, die gewöhnlich fürs Mischpult zuständig war, die DJane spielte.

»Das war's, Miss Schroeder.« Mr Winters legte freundlich die Hand in meinen Rücken. »Genießen Sie Ihren Feierabend. Vielen Dank für Ihre Geduld.«

»Gern. Es war eine sehr interessante Erfahrung.«

Mr Winters lachte. »Bestimmt war es das.« Leichtfüßig ging er davon. Mein Blick schweifte umgehend zu Evan, als es mir wie Schuppen von den Augen fiel – Evan tanzte. Zwar nicht euphorisch, mehr verhalten, aber er tanzte! Nachdem er gestern behauptet hatte, er würde nicht tanzen, außer auf seiner Hochzeit.

Mit einer Wölfin. Die die Blondine war.

Für einen kurzen Augenblick horchte ich in mich. Eifersucht vermischte sich mit einem schmerzenden Stich. Was für ein Scheiß! Würden wir uns besser kennen, könnte ich die Situation klarer einschätzen. So aber ... Verflucht! Unsicherheit war ein echt mieses Gift für frisches Verliebtsein!

Ich packte meine Kamera in die Tasche und streifte meine Schuhe ab. Das Kleid schleifte nun am Boden, deswegen hängte ich mir die Kameratasche quer über die Brust, hob mit einer Hand das Kleid und mit der anderen die Schuhe. Ich war geschafft. Ein Sponsoring-Abend war um Welten anstrengender als ein gewöhnlicher Konzertabend. Zum Glück fand die Veranstaltung im gleichen Hotel statt, in dem wir untergekommen waren, weswegen ich aus dem Ballsaal direkt rüber ins Restaurant schleichen konnte.

Diesmal saßen keine Bandmitglieder an den Tischen, was bei der Uhrzeit nicht verwunderlich war. Ich legte die Kamera und die Schuhe ab und schnappte mir einen Teller. Das Essen duftete herrlich und am liebsten hätte ich von allem gekostet, entschied mich jedoch für die Spinatlasagne, mit der ich mich in die hinterste Ecke des Restaurants verzog.

»Das sieht irgendwie traurig aus. Als wärst du die Hauptdarstellerin einer Teeny-Romanze, die an ihrem Abschlussball sitzen gelassen worden ist. Pretty in Champagne.«

Schmunzelnd sah ich vom Teller hoch. »Kann mich nicht beklagen. Hab zwar nicht den Helden bekommen, dafür aber eine verflixt leckere Lasagne«, erwiderte ich.

Tatum lachte, setzte sich neben mich auf die Eckbank und lockerte seine Krawatte. Er sah gut aus in dem schwarzen Anzug und dem bordeauxroten Hemd, das der Farbe seiner Augen glich. »Stimmt. Wer braucht schon einen Helden, wenn er Lasagne haben kann.«

»Auch ein Stück?«

»Nee, danke. Das Sponsoring-Fress-Gelage war ausreichend genug.«

»Was machst du hier? Ist die Veranstaltung schon zu Ende?«

»Für mich ja.« Seine Mundwinkel zuckten. »Ich stehle mich immer als Erster davon. Das ist sozusagen der Startschuss und gehört schon zur Tradition. Durch meine … freundliche Art traut sich auch nie jemand, mich zu bitten, länger zu bleiben.«

Ich kaute fertig und kicherte. »Na, freundlich bist du schon. Reserviert und tiefkühlfreundlich eben.«

Er schnalzte mit der Zunge. »Was soll ich sagen? Coolness liegt uns Vamps im Blut.«

*Ha! Na mir eher nicht im Moment.* Ich schaufelte mir eine Gabel Lasagne in den Mund, um das Thema zu vermeiden, über das ich gerade nicht den Nerv hatte zu reden, geschweige denn nachzudenken.

Eine Weile aß ich in Stille und die Anwesenheit Tates machte mich irgendwie zufrieden. So musste es sich anfühlen, einen Bruder zu haben. Oder einen besten Freund. Ich war immer nur von Mädels umgeben gewesen, außer ich war in einer Beziehung, und ich fragte mich ernsthaft, wieso eigentlich? Mit Jungs abzuhängen hatte echt einen ganz eigenen und vor allem besonderen Charme.

Es klingelte. Überrascht sah ich an mir runter, bis ich bemerkte, dass ich ja mein Handy im Zimmer gelassen hatte.

»Meins«, sagte Tatum und fischte aus seiner Anzughose das Telefon hervor. Er starrte auf den blinkenden Bildschirm, machte aber keine Anstalten, den Anruf anzunehmen.

Aus dem Augenwinkel beobachtete ich ihn, während ich weiter aß. Äußerlich betrachtet hätte er eine Statue abgeben können. Völlig in sich gekehrt verharrte er, bis es aufhörte zu klingeln. Es piepte gleich darauf, was sich verdächtig nach einer ankommenden Kurznachricht anhörte. Überrascht bemerkte ich, wie sich seine Wände veränderten. Der rauschende Wasserfall, der bisher seine Gefühle unter Verschluss gehalten hatte, verwandelte sich zu einer dunklen Mauer. Tiefschwarz. Undurchdringlich. Wäre da nicht dieser Punkt gewesen. In strahlendem Rot, der an der Mauer entlang schlitterte wie ein verrückt gewordener Flummi.

Tatum machte keine Anstalten, die Nachricht lesen zu wollen. Doch der Griff um das Handy, seine angespannte Körperhaltung, seine Wand ... Es war, als würde er mit sich selbst kämpfen. Vorsichtig ließ ich die Gabel sinken und streckte den Arm aus. Sacht berührte ich ihn am Rücken. »Tate?«

»Ja?«

»Schlechte Nachrichten?«

Er lachte kurz auf. Es hörte sich trocken an. Wie erstickt. Die schrecklichste Art zu lachen, denn eigentlich war sie nur der Vorbote für einen Heulkrampf. Ich kannte das. Jeder, der Gefühle in sich trug, kannte das. Diese Verzweiflung, in der man versuchte stark zu bleiben. Tapfer. Und nur nicht nach außen zu zeigen, dass es einem schlecht ging. Seine wahren Emotionen zu überspielen.

Ohne länger darüber nachzudenken, rückte ich auf und umarmte ihn. Manchmal war es das Einzige, das man in so einem Chaos brauchte. Keine tröstenden Worte oder tiefgründigen Gespräche. Einfach nur die Gewissheit, dass man nicht alleine war. Dass es okay war, sich fallen zu lassen.

Ich schloss die Augen und wartete ab. Es dauerte, bis Tates Anspannung nachließ. Bis er den Griff um sein Telefon lockerte und die Mauer, die er als Wand errichtet hatte, zum Einstürzen brachte. Mehrere Bilder tauchten auf. Von einer Hochzeit. Ein kleiner Rahmen. In einem Garten mit wilden Palmen und farbenprächtigen Büschen. Eine Frau in einem langen, perlenbestickten weißen Kleid, wartend unter einem Bogen aus bordeauxfarbenen Rosen. Sie war atemberaubend schön! Tiefschwarz schimmernde Locken, die sich von ihrer ebenmäßigen, alabasterfarbenen Haut abhoben und in sanften Wellen über ihren Rücken fielen. Ein perfekt geschnittenes

Gesicht. Schmolllippen. Dichte, lange Wimpern und ein Schönheitsfleck auf ihrer Wange. Das Schönste jedoch war ihr Strahlen. Sie glühte förmlich vor Glück!

»Wow«, entfuhr es mir beeindruckt. »Wer ist das?«

Tatum löste sich aus meiner Umarmung und drehte sich zu mir. »Das ist meine Frau.«

»Deine Frau?«, fragte ich überrascht. »Frau wie Ehefrau? Das war deine Hochzeit?«

Ein trauriges Lächeln huschte über seine Lippen. »Ja. Meine Frau. Meine Hochzeit. Der Bindungszauber hat uns zueinander geführt. Auf der Tour 2016 in Spanien.«

»2016! Bei allen Monden. Da wurde doch auch der Bindungszauber aufgehoben!«

»Genau. Es war eine sehr kurze, aber sehr intensive Ehe. Elaine und ich ... Fuck, wir waren wie ein Inferno. Wir waren genau so, wie ich mir eine Beziehung vorstellte. Mit Feuer und Leidenschaft und Tiefe. Wie ein Sturm, der aufbraust, und wenn er sich wieder verzieht, warme, sanft einlullende Luft mit sich bringt.«

»Und dann? War alles von einem auf den anderen Tag vorüber?« Ich umklammerte meinen Bauch vor Aufregung. Ich hatte selbst miterlebt, wie Beziehungen zu Bruch gegangen waren. Scheidungen über Scheidungen stattgefunden hatten. Herzen gebrochen wurden. Es war ein einziger Tiefschlag im Leben der Nachtschwärmer gewesen, wovon sich selbst Jahre später der Großteil nicht erholt hatte. Und sich vermutlich nie erholen würde.

Tatums Schultern sackten nach vorn. »Für sie schon. Wenn es nach mir gegangen wäre, hätten wir den Zauber aufrechterhalten können. Ich war glücklich, hatte eine tolle Frau an meiner Seite – warum es ändern?«

»Das tut mir so leid für dich.« Mitfühlend strich ich ihm über den Arm. »Und ihre Gefühle für dich waren einfach weg? Da war nichts mehr da?«

»Nicht nur das. Sie war weg. Von einem Tag auf den anderen ist sie untergetaucht. Als ich das nächste Mal von ihr hörte, ging das über meinen Anwalt. Sie hatte wie erwartet die Scheidung eingereicht.«

»Und was will sie dann noch von dir?«

»Nun ja …« Tate räusperte sich. »Ich hab die Papiere noch nicht unterschrieben. Als letztes Jahr die Aufforderung kam, habe ich ihr ausrichten lassen, dass ich erst einwillige, wenn sie die Unterlagen persönlich bei mir vorbeibringt. Und jetzt versucht sie mit mir ein Treffen auszumachen, da sie sich zur gleichen Zeit wie wir in Spanien aufhält.«

Ich nippte an meinem Wasser und überlegte. »Ich verstehe nicht ganz. Sie scheint deine Bedingung doch erfüllen zu wollen. Wieso ignorierst du sie dann?«

»Vermutlich, weil ich ein Sadist bin und mich selbst gerne quäle.« Er zuckte mit den Schultern. »Ich weiß es nicht. Womöglich fürchte ich mich vor einem Aufeinandertreffen. Ich habe diese Forderung im Affekt getroffen und jetzt …«

»Bist du zu stolz, um sie zu revidieren.«

»Irgendwie so.«

»Ich hätte auch Angst«, sagte ich und nickte unterstreichend. »Ich hätte Angst davor, dass meine Gefühle nicht einfach so zack mir nichts, dir nichts erloschen sind. Ich hätte Angst davor, jemanden ziehen lassen zu müssen, der mir mein Herz gestohlen hat.«

***

**Evan**

Ich drückte mich tiefer in den Schatten hinter der Tür. Eigentlich hatte ich vorgehabt, mich zu den beiden zu gesellen, doch Julies Worte hielten mich davon ab. *Ich hätte Angst davor, jemanden ziehen lassen zu müssen, der mir mein Herz gestohlen hat.* Über wen redeten die beiden da? Ging es um uns? Fühlte sie so? Oder dachte sie dabei an mich? Hatte Tatum ihr erzählt, was wir nach der Tour vorhatten?

Missmutig stapfte ich in mein Zimmer. Diese Gedanken wollte ich nicht. Und ich wollte auch nicht, dass Julie sich damit herumschlug. Tatsächlich wäre es mir am liebsten, wir würden die Zukunft komplett ausblenden und einfach nur im Jetzt leben. Was war daran schon verkehrt? Den Moment zu genießen. Sich keine Sorgen machen zu müssen. Völlig in der Gegenwart zu sein.

Eine Gegenwart, die ich nach diesem anstrengenden Abend gerne mit ihr verbracht hätte. Besonders weil ich genau gesehen hatte, wie sich ihr strahlendes Lächeln mit jeder weiteren weiblichen Präsenz in meiner Nähe verzogen und einem wirklich strange aussehenden und unnatürlich wirkenden Lächeln Platz gemacht hatte. Dabei hätte ich keine Skrupel gehabt, jedem zu zeigen, dass ich vergeben war. Glücklich vergeben an eine ziemlich geradlinige Frau, deren Wünsche ich so sehr respektierte, um eben dieses Zeigen nicht zu tun.

Ich duschte, putzte meine Zähne und legte mich aufs Bett. Ich war hundemüde und trotzdem zu fahrig, um schlafen zu können. Kurz überlegte ich, ihr eine Nachricht aufs Handy zu schicken und sie zu fragen, wo sie war, verwarf den Gedanken aber wieder. Ich wusste ja, wo sie sich aufhielt. Eine direkte Nachricht wäre klüger. Und vor allem ehrlicher.

Ja, das würde gehen. Ich griff nach meinem Handy, das auf dem Nachttisch lag und schrieb:

Eine letzte Nacht in Ruhe, bevor es im Bus weitergeht. Lust mit mir die Stille zu teilen? – Evan

Ich behielt das Telefon in der Hand und schloss die Augen. Wartend.

***

Aufgeschreckt fuhr ich hoch und starrte verwirrt auf das Handy in meiner Hand. Das war nicht das, was klingelte. Mein Blick schweifte zur Seite. Das Zimmertelefon!

»Hallo?«

»Guten Morgen, Mister Vega. Hier spricht Ihr angeforderter Weckdienst.«

»Danke. Ich bin wach.«

»Gerne. Können wir sonst noch etwas für Sie tun?«

»Nein danke«, brummte ich erschlagen und legte auf.

Verflucht. Den Weckservice hatte ich total vergessen. Ich rieb mir übers Gesicht und checkte dann meine Nachrichten auf dem Smartphone. Keine von Julie. Auch kein Anruf. Ein schlechtes Gefühl erwischte mich. Vermischte sich mit ihren Worten der vergangenen Nacht.

Ich warf mich in die Sportkleider und sprintete runter in den Trainingsraum. Was der Grund war, weswegen ich mich hatte wecken lassen. Bevor wir nach dem Frühstück aufbrachen, wollte ich die Gelegenheit nutzen, meine Muskeln herauszufordern. Und jetzt einmal mehr. Wie erwartet war ich allein, was mir gelegen kam. Ich brauchte keine Ablenkung. Ich brauchte rohe, schweißtreibende Action, um meine chaotischen Gefühle abfeuern zu können. Sie in Kraft und Ausdauer umzuwandeln, um klar zu werden im Kopf. Frei für alles, was da noch auf mich zukommen würde.

Bevor ich mich auf die Geräte stürzte, wärmte ich mich auf dem Laufband auf. Wobei das nicht so ganz stimmte. Die Körpertemperatur von Wölfen war grundsätzlich schon einige Grad höher, von daher heitzte ich mich eher auf. Und dann waren die Laufgeräte ja echt lasch im Gegensatz zu unserer eigenen Geschwindigkeit, trotzdem erfüllten sie ihren Zweck.

»Da bist du!«

Mein Blick schweifte zur Eingangstür des Fitnessraums. Julie stand dort und lächelte mich an. Langsam stellte ich die Langhantel zurück in ihre Vorrichtung, schnappte mir mein Handtuch und schlich auf sie zu. »Hey. Du bist aber früh wach.«

»Ich konnte sowieso nicht richtig schlafen.«

»Ähm?« Fragend beugte ich mich runter und gab ihr einen zärtlichen Kuss. Mein innerer Wolf heulte los. Julie zu küssen ging mir durch Mark und Bein.

»Ja?«, hauchte sie, nachdem wir uns voneinander gelöst hatten.

»Warum bist du dann nicht zu mir gekommen?«

»Das bin ich. Aber du hast nicht aufgemacht.«

»Dann hättest du zurückgerufen! Ich hab das Handy nicht aus der Hand gelegt.«

»Das Handy?«

»Die Kurznachricht?«, erwiderte ich nun fragend.

»Du hast mir geschrieben?«

»Allerdings.« Ich wischte mir mit dem Handtuch übers Gesicht und legte es über meinen Nacken.

Julie seufzte. »Mein Akku ist leer und ich hab das Ladekabel im Bus gelassen. Ich bin nicht davon ausgegangen, dass mich jemand von heute Nacht bis heute Morgen zur Abfahrt dringend erreichen will.«

Ich rückte näher und umfasste ihr Gesicht. »Hübsche, ich garantiere dir, dass ich dich immer und zu jeder Zeit erreichen möchte. Nicht nur, weil mich deine Gesundheit sorgt.«

Sie verdrehte die Augen. »Ersteres wäre ja jetzt echt ein Kompliment gewesen, das mir geschmeichelt hätte. Aber mit dem Zusatz hast du es total verbockt.«

»Angenommen und abgespeichert. Und gibt es eine Chance, diesen Ausrutscher, der gar kein Ausrutscher war, weil mir dein Wohl extrem wichtig ist, wiedergutzumachen?«

Schwungvoll trat sie ein Stück zurück und wirbelte zur Tür hinaus. »Zeit, nur mit dir alleine«, flüsterte sie und grüßte ein paar Roadies, die den Flur entlang gelaufen kamen.

»Bist du schon fertig?«, fragte mich einer von ihnen.

Mit Blick auf Julie schüttelte ich den Kopf. »Noch lange nicht.«

# Vierzehn

**Julie**

»Bei allen Monden! Was ist das?« Völlig geplättet starrte ich auf den Schreibtisch, der zwischen der Küchenzeile und der Essgruppe angebaut worden war und auf dem ein riesiger Desktop-Computer thronte.

Mr Winters klatschte erfreut in die Hände. »Das, Miss Schroeder, ist Ihr Arbeitsplatz. Nun ja. Einer davon!«

»Bitte was?«, fragte ich erstaunt und begutachtete den überdimensionalen Computer. Dieses Schmuckstück durfte die zehntausend Euro Marke überschritten haben.

»Ich habe mit Leo gesprochen. Alle seine Bilder sind auf diesem Gerät zu finden. Er hat sie draufgeladen und uns den Computer zugeschickt, unsere Techniker haben das für Sie eingebaut.« Mr Winters wischte zufrieden über die Tischplatte und zog dann eine Schublade auf. »Da sind Tastatur und Maus versteckt. Wir dachten uns, für den Bildband werden Sie hiermit besser arbeiten können als auf dem Minilaptop.«

»Jaaa«, dehnte ich das Wort fassungslos. »Da mögen Sie recht haben.«

»Denken Sie, Sie werden bis zum Ende dieser Tour damit fertig?«

»Auf jeden Fall! Es sind ja noch knapp fünf Monate bis dahin.«

»Wunderbar! Wenn Sie wegen des Computers irgendwelche Fragen haben, kontaktieren Sie jemanden aus der Technikabteilung. Ich bin leider völlig unbegabt bei technischen Dingen.«

Er lächelte mich freudestrahlend an und es war nicht schwer zu erkennen, dass er sich freute, mich derart überrascht zu haben. Und das hatte er tatsächlich. Für einen echten Fotografen waren digitale

Arbeitsgeräte ein Fluch und ein Segen zugleich. Ich gab es zu – ich gehörte zu den Fotografinnen, die ihre Fotos lieber noch selbst vom Film in einem Schwarzlabor entwickelten. Doch wenn man online arbeiten musste, war so ein hochwertiges Gerät der Clou schlechthin.

»Danke!«, sagte ich deswegen und schaltete sogleich den Computer ein. Die wichtigste Frage war nämlich, was für eine Bildschirmqualität er aufwies. Und was für ein Bildbearbeitungsprogramm darauf installiert war.

»Sehr gerne! Er gehört übrigens Ihnen. Nach der Tour werden wir ihn nicht mehr brauchen.«

»Was?«, rief ich entsetzt. »Das kann ich nicht annehmen.«

»Sie müssen aber, befürchte ich. Sollten wir Nachdrucke oder Änderungen im Bildband benötigen, müssen Sie dafür ausgestattet sein.« Mr Winters zuckte lässig seine Schultern. Dem verräterischen Funkeln in seinen Augen nach freute er sich diebisch darüber.

»Wenn das so ist«, sagte ich einlenkend und zwinkerte ihm zu.

»So ist das.« Er lachte und machte eine Geste nach oben. »Ich lass Ihnen mal Ihre Ruhe.«

Mit Vorfreude im Bauch setzte ich mich an den Schreibtisch und besah mir dieses wundervolle Gerät. Die Bildauflösung war erste Klasse, was natürlich auch für die Bearbeitungsprogramme – ja, genau. Mehrzahl! – galt. Es war schon manchmal echt beeindruckend, was man sich leisten konnte, wenn man das nötige Kleingeld besaß. Noch erstaunlicher war eigentlich nur, dass die Jungs so total am Boden geblieben waren. Eine Eigenschaft, die ich auf jeden Fall auch im Bildband festhalten wollte.

Neugierig klickte ich auf einen der unzähligen Ordner, die säuberlich beschriftet auf dem Desktop auf meine Durchsicht warteten. *1998*. Da hatten die Whistleblower ihren großen Durchbruch. Mit der Hit-Single *Feeling so inhuman* hatten sie sich in die Herzen der Nachtschwärmer gesungen.

»Verflucht«, ächzte ich. Alleine dieser Ordner barg über tausend Fotos. Was bedeutete, dass ich über 20.000 Bilder sichten musste. Kein Wunder hatte Mr Winters mich eben gefragt, ob ich rechtzeitig fertig werden würde. Meine Vorfreude bekam einen leichten Dämpfer. Ich war viel zu diszipliniert, um irgendwelche Ordner davon auszulassen. Und viel zu gewissenhaft, einfach irgendwelche Bilder zu nehmen, anstatt sorgfältig auszuwählen.

Ich scrollte durch die Reihe. Aber was hatte ich erwartet? Ich war nur wenige Wochen dabei und hatte selbst bestimmt schon über hundert brauchbare Fotos geschossen. Und da es mein Bildband war, konnte ich nicht erwarten, dass Leo sie für mich aussuchte.

»Verdammt«, rief es in meinem Rücken. »Waren wir da noch jung! Richtige Küken!«

Ich drehte mich zu Bare um, der die letzten Stufen der Treppe erreichte.

»Du veralberst mich doch? Zwanzig Jahre sind für einen Nachtschwärmer nicht mal fünf Jahre eines menschlichen Lebens.«

»Für die Späße ist Tate zuständig«, erwiderte er grinsend und stellte sich neben mich. »Vergrößer das mal bitte. Siehst du nicht, wie weich und glatt unsere Haut gewesen ist? Wie ein Babypopo.«

»Du spinnst. Aber echt!« Lachend klickte ich durch die Bilder, die die Whistleblower auf der Konzertbühne zeigten. Im Bus und bei Veranstaltungen. Mit Fans und ohne. Es gab kaum einen Unterschied zu heute zu erkennen. Außer vielleicht ein bisschen ihr Kleidungsstil, der wirklich erwachsener geworden war – Hemden statt T-Shirts. Krawatten. Keine zerrissenen Hosen mehr.

»Der Surfer will doch nur wieder Komplimente einheimsen«, unterbrach Charlie unser Geplänkel und verpasste Bare spaßhaft eine Kopfnuss.

»Du hast es erfasst, Bruder. Von euch bekomme ich ja keine.«

»Heult er wieder rum?«, erklang nun Evans Stimme, der auch zu uns stieß und Bare den Arm um die Schultern legte.

»Fürs Heulen bist du zuständig, Prinzessin. Ich benenne hier *nur* die Fakten.«

»Die im Übrigen *nur* für dich sprechen.« Tatum tauchte aus dem Nichts auf und jeder von uns zuckte leicht zusammen. Sich materialisieren zu können war echt eine Wahnsinnsgabe. »Ich bin keinen Tag gealtert«, fuhr er ungerührt fort und strich sich über seine Brust. »Im Gegenteil – meine Schönheit überschattet eure immer noch um Längen.«

»Er wird einfach nicht müde, sich selbst zu überschätzen«, spottete Charlie und begann mit Tate zu rangeln, was zu komisch aussah, denn Tatum verteidigte sich nicht, sondern wich nur immer aus.

In meinem Bauch gluckerte es bereits und ich war kurz davor, einem Lachflash zu erliegen. Vier gestandene Männer, aber wenn sie unter sich waren, verhielten sie sich wie Highschool-Jungs.

Als Tatum sich dann vor Charlie hinter Bare versteckte, konnte ich nicht mehr. Ich platzte fast vor Lachen. Das war einfach zu komisch.

»Na gut, Whistleblower. Wenn ihr schon alle hier versammelt seid, könnt ihr mir verraten, was ihr euch für den Bildband an Fotos so wünscht«, warf ich in die Runde, nachdem ich wieder in der Lage war, Worte aussprechen zu können. »Ich hab über 20.000 Fotos zu sichten und bin über jede Idee dankbar.«

»20.000 Fotos? Fuck, Hübsche! Das wird aber 'ne einsame Tour für mich.« Evan verzog missmutig das Gesicht. »Ich glaube, wir sollten noch mal über den Bildband abstimmen.«

»Vergiss es, Compadre. Abgemacht ist abgemacht. Aber wir werden deiner bezaubernden Freundin unter die Arme greifen. Das steht ja wohl außer Frage.«

*Bezaubernden Freundin*, hallte es in mir nach. Das war so verflixt strange!

»Ich bin gespannt. Wie stellst du dir das vor?«, entgegnete Evan, schnappte sich einen Hocker und stellte ihn neben mich.

»Wir wär's, wenn wir die Jahre aufteilen. Jeder von uns geht mit ihr fünf Jahre durch. Mir fallen auf Anhieb einige Fotos aus unserer Karriere ein, die ich gerne im Bildband hätte.«

»Mir auch«, meinte Tatum und nickte. »Ich finde die Idee gut.«

Bare hob die Hand. »Ich schließ mich an. Und würde sagen, du machst den Anfang, Prinzessin. Immerhin sitzt du schon dort und außerdem ...«

Bare tat so, als würde er Mundharmonika spielen, woraufhin Charlie eine Melodie summte und Tatum zu singen begann. »Two is love and love is two. More of us are not so cool.«

Etwas verschämt und trotzdem glücklich wippte ich zum Beat mit. Ob er das gerade erfunden hatte? Ich sollte mir mal die Songtexte der Whistleblower durchlesen.

Die Jungs machten einen Abflug und unter der immer leiser werdenden Melodie wandte ich mich zu Evan. »Sie sind toll. Ich verstehe mittlerweile, warum ihr euch als Familie betitelt.«

»Wenn du seit zwanzig Jahren gemeinsam etwas auf die Beine stellst, jeden Tag, nahezu rund um die Uhr, entwickelt sich das von ganz allein. Ich finde, wir vier sind uns sogar noch näher als so manche Familie. Ein Leben ohne die drei Compadres kann ich mir gar nicht mehr vorstellen.«

»Das musst du zum Glück auch nicht, oder? Vermutlich macht ihr die nächsten hundert Jahre noch Musik zusammen.«

***

**Evan**

Jetzt! Jetzt wäre der ideale Zeitpunkt, ihr zu beichten, dass die Whistleblower sich nach dieser Tour auflösten und ich ein Jahr lang fort sein würde. Ich öffnete den Mund, der mir plötzlich ganz trocken schien. *Los, Vega,* spornte ich mich still an. *Es ist nur fair, wenn sie es weiß.*

»Vermutlich«, nuschelte ich, sprang auf und ging zum Kühlschrank, um mir etwas zu trinken zu holen. Ich konnte es nicht. Ich konnte es nicht, obwohl ich genau wusste, dass es ihr gegenüber nicht fair war und ich mich wie ein Arschloch verhielt.

Aber diese Furcht, sie könnte einen Rückzieher machen, hielt mich in seinen Klauen. Mir genügte bereits der Blick, den sie mir zugeworfen hatte, als sie das mit meiner Lebensplanung erfuhr. Die Info über Kanada könnte ihr den Rest geben und ja, da benahm ich mich nun wie ein Egoist – ich wollte alles von ihr, was ich in den verbleibenden fünf Monaten kriegen konnte. Alles!

»Willst du auch was?«, fragte ich.

Sie schüttelte den Kopf. »Danke, nein. Ich würde eigentlich gleich gerne hiermit beginnen. Da wir heute freihaben und wir schon in ein paar Stunden in München sein werden, hatte ich vor einen Ausflug zu machen.«

»Aha. Ohne mich?« Ich stellte die Flasche weg und setzte mich wieder neben sie.

»Am liebsten mit dir.« Sie lächelte sanft. »Ich hab mir vor Tourauftakt ein paar Orte aufgeschrieben, die ich gerne sehen würde, wenn es die Zeit zulässt. Ich meine, wann kommt eine Normalschwärmerin wie ich mal in den Genuss, durch Europa zu reisen und dafür auch noch bezahlt zu werden?«

»Da ist was dran. Die ersten paar Jahre haben wir das genauso gemacht. Mittlerweile besuchen wir nur noch unsere Lieblingsplätze. Was möchtest du dir denn anschauen?«

»Alles!« Julie lachte. »München soll wundervoll sein. Aber für die paar Stunden hatte ich mir den Schlosspark Nymphenburg ausgesucht.«

»Gute Wahl! Für mich gehört er zu den schönsten Parks in Deutschland, vielleicht sogar europaweit.«

»Warst du auch schon mal im Schloss drin?«

»Tatsächlich ja. Wir alle. Es gab da mal vor Jahren ein Mitternachts-Parkfest, für welches das Schloss extra geöffnet hatte. Doof nur, dass der Park völlig überrannt gewesen war. Achtzig Prozent nur Nachtschwärmer. Nicht jedem ist es gelungen, die Ruhe zu bewahren, wenn sie einen von uns erkannt hatten. Dabei haben wir uns extra anders gekleidet. Ich trug zum Beispiel eine runde Nickelbrille und ein Barett, unter dem ich meine Haare versteckt habe.«

»Du hast dich tatsächlich als französischer Intellektueller verkleidet?« Julie presste amüsiert die Lippen zusammen.

Ich beäugte sie kritisch. »Dieser fassungslose Unterton, Hübsche. Will der mir etwas sagen?«

»Nein. Nein.« Sie machte eine ablehnende Geste, doch ihre Lippen wurden immer breiter. Wahnsinnig schöne Lippen, die nicht nur so weich aussahen, sondern sich auch genauso anfühlten. Ich beugte mich vor und küsste sie ungestüm.

»Das ist gefährlich«, hauchte sie dicht gegen meinen Mund. »Meine Konzentration geht flöten, wenn du mich auf diese Weise küsst.«

»Gut zu wissen«, raunte ich und gab sie frei. Ihre Augen wirkten verklärt, was mir total gut gefiel. Sie sah aus, wie ich mich fühlte, und ich bedauerte es immer mehr, dass wir beide einfach nicht genug Zeit miteinander hatten. Kaum die Chance, allein zu sein.

»In welchem Jahr war das?«

»Was?«

»Das Mitternachts-Parkfest?«

»Ach so. Ich meine, das war 2000 gewesen. In dem Jahr gab es unglaublich viele Events, die das neue Jahrtausend gefeiert haben.«

»Das wäre perfekt.« Sie wandte sich dem Computer zu und suchte nach dem Ordner mit der Beschriftung 2000. Dieser war noch mal unterteilt in *Studiosessions* und *Tournee*. Und der Ordner *Tournee* unterteilte sich wiederum in drei weitere Ordner, von dem einer *Europa* hieß.

»Zum Glück ist Leo ein geordneter Fotograf. Da kenn ich andere Kollegen«, sagte sie und klickte letztlich auf den Ordner *München*. »Vermisst du ihn?«

»Ja. Sehr! Neben Hal ist Leo derjenige, der uns schon von Anfang an begleitet hat. Er ist genauso ein Bruder für mich wie Hal, Bare, Charlie und Tate.« Ich fuhr mir durch die Haare und ging kurz in mich. »Es hat uns nicht überrascht, als sich Leo plötzlich ein Sabbatjahrzehnt nehmen wollte. Er war schon lange rastlos. Obwohl er auch viel für andere Stars gearbeitet hat, wurde er in den letzten Jahren immer ruheloser. Er sagte immer, er habe das Gefühl, nur eine Facette seines Seins füttern zu können, dabei bestünde er aus unzähligen mehr.«

»Da geb ich ihm recht. Die wenigsten Schwärmer oder auch Menschen verfolgen nur ein Interesse oder verfügen über nur eine Begabung. Bei der ganzen Vielfältigkeit, die das Leben zu bieten hat, wäre es ganz schön dumm, sich nicht auszuprobieren.«

»Das hört sich bei dir so an, als hättest du schon was Konkretes im Kopf?«, fragte ich sie und dachte an meinen Kanada-Trip. Der zwar in erster Linie dafür da war, um runterzukommen und mich selbst wiederzufinden, doch ich hatte in dieser Zeit vor, komplett alles alleine zu schaffen. Mit meinen Händen. Richtige körperliche Arbeit zu verrichten. Ich war gerne draußen in der Natur. Und respektierte und schätzte den Wert von Handgemachtem.

Julie wackelte unsicher mit dem Kopf hin und her. »Nichts Konkretes. Aber einige Ideen, was ich in meinem Leben gerne noch so machen würde. Ich bin mit meinen achtundzwanzig Jahren ja noch ganz frisch und unverbraucht. Quasi ein Teenager in der menschlichen Welt.« Sie zwinkerte mir zu. »Im Gegensatz zu anderen Nachtschwärmern in diesem Raum.«

»Wow. Was für ein Seitenhieb und wie zuckersüß verpackt!« Ich schnappte mir ihre Hand und drückte ihr einen Kuss auf den Handrücken, der sich wieder total warm anfühlte. »Ich hab mich mit meinen achtundsechzig Jahren tatsächlich noch nie alt gefühlt … bis jetzt.«

Lachend scrollte sie weiter durch die Bilder, bis sie bei einem von

Charlie stoppte. »Ich. Werd. Wahnsinnig! Ist das, ist das … das ist Charlie!« Prustend schlug sie sich auf die Knie. »Das muss auf jeden Fall in den Bildband. Das ist zu komisch! Diese Haare!«

Mein Blick schweifte auf den Desktop, direkt in Charlies grinsendes Gesicht. Er hatte seinen Beanie gegen eine schwarze Perücke ausgetauscht. Genau genommen gegen einen Vokuhila-Haarschnitt. Mit dem Jogginganzug und dem angeklebten Bart sah er aus wie ein Achtzigerjahre Popsänger.

»Ich weiß noch, was für einen Spaß wir damals hatten, uns eine Verkleidung auszusuchen. Für den Bruchteil einer Sekunde waren wir dem Zauber eines unbeobachteten und freien Lebens erlegen. Als wären wir in neue Rollen geschlüpft. Ein Abend einfach nur gewöhnliche Nachtschwärmer sein und sich frei bewegen können.«

»Mann, Evan. Das hört sich richtig traurig an.« Julies Lachen erlosch, was mir leicht zusetzte. Ich mochte es gerne, mit ihr zu lachen. Nur war das Leben, das wir führten, eben nicht nur Sonnenschein. Und ich fand es wohltuend, das mit jemandem teilen zu können, der mir am Herzen lag.

»Das sind eben die Schattenseiten unseres Jobs. Es wird keinen geben, der zu hundert Prozent zufrieden ist mit dem, was er tut. Das nennt man schlicht Leben. Nachtschwärmer, Menschen … das macht keinen Unterschied.«

»Wenn du die Wahl hättest, wenn du noch mal ganz am Anfang stehen würdest, nur mit dem Wissen, was du jetzt hast … Würdest du dich anders entscheiden?«

»Nein!«, entwich es mir, ohne darüber nachdenken zu müssen. »Niemals! Ich hab so viel erlebt, hab so viele tolle Schwärmer kennengelernt, ich hab so viele Wahnsinnsgeschichten im Gepäck … die Summe des Ganzen überschattet jedes noch so schreckliche Tief. Jeden Nachteil. Alles, was das Yang zu seinem Yin ist. Ich bin der festen Überzeugung, dass Glück, vor allem erzeugt durch Liebe, immer den doppelten Wert von allem Schlechtem hat.«

# Fünfzehn

**Julie**

Mein Herz pochte los wie bei einem Rodeo. Es schlug mir bis zum Hals. Ich ignorierte den Fakt, dass es das nicht durfte, und ließ mich vollkommen darauf ein. Evans Worte strömten tief in mich. Und sie berührten mich in meiner Seele. Es war, als hätten sich meine Worte auf seine Zunge gelegt und wären durch seinen Mund in die Freiheit entlassen worden. »Das hast du schön ausgedrückt. Und ich bin da ganz bei dir. Ich finde es erstaunlich … Nein. Ich finde *dich* erstaunlich. Wie ungezwungen du mit Worten umgehst, wie offen mit deinen Gefühlen.«

»Danke. Ich schätze mal, das liegt mir im Blut. Meine ganze Familie, also meine Blutsfamilie, ist so drauf. Wir halten alle nicht hinterm Berg mit unseren Emotionen, mit unseren Gedanken. Du wirst es nicht glauben, aber nicht jede Frau ist davon begeistert.«

»Kann ich nicht verstehen. Ich finde das absolut anziehend«, gab ich zu.

Unsere Blicke trafen sich. Verhakten sich ineinander und schienen zu tanzen. Ein lilafarbener Glimmer ploppte um ihn auf. Genau der gleiche wie vor dem Club. Ich streckte die Hand aus, um ihn zu berühren, doch ich durchschnitt ihn wie Luft.

Evan beäugte mich kritisch. »Alles okay?«

»Ich bin mir nicht sicher.«

»Lass mich mal fühlen«, meinte er und hielt mir seinen Handrücken gegen die Stirn. »Du bist wieder total warm.«

»Ich weiß. Mein Herz schlägt wie verrückt.«

Evan zischte unzufrieden. »Lass uns bitte in Mün–«

»Ich hab schon einen Termin«, unterbrach ich ihn.

»Dann ist doch was bei der Nachfolgeuntersuchung bei Doc Layken rausgekommen?«

»Nein. Nichts. Ich hab ihr aber von meinem Herzschlag erzählt und sie meinte, es sei besser, wenn ihr Kollege mich durchcheckt.«

»Wann ist der Termin?«

»Sobald wir angekommen sind, fahre ich mit ihr in die Klinik.«

»Gut. Ich komme mit.«

Ich öffnete den Mund, schloss ihn aber wieder und nickte stattdessen. Er würde nicht mit sich diskutieren lassen und ich war froh, dass er mir zur Seite stehen wollte. Das war ein gutes Gefühl. Eines, das selbstverständlich sein sollte – in einer frischen Beziehung, wie wir sie hatten, jedoch noch nicht zu erwarten war.

***

Die Klinik entpuppte sich als ein großzügig angelegtes Gebäudesystem, welches sich weitläufig über ein beträchtliches Gelände verteilte. Mir fiel ein, dass es die größte Nachtschwärmer-Klinik in Deutschland war und es beeindruckte mich schwer, wie geschäftig und glatt hier alles über die Bühne ging. Tatsächlich nahm mir die Wärme der Schwestern und Pfleger die Aufregung. Genauso wie Evans Anwesenheit, die natürlich nicht unerkannt blieb.

»Dürfte ich Sie um ein Autogramm bitten?«, fragte die Stationsschwester und hielt ihm ein Büchlein unter die Nase.

»Natürlich«, erwiderte er lächelnd und kam ihrem Wunsch nach. Ich schrieb mir eine Notiz, ihn später zu fragen, ob er mehr als nur seinen Namen aufschrieb, denn dafür kam mir sein Schreiben zu lang vor.

»Entschuldigt bitte«, sagte Doc Layken. »Ich hätte Thomas sagen sollen, dass wir unentdeckt einchecken wollen. Aber ich wusste ja nicht …« Sie deutete zwischen Evan und mir hin und her.

»Weiß auch nur die Band. Und entschuldigen muss ich mich, weil ich dir nicht Bescheid gesagt habe. Schlimm ist es aber trotzdem nicht. Das Personal hat Schweigepflicht«, erwiderte Evan, während wir einen weiß getünchten und ziemlich steril aussehenden Flur entlangliefen.

»Das Personal ist nicht das Problem.«

Er winkte ab. »Kein Thema.«

Kein Thema? Für ihn nicht. Aber für mich.

»Wir können immer noch eine Pressemitteilung rausschicken, dass ich zum Beispiel als Vertreter für die Band hier war, um eines unserer gemeinnützigen Projekte zu besuchen, welches Julie fotografiert hat«, ergänzte er und jetzt wurde mir klar, warum er diesen Sicherheitsabstand zu mir einhielt, seit wir aus dem Taxi gestiegen waren. Hätte ich auch selbst draufkommen können. War ja mein Wunsch, nicht als Paar aufzutreten. Doch ich war so aufgeregt, dass mir alles Mögliche in den Sinn gekommen war, nur nicht die naheliegenden Dinge.

»Layken!«, rief jemand. Ein großgewachsener Mann, hagere Statur mit kurzen blonden Haaren kam auf uns zugelaufen. Er wirkte reif, was man an den wenigen Fältchen um seine Augen erkennen konnte. Es glimmerte rosa, also war er ein Elf und durfte bestimmt schon um die hundert Jahre alt sein. Was mich jedoch am meisten von den Socken haute, war der Fakt, dass es sich bei Laykens befreundetem Kollegen um den Chefarzt dieses Komplexes handelte! Hier einen Termin, auch noch so kurzfristig, zu ergattern, war einfach nur unglaublich.

»Thomas!« Die beiden fielen sich in die Arme und küssten sich erfreut auf die Wangen. »Danke, dass wir dich überfallen dürfen.«

»Jederzeit!« Er entließ sie aus der Umarmung und streckte mir die Hand entgegen. »Dann sind Sie Julie Schroeder«, sagte er auf Deutsch und lächelte einnehmend. »Ich bin schon sehr gespannt auf Sie. Einen Vampir hatte ich noch nie in Behandlung.«

»Dann ist es für uns beide eine Premiere. Danke, dass Sie mich untersuchen.«

»Sag Thomas, bitte. Und das mache ich gern.«

Er wandte sich an Evan. »Mister Vega!« Sie schüttelten sich die Hände und Evan nickte ihm zu. »Danke für Ihre Zeit.«

Der Arzt nickte. »Legen wir gleich los«, fiel er wieder ins Englische. »Ich brauche mindestens eine gute Stunde. Wollt ihr warten oder soll ich euch anrufen?«

»Wir warten«, erklärte Layken.

»In Ordnung.« Er machte eine Geste den Flur entlang. »Los geht's!«

Evan drückte ermutigend meine Hand, während Layken mir zulächelte. Ich hatte keinen Bammel vor der Untersuchung, sondern nur vor der Diagnose, und ich war hin und her gerissen, ob ich Evan dabeihaben wollte oder nicht. Aber so müsste Layken alleine warten, deswegen ging ich dem Arzt hinterher und sägte die Frage danach komplett ab.

»Ich werde zunächst einige gewöhnliche Untersuchungen machen wie Fiebermessen, Wiegen und eine Anamnese abfragen. Danach machen wir eine Kernspintomographie. Zum Schluss setze ich meine Gabe ein, um zu überprüfen, ob in den Kontrollen etwas übersehen wurde.«

»Das klingt gut«, sagte ich und meinte es auch so. Es war ausführlicher, als das, was Layken aufgrund der begrenzten Ausstattung mit mir getan hatte, und meine Hoffnung auf Antworten wuchs.

Die Untersuchungen gingen zügig vonstatten. Für das MRT versetzte er mich in einen Dämmerschlaf, da ich bei der Fahrt in das riesige Ungetüm panisch geworden war. Nun stand ich in seinem ausladenden Behandlungszimmer und starrte mit ihm auf die 3D-Bilder meines Körpers, die er mit seinem ultramodernen Röntgengerät gemacht hatte.

»Das habe ich noch nie gesehen«, murmelte er. »Und faktisch kann das auch unter keinen Umständen sein.« Er entfernte sich von der Leuchtwand und wühlte in seinem Aktenschrank herum. Dann kam er mit anderen Bildern zurück, die er links und rechts neben meine hängte. »Erkennst du einen Unterschied?«, fragte er mich und verschränkte abwartend die Arme vor der Brust.

»Die Knochen hier links sind genauso dünn wie auf meinen Bildern. Rechts sind sie fast doppelt so dick.«

»Genau. Die Bilder rechts, die Knochen mit der doppelten Dicke, zeigen die gewöhnliche Knochenstruktur eines Vampirs. So sollten deine Knochen aussehen. Das ist die robusteste Knochenart, die es unter den Nachtschwärmern gibt.«

Mir lief es heißkalt den Rücken runter. Nervös zupfte ich an meinem Ohrläppchen. »Und links?«, flüsterte ich kaum hörbar.

»Diese Bilder zeigen die Knochenstruktur eines Werwolfs. Sie gleicht deiner Struktur eins zu eins.«

»Werwolf?«, krächzte ich und riss die Augen auf. »Mein Körper wird von Werwolfknochen gehalten?«

»So sieht es auf diesen Bildern zumindest aus. Man erkennt hier«, Thomas zeigte auf kleine kreisförmige Male auf den Knochen, »dass es sich nicht um eine andere Art handeln kann, denn diese Male sind Bruchringe. Je nach Wolfsalter sind sie stärker ausgeprägt.«

»Bruchringe«, wiederholte ich das Wort, das meine Knochen zu etwas machten, was sie niemals sein konnten. Nicht sein durften. Ich wandte mich zu Thomas um. »Erklärt das auch meine erhöhte Temperatur?«

»Das wollte ich gleich als Nächstes ansprechen. Mir ist es schon beim Händeschütteln aufgefallen, die Messung hat wie erwartet eine unnormale hohe Temperatur festgestellt.«

»Können sich meine Knochen erst verwandelt haben? Denn meine erhöhte Temperatur habe ich erst seit Kurzem. Hängt das zusammen?«

»Das kann ich dir leider nicht beantworten. Dafür fehlen mir die Erfahrungswerte. Ich hab noch nie von einem Fall wie deinem gehört, Julie.« Er fasste mich sanft am Arm und führte mich zu der Liege, die an der Wand neben einigen Geräten stand. »Ich werde dich nun abschließend anhand meiner Gabe untersuchen. Leg dich bitte hin und schließ deine Augen, wenn du magst.«

Ich tat wie geheißen und schloss auch die Augen. Als könnte ich damit der Wahrheit entfliehen, die überhaupt keinen Sinn ergab. Die Situation überforderte mich gerade extrem und tatsächlich hatte ich das Gefühl, aus meinem Körper rausgeschwebt zu sein und mir zuzusehen. Als wäre das, was sich vor mir abspielte, ein Film.

»Es wird gleich heller um dich herum, da ich dich in meine Aura einbinde, um mir deine Schwachstellen anzusehen. Es kann ein wenig kribbeln und auch warm werden. Das darf dich bitte nicht erschrecken.«

»Okay«, flüsterte ich und bemerkte sogleich, wie es heller wurde.

»Ich erkenne eine Abnormität im Bereich deiner Augen. In deinen Knochen wie erwartet und ... in deinem Herz. Außerdem in deinem Blut.« Thomas seufzte tief und schwer. »Es sind jedoch keine Krankheiten, nur Abweichungen.«

»Was bedeutet das?«, fragte ich und spürte, wie das Kribbeln, das über meine Haut fegte, abklang.

»Du kannst deine Augen wieder öffnen und dich aufsetzen.«

Einen Moment reagierte ich gar nicht, weil mich die Angst gnadenlos im Nacken gepackt hatte und mich so festhielt, als würde ich am Klippenrand stehen.

»Julie«, ertönte Thomas' Stimme sanft und eine Hand legte sich auf meine Schulter.

»Ja. Ich möchte, glaub ich, gar nicht hören, was du zu sagen hast. Und irgendwie möchte ich es doch.«

»Das kann ich mir vorstellen. Aber das Wichtigste, das du dabei beachten musst, ist, dass du nicht krank bist. Nicht im herkömmlichen Sinne.«

Ich schlug die Augen auf und setzte mich hin. »Was bin ich dann? Was ist mit mir los?« *Und wie kann ich es wieder loswerden?*

Thomas setzte sich neben mich und nahm meine Hand in seine beiden Hände. Er strahlte eine unglaubliche Ruhe aus und eine Zuversicht, die zwar etwas von meinem aufgebauschten Chaos dämpfte, jedoch nicht gänzlich verscheuchte.

»Wenn es das gäbe, würde ich behaupten, dass du eine Wervampirin bist.«

***

**Evan**

»Sie ist was?«, brüllte ich lauter als beabsichtigt und hob umgehend beschwichtigend die Hände.

»Ich kann Ihre Bestürzung verstehen, Mister Vega, aber als mitbehandelnder Arzt obliegt es meiner Pflicht, dem Wunsch meiner Patientin nachzukommen. Und Julie wünschte sich etwas Zeit für sich.«

Ich fuhr mir fahrig durch den Bart. Vor wenigen Sekunden waren wir ins Besprechungszimmer hineingebeten worden, nach knapp zwei Stunden Wartezeit, und nun erzählte mir der Arzt, dass Julie vor zwanzig Minuten die Klinik verlassen hatte.

»Warum? Was ist passiert? Was haben Sie herausgefunden?«

Layken legte die Hand auf meinen Arm. »Komm, wir setzen uns erst mal.«

»Ich kann nicht, Layken. Nicht bevor ich nicht weiß, was mit Julie los ist!«

Herausfordernd starrte ich den Doc an. Der nickte, machte aber keine Anstalten, sich hinter seinen großen weißen Schreibtisch zu setzen. »Julie hat mich gebeten, euch über meine Diagnose zu informieren, die diesen Raum nicht verlassen darf. Es besteht Schweigepflicht.«

»Das ist selbstverständlich«, stimmte Layken zu und ich nickte, während sich ein dunkles, düsteres Gewitter in meinem Innern zusammenbraute und mir fast die Luft zum Atmen nahm. Was, wenn sie unheilbar krank war? Wenn ich sie verlieren würde, ehe ich sie richtig kennenlernen, richtig lieben konnte?

Ich wollte sie nicht verlieren und der Gedanke raste wie ein Tornado in meinen Bauch – es war mir egal, ob sie eine Vampirin oder eine Wölfin war. Ich wollte sie in meinem Leben. Ich wollte die Option offenhalten, zu heiraten und Kinder zu bekommen. Und vor allem wollte ich sie unter keinen Umständen nach der Tour verlieren!

»Meine Untersuchungen haben ergeben, dass Julie nicht lebensbedrohlich krank ist. Tatsächlich ist sie meines Erachtens überhaupt nicht krank.«

Erleichtert pustete ich laut die Luft aus. »Was ist es dann? Es muss schwerwiegend sein, wenn sie Zeit für sich braucht.«

»Das ist richtig. Die Diagnose, die ich gestellt habe, ist außergewöhnlich. So ein Fall ist mir in meiner Laufbahn noch nicht untergekommen und ich muss leider zugeben, dass ich ratlos bin.«

»Himmel, Thomas! Wenn du keinen Rat weißt, wer dann?«, meinte Layken überrascht. »Bitte spann uns nicht weiter auf die Folter. Was hast du herausgefunden?«

Er nickte verständig. »Es scheint, als sei Julie nicht einfach nur eine Vampirin. Vieles deutet darauf hin, dass sie zum Teil auch eine Werwölfin ist.«

»Was?«, zischte ich ungläubig. »Julie soll was sein?«

Er ging hinüber zu der Leuchttafel und knipste das Licht an. 3D-Bilder von drei unterschiedlichen Körpern flammten auf.

»Welcher Körper ist Julies?«

»Rechts«, sagten Layken und ich gleichzeitig.

»Der Mittlere ist es. Ihre Knochen sind identisch mit denen eines Wolfs. Ihr Blut, ihr Herz und ihre Augen.«

»Das ist nicht möglich. Ich hab noch nie gehört, dass es Mischungen gibt«, erwiderte ich tonlos. Ich sah mich im Büro um. »Ist das ein Scherz? Julie? Komm raus«, rief ich, weil ich es nicht in meinen Kopf bekam, was der Arzt uns da auftischte.

»Das ist kein Scherz, Evan.« Layken trat näher an die Bilder. »Thomas, hattest du nicht auch schon mal Nachtschwärmerinnen in deiner Klinik, die mit einem Mischling schwanger waren?«

Er verzog bedauernd das Gesicht. »Ja. Und es endete immer gleich.«

»Das tut es.«

»Moment! Stopp! Ihr meint also, dass Julie von einem Werwolf und einem Vampir abstammt?«

»Anders wäre es ein Wunder.« Layken drehte sich zu mir um. »Weißt du etwas über ihren familiären Background?«

»Ich kenne nur ihre Schwester, die auch eine Vampirin ist. Von ihren Eltern weiß ich lediglich, dass sie sie sehr behütend aufgezogen haben.«

»Was mich nicht wundert. Sie wissen es. Sie müssen es wissen, es kann gar nicht anders sein. Hat sie dir etwas erzählt, Thomas?«

»Julie konnte mir auch nichts anderes berichten. Ihre komplette Familie besteht aus Vampiren. Ich habe ihr ans Herz gelegt, ihre Eltern aufzusuchen und nachzufragen. Es ist wichtig, dass sie weiß, woher sie kommt. Vor allem aber, Layken, musst du sie im Blick behalten. Ihre Symptome könnten sich häufen. So wie ich es verstanden habe, sind sie noch ganz frisch. Als hätte es irgendeinen Auslöser gegeben.«

»Die Tour könnte es gewesen sein. Ein neuer Lebensabschnitt«, bemerkte ich und setzte mich nun doch. Mein Kopf dröhnte und jetzt verstand ich, wieso Julie eine Auszeit brauchte. Ihr inneres Chaos dürfte meines um Welten übersteigen.

»Lebensverändernde Umstände …«, murmelte Layken. »Das ist gut möglich. Kennst du jemanden, der eventuell Erfahrung damit hat?«

»Auf Anhieb fällt mir ein Kollege ein. Bei dem taste ich mich mal ganz leise vor. Ich selbst hatte noch nie mit einem Mischling zu tun. Also, einem lebenden.«

»Dann kannst du mir auch nicht raten, worauf ich achten muss.«

Der Arzt schüttelte den Kopf. »Nein. Aber wir bleiben in Verbindung. Vielleicht komme ich doch an irgendwelche Informationen.«

*Informationen* … Ich wusste, wer uns Informationen liefern konnte. Und zwar genau die beiden Personen, die ich sowieso vorhatte aufzusuchen – die Ältesten. Aber dafür musste ich Julie erst mal von dieser Idee überzeugen.

# Sechzehn

**Julie**

Die Schönheit des Parks flirrte an mir vorüber wie die tausend Fragen, die in mir herumwirbelten. Die Blumenbeete, Rabatten, Lustschlösschen, Denkmale, der Wasserfall und vor allem das beeindruckende Schloss Nymphenburg nahm ich nur dick in Watte verpackt wahr. Meine Beine trugen mich weiter und weiter ohne Ziel. Ohne Verstand.

*Wervampir ... WERVAMPIR!* Dass es so ein Wort überhaupt gab! *Es wäre angezeigt, dass du deine Eltern kontaktierst ...* »Ha!«, brüllte ich in die Stille des Parks hinaus. Meine Eltern! Die vermutlich wussten, was ich war! Die mich vermutlich jahrelang belogen und betrogen hatten. Denen es vermutlich nie darum gegangen war, dass meine Augenfarbe erkannt würde, sondern um das, was der Rat noch über mich herausfinden konnte. *»Es ist ausgeschlossen, dass deine Gene nur von einer Nachtschwärmerart weitervererbt wurden. Dann würde es nicht mit rechten Dingen zugehen.«*

Vielleicht war ich auch ein Produkt eines verrückten Wissenschaftlers, der Experimente an Schwärmern vorgenommen hatte. Meine Eltern waren Vampire. Emma war eine Vampirin! *Emma!* Ihr musste ich unbedingt Bescheid geben, denn sie sollte sich ebenfalls von Thomas untersuchen lassen.

Mein Herz schlug mir bis zum Hals. Meine Handflächen schwitzten, ich spürte bereits die kreisrunden Flecken, die sich unter meinen Achseln bildeten. Mein Körper kribbelte unheilvoll. Wie vor ein paar Tagen, als ich so unter Strom stand, dass ich rennen musste ... *wie ein Wolf.*

*Was wird aus mir? Was wird der Rat mit mir machen? Was die Leute sagen? Werde ich eine Ausgestoßene sein? Was verändert sich noch an meinem Körper? Was? WASWASWAS?*

Es knallte in mir. Ein gleißendes Licht glühte vor meinen Augen auf, erhellte für den Bruchteil einer Sekunde den dunklen Wald, in dem ich mittlerweile angekommen war. Es knackte. Laut. Dröhnend. Ohrenbetäubend. Ich versuchte mich zu drehen, um dem Geräusch auf die Spur zu kommen, fiel jedoch auf den Boden. Alles in mir krampfte sich zusammen. Wie die übelsten Regelschmerzen, die man haben konnte. Ausstrahlend in Rücken, Bauch, Beine. Übelkeit überschwemmte mich. Der Schmerz reizte meinen Magen, schob mein Frühstück die Speiseröhre hinauf. Ich schluckte hart, doch es brachte nichts. Ich schwang auf die Seite und kotzte mir die Seele aus dem Leib. Heißkalter Schweiß rann mir das Rückgrat hinab. Ich fror. Ich schwitzte. Ich zitterte. Und ich fühlte mich wie gelähmt. Stöhnend schloss ich die Augen, verlor für einen Moment das Bewusstsein.

Es klingelte. Weit entfernt und direkt in meine Ohren hinein. *Mein Handy!* Ich schlug die Augen auf und erschrak. Mein Sichtfeld hatte sich geweitet und war gleichzeitig zu einem 21:9 Panoramabild gewechselt. Ein Meer aus Düften strömte mir in die Nase. Laub. Tannennadeln. Moos. Hase. Mensch. Alles vermischte sich zu einem gigantischen Klumpen, der meinen verbliebenen Mageninhalt umherwirbelte. Ich streckte die Hand aus, die keine mehr war. Dichtes, sonnengeküsstes Fell geriet in mein Blickfeld.

Erschrocken stieß ich einen Schrei aus, der meinen Mund nur als Heulen verließ. Wolfsheulen! Ich hatte mich in eine Wölfin gewandelt. In eine strohblonde Wölfin! In … meine Wölfin. In mich. In das, was nun zu mir gehörte.

Jaulend krümmte ich mich zusammen. Das war ich nicht! Ich war keine Werwölfin. Ich war eine Vampirin! Wieso passierte das mit mir? Und wie konnte ich es wieder abstellen? Ich wollte das nicht sein. Schon gar nicht, wenn es mir Schmerzen zufügte!

*Ich bin keine Wölfin. Ich bin eine Vampirin. Ich bin keine Wölfin. Ich bin eine Vampirin. Ich bin keine Wölfin. Ich. Bin. Eine. Vampirin.*

***

**Evan**

»Fuck!« Aufgewühlt feuerte ich mein Handy aufs Hotelbett. Ständig ging nur Julies Anrufbeantworter dran. Seit drei verdammten Stunden! Und in weniger als einer Stunde würde die Sonne aufgehen und sie in Staub verwandeln, wenn sie jetzt nicht endlich ins Hotel einchecken würde! Was sie bisher nicht getan hatte, denn sonst hätte mir der Empfang Bescheid gegeben. Wie viel Wolf steckte eigentlich in ihr? Konnte sie auch ins Sonnenlicht? Und wie sollte man das überhaupt herausfinden, wenn die Antwort darauf Staub bedeuten konnte?

Ich griff mir meine Jacke, das Handy und verließ das Zimmer. Eine Tür weiter klopfte ich. Und noch eine. Und noch eine.

»Hey, Puschel, was gibt's?«, fragte Tatum, der als Erster öffnete.

Ich wartete, bis meine Brüder im Türrahmen standen. »Ich brauch eure Hilfe.«

Alle drei gingen zurück ins Zimmer und kamen nahezu zeitgleich angezogen wieder raus. Ich atmete schwer und nickte, ehe ich kommentarlos losstiefelte. Im Hotel gab es zu viele Ohren, die mithören konnten, und ich wollte niemanden beunruhigen noch belügen. Sollten wir Julie nicht finden, würde ich noch früh genug Panik verbreiten.

»Leg los«, brach Bare die Stille, als wir auf den Taxistand zuliefen.

»Julie ist verschwunden. Wir waren in der Klinik, um noch mal ihren Gesundheitszustand checken zu lassen, und seither ist sie weg.«

»Verdammt, Alter! Warum hast du uns nicht schon früher Bescheid gesagt? In zweiundvierzig Minute geht die Sonne auf«, meinte Tate und raufte sich die Haare.

»Weil sie um Bedenkzeit gebeten hat. Seither warte ich darauf, dass sie zurückkommt.«

»Na gut. Hast du eine Ahnung, wo sie unterwegs sein könnte?«, fragte Charlie und stoppte.

»Sie wollte sich Park Nymphenburg ansehen. Das ist die einzige Idee, die mir auf Anhieb einfällt. Ansonsten … ich denke nicht, dass sie ihre Gedanken und Gefühle mit Alk betäuben würde. Eher vielleicht mit einem Zuckerflash. In Bäckereien oder Restaurants könnten wir noch nachsehen.«

»Ich sprech einen Suchzauber.« Charlie trat zurück in den Schatten eines Gebäudes. »Komm her. Etwas von ihrer Energie müsste noch an dir haften. Ich brauch eine Zündung, ohne reicht meine Gabe nicht aus.«

Ich stellte mich vor ihn und wartete ab. Es faszinierte mich jedes Mal wieder, wenn er seine Gabe anwendete, und gelegentlich war ich schon ein bisschen neidisch auf sein Können. Charlie glitt mit der Handfläche über meinen Kopf und verharrte dann an meiner Wange. Dort hatte Julie mich heute geküsst. Kühle strömte aus seiner Handfläche. Er drückte seine Hand etwas fester gegen meine Wange und flüsterte: »Inveniet ea ad usum deducant found.«

Ein elektrischer Schlag knallte zwischen unserer Berührung auf und erhitzte die Stelle. Charlie nahm die Hand weg und drehte sie nach oben. In seiner Innenfläche war ein Wald gezeichnet. In Schwarz. Und mittendrin schimmerte ein heller Punkt. Leicht pulsierend. Und ein roter außerhalb.

»Rot bin ich. Weiß ist Julie. Tatum!«, flüsterte er.

»Ja?«

»Wir folgen dieser Spur. Materialisiere du dich bitte trotzdem mal in dem angrenzenden Wald vom Nymphenburger Park. Die Zeit rennt.«

»Alles klar. Ich meld mich, wenn ich sie gefunden hab.«

»Und wir steigen ins Taxi. Ich leite den Fahrer an.«

Still rannten wir auf den Taxistand zu. Noch bevor wir im Auto saßen, klingelte mein Telefon. »Tate!«

»Julie ist hier. Beeilt euch, sie ist ohnmächtig und sieht nicht gut aus. Ich ruf gleich noch Doc Layken an.«

»Danke«, presste ich bemüht ruhig hervor, instruierte den Taxifahrer und klärte die Jungs auf.

Ein Kloß steckte plötzlich in meinem Hals fest, dabei wollte ich den Taxifahrer am liebsten anbrüllen, dass er schneller fahren sollte. Ach, Fuck! Ich wollte am liebsten meine Angst als Wolf herausheulen und zu ihr rennen, aber selbst das war nicht schnell genug. Nichts konnte jetzt schnell genug sein. Zumindest nichts, was ich bewerkstelligen konnte! Was für ein verdammter Mist, dass Vampire sich nur alleine materialisieren konnten! Und dass ich keiner war, und …

»Wir sind rechtzeitig dort«, flüsterte Bare, der neben mir auf der Rückbank saß. »Und Layken sogar noch vor uns!« Er griff beruhigend meine Schulter und drückte sie unterstreichend einmal.

Ich nickte. Layken war eine Fee und konnte fliegen. Sie wäre ruckzuck zur Stelle. Und Tatum war auch dort. Beides erleichterte mich ungemein. Trotzdem belästigte mich diese rohe Panik. Julie war mir schon vom ersten Moment an unter die Haut gegangen, aber mittlerweile fühlte es sich so an, als wäre sie meine zweite Haut. Eine, die noch ganz frisch war. Verletzlich. Dünn. Jede Erschütterung konnte sie zerstören …

***

**Julie**

Ein blumiger Duft benebelte meine Sinne. Vertrieb die Leichtigkeit, die ich verspürte, und hinterließ eine Schwere, die sich auf meine Brust legte. Panisch griff ich mir an den Hals und zog tief Luft in meine Lungen.

»Sie bekommt keine Luft«, ertönte es von irgendwoher. Ich versuchte die Augen zu öffnen, aber es schien, als wären sie zugeklebt.

Etwas legte sich auf meinen Mund und die Nase. Panisch wehrte ich mich, schlug aus.

»Ihre Hände«, rief die gleiche Stimme.

»Julie! Hier ist Tatum. Es ist alles in Ordnung!«, erklärte eine andere Stimme.« Jemand packte mich und hielt mir die Hände über meinem Kopf zusammen.

*Tatum?* Sauerstoff strömte in meine Lungen. Augenblicklich legte sich meine Panik. Das Adrenalin verpuffte und ich fror plötzlich bis in die Knochen. Zitterte. Spürte den Schmerz, der sich wie Gift durch meinen Körper zog.

»Die Rettungsdecke.«

Meine Hände wurden freigelassen und etwas über mich gezogen. *Besser,* dachte ich immer noch leicht weggetreten.

»Julie, hier spricht Layken. Deine Augen sind mit einem Sekret verklebt. Ich werde sie jetzt desinfizieren und säubern. Bitte lass sie geschlossen, auch wenn du denkst, dass du sie wieder öffnen kannst. Ich werde dir sagen, wenn ich fertig bin.«

Ich versuchte zu nicken, aber das Klappern meiner Zähne verhinderte es. Layken war da. Und Tatum! Evan? Aber wo war ich? Was hatte ich zuletzt getan? Und wieso ging es mir so mies?

Mein Verstand klarte sich von Sekunde zu Sekunde auf und enthielt mir gleichzeitig die Dinge, die ich wissen musste. Was ich aber wusste, war, dass ich mich anders fühlte. Neben den Schmerzen, der Kälte, spürte ich es – mein Herz. Mein Blut, das angetrieben durch den wilden Herzschlag wie Feuer durch meine Venen pumpte. Meine Lungen anfachte zu funktionieren. Zu atmen! Mein Körper sich nicht mehr so federleicht anfühlte. Sondern wie eine Festung. Wie eine unbezwingbare Maschine. Stark. Kräftig. Als wäre ich neugeboren worden.

Neugeboren! Das war es! Bilder rauschten durch meinen Kopf. In rasend schneller Abfolge, klar und deutlich erkennbar. Eine Wölfin! Ich war eine Wölfin gewesen!

Feuchte bedeckte meine Augen. Sanft wischte Layken mit einem Tuch über sie. Wieder und wieder. Bis ihre Stimme erklang, unterstrichen von schnellen Schritten. »Jetzt sollte es wieder gehen.«

Blinzelnd schlug ich meine Augen auf und schaute geradewegs in Evans ängstlichen Blick.

***

**Evan**

Ein goldenes, ein silbernes Auge starrten mir entgegen und sie strahlten heller als die Knicklichter, die um Julie herum verteilt lagen. Erleichtert fiel ich auf die Knie und schnappte mir ihre Hand. »Hey, Hübsche. Du hast mir einen ganz schönen Schrecken eingejagt.«

Sie blinzelte, doch ich war mir nicht sicher, was sie damit meinte.

»Was ist passiert?«, fragte ich und sah auf zu Layken.

»Ich befürchte, das fällt unter die Schweigepflicht.«

Julie hob die Hand und schüttelte sie. Layken beugte sich zu ihr. »Du meinst, ich kann es sagen?«

Sie hob kurz zur Bestätigung den Daumen und umklammerte wieder meine Hand.

»Nun gut. Nichtsdestotrotz, Jungs! Das bleibt unter uns. Nichts hiervon darf nach außen gelangen.«

Sie wartete ab, bis alle ihre Bitte bestätigt hatten, ehe sie fortfuhr. »Der Arzt, der Julie untersucht hat, stellte fest, dass sie zwei Arten in sich trägt. Die vampirische und die wölfische.«

Erstauntes Raunen klang durch den Wald.

»Das macht aus Julie eine Wervampirin. Vermutlich die einzige Wervampirin, die es weltweit gibt. Ich schätze, und das ist wirklich nur eine Schätzung, denn ich kenne mich auf diesem Gebiet nicht aus, dass der Umbruch in ihrem Leben, also die Tour mit euch, der Auslöser war. Ihre wölfische Seite hatte sich durch Temperaturumschwung, erhöhte Geschwindigkeit und das plötzlich schlagende

Herz bemerkbar gemacht. Und hat heute, mit dem Wissen, was sie ist, ihren Höhepunkt genommen und sie …« Layken stockte kurz und strich Julie dann sanft über den Kopf. »Und sie hat sich heute Nacht das erste Mal in einen Wolf gewandelt.«

*Was?* Völlig überfordert schaute ich zwischen der Doc und Julie hin und her. Irgendjemand murmelte *unfassbar,* was ich so was von unterschrieb!

»Ihre Wandlung glich einer Geburt. Deswegen das Sekret in ihren Augen. Die embryonale Haltung, in der wir sie gefunden haben. Die zerrissene Kleidung an ihrem Körper und das …«

Layken zog ihren Arztkoffer zu sich, öffnete ihn und holte einen Beutel raus. Blondes Fell schwamm in einer durchsichtigen Brühe umher. »Das ist ihre Schutzhaut. Wie bei einem Neugeborenen die Fruchtblase ist diese von ihrer Haut, bei der, ich nenne es mal Geburt, abgestoßen worden.«

*Ein neues Leben,* huschte es mir beeindruckt durch den Kopf. »Was bedeutet das nun für Julie? Geht es ihr damit nun schlechter? Ist sie nun zerbrechlicher? Oder krank?«

»Das kann ich dir nicht sagen. Ich habe Thomas bereits informiert. Er wartet auf uns in der Klinik. Ich hoffe, er kann uns mehr sagen.«

Ich nickte. »Wir müssen sowieso aufbrechen, die Sonne geht in wenigen Minuten auf.«

# Siebzehn

**Julie**

Noch nie hatte mir eine heiße Dusche so dermaßen gutgetan wie heute! Ich rubbelte mir die Haare trocken und betrachtete mich im Spiegel.

Nachdem Thomas mich erneut auf Herz und Nieren untersucht und festgestellt hatte, dass es mir ausgezeichnet ging, hatte er mich in einem Krankenzimmer untergebracht, in dem ich zumindest diese eine Nacht noch bleiben sollte. Gut. Weggehen konnte ich ja sowieso nicht. Ging ich zumindest davon aus. Die Sonne schien und solche Experimente wollte ich trotz meines neuen Ichs nicht wagen.

Irgendwie sah ich aus wie immer. Trotzdem nahm ich mich nun anders wahr. Standfester. Mutiger. Stärker. Ich sprühte förmlich vor Leben. Ob ich nun auch erröten konnte? Mein Herz pochte auf jeden Fall gleichmäßig. Atem strömte mir durch die Lungen.

Ich hängte das Handtuch auf und putzte mir gründlich die Zähne. Thomas hatte mir ein Schmerzmittel verabreicht. Er meinte, bis morgen dürften die *Geburtsschmerzen* verschwunden sein, und gab mir den Tipp, mich bei meiner nächsten Wandlung *darauf einzulassen*. Was immer er damit meinte.

»Hey«, wisperte ich, als ich im Bad fertig war und ins Krankenhauszimmer schlüpfte. Evan stand am Fenster, was ein echt stranges Bild abgab, denn das Rollo war ja unten.

»Auch hey«, antwortete er und schaute über seine Schulter zu mir rüber. »Wie geht's dir?«

»Gut! Richtig gut. Die Dusche hat wahre Wunder bewirkt. Na ja. Und auch ein bisschen die Schmerzmittel.« Ich versuchte zu grinsen, um die angespannte Atmosphäre aufzulockern. Evan schien nicht ganz so glücklich zu sein.

Ich schlich zu ihm rüber, legte meine Arme um seine Mitte und drückte mein Gesicht gegen sein breites Kreuz. »Was ist los?«

»Nichts. Ich ... Es steckt wohl noch ein bisschen Sorge um dich in mir. Die Enthüllung und dein Verschwinden –« Er drehte sich um und hob die Hände. »Was ich auch respektiere und verstehen kann. Ich hätte genauso reagiert. Aber dann kamst du nicht zurück und dieses Gefühl, dich verloren zu haben, hat mir den Boden unter den Füßen weggerissen. Ich weiß nicht, wie ich dir erklären soll, was für starke Gefühle du in mir auslöst, weil ich es mir selbst nicht so recht erklären kann.«

Evan beugte sich hinab und lehnte seine Stirn an meine. »Du bist etwas ganz Besonderes, Julie Schroeder, und meine Liebe zu dir ist einzigartig und stark und überfordert mich gleichzeitig.«

»Liebe?«, wisperte ich und legte meine Hand an sein Herz.

»Ja. Liebe. Ich liebe dich, Julie«, raunte er und legte nun seine Hand auf mein Herz. Schlag für Schlag, Atemzug für Atemzug standen wir da. Inmitten der Surrealität, die uns einhüllte und das Einzige, das greifbar war, das Bestand hatte und unerschütterlich schien, war die Liebe, die wir zueinander verspürten.

Evan begann zu singen. Melodisch und unaufdringlich. Direkt in mein Herz hinein. Über Sehnsucht, die einen auffressen kann. Über Blicke, die mehr aussagen als jedes Wort. Über alles Ungesagte, das ohrenbetäubend laut war.

»Das ist wunderschön!«

»Das ist dein Song. Den habe ich geschrieben, als ich versucht habe meine Gefühle für dich zu unterdrücken.«

Ich lachte liebevoll, legte meine Arme um seinen Nacken und sah zu ihm auf. »Unglaublich, was entstehen kann, wenn es dir nicht gut geht.«

Evan strich mir übers Gesicht. Seine braunen Augen funkelten warm, ehe er sich hinab beugte und sanft meine Lippen küsste. Meinen Mund eroberte. Unaufdringlich. Weich. Wie Pastellfarben.

Meine Hände glitten unter sein T-Shirt. Tasteten sich vorsichtig über seine starke Brust zu seinem Bauch. Weiche Haut über stahlharten Muskeln. Ein Fels in der Brandung. Ein Wolf – ein Beschützer. Das Herz sackte mir in die Beine. Ich wollte alles von ihm. Jetzt. Und den Rest meines Lebens. Unendlich langsam fuhr ich mit den Fingerspitzen über seinen Rücken, griff nach seinem T-Shirt und zog es ihm über den Kopf.

Sein Kuss intensivierte sich. Spielte plötzlich einen ganz anderen Takt. Einen, der Hitze in mir erzeugte. Was ein unglaubliches Gefühl war. Jetzt verstand ich endlich die Frauen, die atemlos nach einem Kuss zurückblieben. Deren Gesichter hochrot glühten, deren Körper wie in ein Feuer versetzt waren ...

Ich nestelte an Evans Gürtelschnalle herum, doch er war schneller. Im Bruchteil weniger Sekunden hatte er sich vollständig entkleidet und mich zum Bett getragen. Bedächtig öffnete er den Bademantel, schob ihn zur Seite und erkundete mit seiner Hand meinen Bauch. Meine Schenkel. Meine Brüste. Glitt mit seinen Fingern über mein Schlüsselbein, bahnte sich seinen Weg zur pulsierenden Stelle zwischen meinen Beinen. Ich stöhnte auf.

Evan verharrte. »Ist es okay? Fühlst du dich wirklich fit genug ...«

»Evan«, flüsterte ich. »Ich fühle mich so lebendig wie niemals zuvor in meinem Leben.«

Einen Moment sah er mich an. Tauchte tief in meinen Blick. Zeigte mir das Verlangen, die Sehnsucht und Liebe, die in ihm tobten, ehe er zärtlich begann, auf meinem Körper einen Song zu spielen, als wäre ich das Klavier unter seinen Händen.

***

»Hallo! Mond an Julie!«

»Bitte, was?«, fragte ich abwesend, ohne den Blick von Evan zu nehmen, der voller Inbrunst in die Tasten schlug und *Nighthawks Blues*, den bekanntesten Song der Whistleblower, ins Mikrofon schmetterte.

Jemand lachte neben mir, doch ich war wie benebelt. Die gesamte vergangene Nacht war ein Gemisch aus Erkundungstour, Höhepunkten und Kennenlernen gewesen. Mir war es noch nie passiert, dass ich mit meinem Partner Liebe machen und tiefgründige Gespräche führen konnte, und beides nahtlos fließend passierte, sodass man nicht wusste, wo eines anfing und das andere endete. Es war ein Kennenlernen auf vielschichtiger Ebene gewesen und es pustete mich jetzt, einen halben Tag später, immer noch um.

»Ich fragte, ob du ein Bild von dem Fanmoment am Anfang der Show hast.«

»Von dem kleinen Mädchen?«

»Ja. Genau das.«

»Ja. Hab ich.«

»Julie?«

»Ja?«

»Kannst du die SD-Karte wechseln?«

»Was?«

»Verflucht! Was läuft da nur zwischen dir und meinem Bruder?«

»Nichts!«, rutschte es mir blitzschnell raus und ich löste endlich den Blick von Evan direkt zu Timbers amüsiertem Gesichtsausdruck.

»Aha. Es erscheint fast so, als würde er dich mittlerweile auf eine ganz besondere Art und Weise *ärgern*.« Sie wackelte wissend mit den Brauen und ich riss entsetzt die Augen auf. »Hat das jemand behauptet?«

Timber lachte. »Julie! Weder ich noch irgendein anderer in der Familie ist auf den Kopf gefallen. Wir erkennen Liebe, wenn sie in der Luft liegt.«

»Oh, nein! Was für ein Scheiß!«

»Warum? Ich freu mich für euch! Und du bist mir allemal lieber als irgendeins dieser Groupies, die er schon angeschleppt hat.«

Ich strich mir über die Stirn, die wohlig warm war. »Und warum hast du dann diesen Kommentar rausgehauen neulich im Club?«

»Kannst du dir das nicht denken?« Timber fasste mich am Arm und lächelte mich einnehmend an. »Ich wollte Evan damit aufzeigen, wie unheimlich schwachsinnig sein Wunsch ist. Jede andere Frau kann ihn genauso gut verstehen wie eine Wölfin! Na gut. Ein Mensch jetzt vermutlich eher nicht, aber jeder andere Nachtschwärmer.«

Etwas Unangenehmes rann durch meine Adern. Ein Nachhall eines Gedankens, der sich rasend schnell in meinem Kopf gebildet hatte, ohne dass ich ihn hätte verhindern können – war mich zu lieben nun einfacher, weil ich zum Teil Wölfin war? Und gab es aufgrund dessen eine reelle Chance für uns? Und vor allem: Wollte ich geliebt werden, nur weil ich einer bestimmten Art angehörte?

»Na, sicher ist auf jeden Fall, dass mich dein Kommentar umgehauen hat.« Ich grinste, aber Timber verzog missmutig den Mund. »Hoffentlich nicht! So etwas möchte ich niemandem antun. Wie geht es dir eigentlich? Du fühlst dich so warm an.«

»Es ist kompliziert. Aber es ist zumindest nichts Bedenkliches. Ich bin kerngesund.«

»Sehr gut! Wenn ich dir irgendwie helfen kann? Vor allem, wenn es um den Dickschädel da drüben geht … Unsere Gespräche bleiben privat! Immer!«

Ich neigte den Kopf und überlegte kurz. »Es gibt da tatsächlich zwei Dinge, bei denen du mir helfen könntest!«

»Schieß los! Ich bin zu allen Schandtaten bereit!«

»Kennst du einen schönen Wald hier in München?«

»Ja. Wir gehen gerne in die Aubinger Lohe westlich der Stadt.«

»Perfekt! Ich besorg uns ein Taxi. In einer halben Stunde?«, fragte ich und Aufregung schwirrte durch meinen Körper. Begleitet von Furcht. Und dem Wissen, dass ich es sowieso nicht ändern konnte.

»Ist gebongt!« Sie streckte die Hand aus und ich schlug mit ihr ein. Dann händigte ich ihr die SD-Karte aus meiner Kamera aus und begab mich auf den Weg in mein Hotelzimmer. Das Konzert war sowieso bald zu Ende. Die Band spielte bereits die Zugabe und für diesen Abend hatte ich genug Bilder im Kasten, um vorzeitig meinen Arbeitstag zu beenden.

Im Zimmer angekommen zog ich mir Laufkleider an, schrieb Evan eine Nachricht auf sein Handy und bestellte bei der Rezeption ein Taxi.

Während ich am Eingang auf Timber wartete, wählte ich die Nummer von Emma. Nach einer letzten Untersuchung und meiner Entlassung aus dem Krankenhaus mussten Evan und ich uns beeilen, rechtzeitig zu Konzertbeginn da zu sein, und eigentlich hatte ich bisher noch keine Zeit gehabt, richtig durchzuatmen. Im wahrsten Sinne des Wortes. Dabei musste ich mir das alles wirklich von der Seele reden. Besonders bevor ich Mam und Paps kontaktierte. Denn wenn mit mir was nicht stimmte, was war dann mit Emma?

»Da bin ich«, sagte Timber und gesellte sich neben mich.

»Hey. Prima. Das Taxi kommt jeden Augenblick.«

Ich ließ es noch einmal klingeln und legte dann auf. Gut möglich, dass sie noch bei der Arbeit war. Ich würde es einfach später noch mal probieren.

»Ich sterbe vor Neugier. Was machen wir?«

»Das erzähl ich dir, wenn wir dort sind. Vorab muss ich dich was fragen. Etwas ziemlich Persönliches über deinen Bruder.«

»Okay. Ich höre ...«

Das Taxi kam und wir stiegen hinten ein. Ich beugte mich zu Timber und flüsterte: »Du hast vorhin gesagt, dass du dir wünschen würdest, Evan erkennt, wie schwachsinnig sein Wunsch danach ist, sich nur auf eine Art zu fixieren. Und ich frage mich, also, denkst du … denkst du, er könnte wirklich jemanden von einer anderen Art lieben wie seine eigene?«

»Ja. Ja, davon bin ich überzeugt! Ich habe meinen Bruder bisher zweimal richtig lieben sehen. Und beide Male hat er sich gleich verhalten. Wie er mit seiner Freundin umgegangen ist, was er gesagt hat, was er getan hat und so weiter. Eine Ex-Freundin war eine Wölfin, die andere eine Fee.«

Erleichtert fiel ich auf die Rückbank zurück. »Das beruhigt mich.«

»Keine Garantie!« Sie hob die Hände.

»Schon klar! Ich will mich nur nicht wegen noch einer Sache verrückt machen. Mein Leben steht im Moment sowieso schon total auf dem Kopf.«

»Oh, Mann, Julie. Es wird immer mysteriöser.«

Die restliche Fahrt fuhren wir in Stille. Es war immer schwierig offene Gespräche zu führen, wenn man sich in der Gegenwart von Menschen aufhielt. Wobei sich früher in der Schule manche meiner Mitschüler auf Klassenfahrten gerne einen Spaß erlaubt hatten und extra ausschweifend über Vampire, Hexen und so weiter diskutiert hatten. Neunundneunzig Prozent pure Nachtschwärmerwahrheit. Hundert Prozent Blödsinn in den Ohren der Menschen …

Auf dem Weg von der Lichtung in den Wald hinein klärte ich Timber über meine Testergebnisse und über meine *Geburt* auf. Im Schein der Knicklichter und des fahlen Mondscheins erkannte ich die Überraschung, die Timber ins Gesicht geschrieben stand. »Oh, verrücktes Universum! Wie ist so was nur möglich?«

»Ich hab keine Ahnung. Doc Thomas und Doc Layken meinen, dass es zwei mögliche Szenarien gibt. Entweder meine Eltern sind nicht meine Eltern und ich stamme in Wahrheit von einem Vampir und einem Wolf ab, oder ich bin ein wandelnder Gendefekt.«

»Gendefekt? So etwas gibt es bei den Nachtschwärmern doch gar nicht.«

Ich zuckte mit den Schultern. »Zumindest nicht offiziell. Hast du dich nach der Geschichte mit dem Bindungszauber noch nie gefragt, ob der Rat, egal welcher, nicht noch viel mehr verheimlicht?«

»Nee. Ja. Nee. Ich weiß nicht. Nicht bewusst. Das war ja schon harter Tobak, das zu verdauen. Die Vertrauensbasis ist dadurch zerstört worden. Die paar Brocken, die übriggeblieben sind, wollte ich nicht auch noch vergiften. Was sollen wir machen, wenn es keine Instanz mehr gibt, die den Überblick hat? Die hilft, dass wir in Ruhe unter den Menschen leben können ...«

Mir wurde ganz klamm und das lag nicht an der Kühle, die durch den Wald zog. »Ein echt übler Gedanke. Ich hoffe, dass es nie so weit kommt.«

»Ich auch, Julie. Darauf kannst du aber heulen!« Timber grinste schief und stieß mich sanft mit dem Ellenbogen an.

Ich grinste zurück. »Was für ein Wortspiel«, sagte ich und heulte los. Dabei reckte ich den Kopf hoch und bildete mit meinen Händen einen Trichter vor dem Mund.

Wir lachten gleichzeitig und das tat richtig gut. Schwere Situationen waren mit Humor um einiges besser zu ertragen.

»Okay, jetzt kommen wir zu Nummer zwei der Hilfe, die ich von dir benötige. Die Geburt zum Wolf war die reinste Hölle! Ich konnte immer nur daran denken, dass ich eine Vampirin bin und das, was mit mir passiert, falsch ist. Es hat sich angefühlt, als würde eine fremde Person von mir Besitz ergreifen und gleichzeitig spürte ich so eine Art Ankommen.« Ich schüttelte den Kopf. Es hörte sich total chaotisch an, was da aus meinem Mund kam, aber ich wusste nicht, wie ich es besser erklären sollte.

»Also echt? Mir würde es da bestimmt genauso gehen. Sich zu verwandeln ist ein unglaublicher Vorgang. Nicht nur physisch! Dein komplettes Ich veränderte sich. Ist doch klar, dass du das nicht einfach so wegsteckst!« Sie nahm meine Hand und zog mich ein Stück tiefer in den Wald hinein. »Bei mir und vermutlich bei jedem anderen Wolf ist es ein natürlicher Ablauf. So einfach wie Atmen.«

»Ähm«, sagte ich hüstelnd.

»Ah, Julie!« Timber schlug sich mit der Hand gegen den Kopf. »Siehst du, ich kann mir noch nicht mal vorstellen, wie es ist, ein Vampir zu sein!«

Ich winkte ab. »Mach dir keinen Kopf. Dass du mit mir hier bist und mich unterstützen willst, ist unbeschreiblich. Dein Wissen übers Wolfsein, das ist es, was ich jetzt brauche. Und zwar alles davon. Was kann ich tun, damit es nicht schmerzt? Gibt es irgendwelche Regeln, denen Wölfe folgen? Muss ich jede Nacht rennen? Und vor allem: Konnte sich ein Wolf schon mal nicht zurückwandeln?«

»Sich zu wandeln«, begann Timber, während sie sich auszog, »darf niemals wehtun! Nie! Wenn es wehtut, ist das eine Sache für den Doc. Wir Wölfe bauen im Laufe des Lebens ab. Das merkt man daran, dass sich der Umwandelprozess verlängert. Bei einem gesunden Wolf funktioniert das innerhalb von Sekunden. Bei einem alten oder kranken Wolf dauert es mitunter mehrere Minuten. Und ist eventuell auch mit Schmerzen verbunden.«

Sie deutete auf sich, bis auf die Unterwäsche trug sie nichts mehr. »Dein Glück, dass mein Schamgefühl nicht so intensiv ausgeprägt ist. Falls du damit ein Problem hast, solltest du dich jetzt umdrehen.«

»Damit hab ich kein Problem. Ich wohne mit meiner Schwester zusammen.«

»Gut. Das erleichtert die Sache. Ich mach mich jetzt also komplett nackig und wandle mich. Du schaust am besten zu. Vielleicht magst du auch die Sekunden zählen?«

Ich nickte. »Gibt es irgendetwas, an das du denkst?«

»Du meinst so was wie: Komm raus, du Wolf. Lass uns spielen?«, erwiderte sie in einem theatralischen Ton, der mich zum Lachen brachte.

»Jap. So in der Art.«

»Nein. Eigentlich nicht. Zumindest tu ich das nicht. Gut möglich, dass es meine Artgenossen tun. Das weiß ich nicht. Wenn ich etwas denke, dann meist eben das, woran ich gerade denke. Menschliche-Hülle-Zeug.«

*Menschliche-Hülle-Zeug,* dachte ich amüsiert. Timber entkleidete sich vollständig und ich zählte zwei Sekunden, bis sie als bildschöner Wolf vor mir stand. Und weitere zwei bis sie wieder zurück in einen Menschen verwandelt war.

»Oh, Mann. Das waren insgesamt vier Sekunden. Und es hat total geschmeidig ausgesehen.«

»Es *ist* geschmeidig! Jetzt du!«

Ich atmete einmal tief durch und zog mich aus. Dabei versuchte ich die Aufregung und den Tick Furcht vor Schmerzen zu unterbinden und an nichts zu denken.

»Okay«, flüsterte ich, als ich nackt war. Ich schloss die Augen, um mich auf meinen inneren Wolf zu konzentrieren ... doch nichts passierte. Ungewollt ballte ich meine Hände zu Fäusten und kniff die Augen zusammen. *Komm raus, Wolf,* rief ich mir nun still zu und wartete.

»Das wird so nichts«, bemerkte Timber.

Ich schlug die Augen auf und seufzte. »Vielleicht kann ich es doch nicht. Vielleicht ist mein Wolf nur so ein Wolf Undercover.«

»Wolf Undercover?«

»Na, schnell, gutes Gehör und erst mein Geruchssinn, all die Fähigkeiten, nur ohne es tatsächlich zu sein.«

»Das glaub ich nicht. Dann hättest du dich überhaupt nicht in einen Wolf verwandeln müssen. Ich denke eher, dass du viel zu verkrampft an die Sache herangehst.« Sie griff nach meiner Hand, die immer noch zur Faust geballt war. »Hier, siehst du? Du musst dich locker machen.«

»Locker? Nach den ganzen Ereignissen, die mein Leben über den Haufen geworfen haben, fällt es mir echt schwer loszulassen.«

»Klar. Aber das hier wird nicht funktionieren, wenn du es nicht tust. Es ist, wie ich dir gesagt habe – ein geschmeidiger und vor allem natürlicher Prozess. Einer der passiert, ohne dass man darüber nachdenkt.« Sie ließ meine Hand los und fuhr sich durch ihre Haare. »Wie … wie zu lieben!«, meinte sie und strahlte übers ganze Gesicht.

»Ich soll also an deinen Bruder denken?«, fragte ich misstrauisch. Denn natürlich verspürte ich Liebe für ihn, aber auch Furcht vor der Zukunft, einhergehend mit Schmerz, wenn ich an diese Wölfinnen-Geschichte dachte.

»Nicht unbedingt an ihn als Person, sondern an die Gefühle, die du empfindest, wenn ihr zusammen seid. Ich meine, es muss nicht Evan sein. Deine Schwester liebst du ja auch! Oder deinen Job. Irgendetwas, was dich gut fühlen lässt. Da gibt es doch bestimmt ein, zwei Dinge.«

Ich trat auf der Stelle hin und her. Das Laub und die Äste bohrten sich in meine Fußsohlen. Timber hatte recht. Es gab einiges in meinem Leben, das mich glücklich machte, und für das ich einfach so Liebe aufbrachte. Ich schloss erneut die Augen und schüttelte meine Arme aus. Meine Beine. Drehte den Kopf rechts und links zur Seite und lockerte meine Schultern.

Evans intensiver Blick baute sich vor meinem inneren Auge auf. Bilder der vergangenen Nacht, die doch noch so wundervoll geendet hatte. Es kribbelte tief in meinem Bauch und dann fiel ich. Rasend schnell … auf meine vier Pfoten. Ich öffnete die Augen und meine Sicht erweiterte sich auf Panoramagröße, während sich meine kompletten Sinne schärften. Ich heulte auf. Vor Erleichterung. Und weil ich musste. Als würde meine Wölfin die neue Welt, in der sie lebte, begrüßen wollen.

»Was zur Hölle?«, zischte Timber mit aufgerissenen Augen. »Julie, darf ich dich fotografieren?«

Ich heulte meine Zustimmung. Aber so was von durfte sie Fotos von mir machen! Mich als komplette Wölfin zu sehen, würde mir meine Situation, mein neues Ich, besser begreiflich machen. Denn so wirklich checkte ich das alles immer noch nicht.

Langsam tapste ich ein paar Schritte vor. Und wieder zurück. Ich fühlte mich federleicht und vor allem mächtig stark! Ein Gefühl, das ich als Vampirin nicht kannte. Es blitzte ein paarmal, dann steckte Timber das Handy zurück in ihre Jackentasche und kniete sich vor mich hin. »Die Farbe deines Fells ... So etwas habe ich noch nie gesehen. Du wirst begeistert sein. Es ist wunderschön!«

Ich schaute runter auf meine Pfoten, die wie auch gestern irgendwie sonnengeküsst aussahen. Ich verstand nicht ganz, was daran besonders aussehen sollte. Die Fellfarbe orientierte sich doch an der Haarfarbe, oder etwa nicht? Tatsächlich hatte ich mir darüber noch keine Gedanken gemacht, und bei den Wölfen, die ich kannte, war es zumindest so.

»Wie wär's? Sollen wir ein paar Runden durch den Wald streunen?«

Ich stupste einvernehmlich mit der Schnauze gegen ihren Arm und sie lachte. »Das ist sooo abgefahren!« Sie wandelte sich und ich zuckte überrascht zurück. Der blaue Glimmer, den man bei der menschlichen Gestalt in den Augen erkennen konnte, leuchtete schwach um sie herum.

»Du siehst den Glimmer um mich herum, richtig? Das können nur Wölfe und Gestaltwandler sehen. Das ist der Schutz davor, dass wir in unseren natürlichen Hüllen nicht aus Versehen an ein gewöhnliches Tier geraten«, sagte sie, was ich Wort für Wort verstand, obgleich es ein einziges Heulen in verschiedenen Tönen war.

»Und was hat es mit dem lilafarbenen Glimmer auf sich?«

»Hö? Lilafarben? So einen hab ich noch nie gesehen.«

Ich wollte abwinken, hob die Pfote und fiel um. Timber lachte.

»Verdammt«, heulte ich und lachte mit.

»Das ist super, Julie! Wolf zu sein sollte sich natürlich anfühlen.

Die Kniffe und Tricks bekommst du schon noch raus. Na ja. Oder das Gleichgewichtsgefühl.«

Ich kam zurück auf meine Beine und stupste sie an. »Haha.«

»Bereit?«

Ich tippelte hin und her und wackelte mit dem Hintern. »Kann's kaum erwarten!«

# Achtzehn

**Evan**

Bin mit deiner Schwester unterwegs, meine wölfische weibliche Seite entdecken. Komm hinterher zu dir – Julie

In mich hineinlächelnd warf ich das Telefon aufs Bett und ging schnell duschen. Das Konzert hatten wir gerade eben erst beendet und ich war echt am Arsch. Trotzdem traf sich die Familie gleich, um in einem unserer Lieblingsclubs feiern zu gehen. Heute war unser letzter Abend in Deutschland, ehe es weiter nach Skandinavien ging, und das musste gebührend gefeiert werden. Hoffentlich dauerte der Ausflug mit meiner Schwester nicht zu lange und die beiden kamen noch nach.

Bevor ich Julie zurückschrieb, zog ich mich an und ließ heute mal zur Abwechslung die Haare offen. In mir tobte das Glück! Roh und ungefiltert. Meine erste gemeinsame Nacht mit Julie war ein unvergleichliches Erlebnis gewesen. Meine Sanftheit, meine Zurückhaltung ihr gegenüber hatte sie innerhalb weniger Sekunden über Bord geworfen und mir gezeigt, wo es langging. Ich wusste nicht, ob es mit ihrem neuen Ich zusammenhing, aber es gefiel mir, mal nicht der Leitwolf zu sein. Keine Spur von ihrer Unsicherheit in unserer Begegnung gefunden zu haben.

In dieser Frau steckte so viel mehr, als man auf den ersten, zweiten, dritten Blick erkannte und ich freute mich darauf, jede einzelne Facette von ihr aufzudecken. Und gleichzeitig wurde diese Freude mit einem faden Beigeschmack serviert. Würde ich ihr begreiflich machen können, dass ich sie um ihretwillen liebte? Mir eine Zukunft mit ihr vorstellen konnte? Oder würde sie zweifeln? Mir nie in dieser Hinsicht voll vertrauen können? Mich nervte es extrem, dass sie von meiner verbohrten Einstellung wusste. Nun mehr denn je.

Mein Handy klingelte. *Timber!* Ein ungutes Gefühl erwischte mich. Irgendetwas war passiert!

»Ja«, sagte ich angespannt und drückte das Smartphone fest an mein Ohr, was wirklich albern war, angesichts meines ausgezeichneten Hörsinns.

»Evan, wir haben ein kleines Problem.«

»Ja«, wiederholte ich und stieg schon mal in meine Stiefel.

»Julie und ich sind im Wald. Sie wollte, dass ich ihr zeige, wie man sich verwandelt und wie sich ein Wolf verhält, und wir sind gerannt und ...«

»Timber«, knurrte ich. »Komm zur Sache!«

Sie stieß hart die Luft aus. »Julie ... sie schafft es nicht mehr, sich zurückzuwandeln.«

»Fuck!«, brüllte ich in den Hörer. »Wo seid ihr?«

»In der Aubinger Lohe.«

»Okay, gut. Geht an den Waldrand. Julie soll im Schatten bleiben, du stellst dich an die Straße. Ich komm mit einem Privatfahrer und geb Doc Layken Bescheid.«

»In Ordnung. Bis gleich.«

Ich legte auf und wählte umgehend die Nummer der Rezeption. Dort orderte ich einen diskreten Nachtschwärmerchauffeur. Dann informierte ich Layken, mit der ich ausmachte, Julie zu Thomas zu bringen. Während ich herunter stiefelte, schrieb ich den Jungs, dass sie alleine zum Club fahren sollten und ich nachkommen würde.

Ich steckte gerade mein Handy weg, als ich am Empfang vorbeieilte, um draußen auf den Fahrer zu warten.

»Mister Vega?«, hielt mich die Empfangsdame auf.

»Ja?«

»Dürfte ich Sie kurz um etwas bitten?«

Ich stiefelte zurück zum Tresen und sah der rothaarigen Hexe freundlich, wenn auch ungeduldig entgegen. »Um was geht's denn?«

»Nun, ich versuche vergebens Miss Schroeder oder Mister Winters zu erreichen, nur scheint keiner von ihnen im Haus zu sein.«

»Miss Schroeder ist unterwegs und wo sich Mister Winters rumtreibt, weiß ich nicht. Gibt es ein Problem?«

Die Hexe lächelte beschwichtigend. »Nein. Ganz und gar nicht. Mrs und Mr Schroeder wollen ihre Tochter überraschen und warten dort im Foyer auf sie. Ich dachte, Mr Winters könnte mir sagen, wo sie sich aufhält. Oder können Sie mir weiterhelfen?«

Das Blut gefror mir in den Adern. Julies Eltern waren da? Auf einen Überraschungsbesuch? Hatte Julie sie schon kontaktiert? Aber sie wollte doch zuerst mit Emma sprechen. Nein. Das konnte nicht sein. Von gestern Nacht auf heute ... Die Zeitspanne war zu kurz, wenn die beiden nicht die Gabe *Materialisieren* hatten.

Mein Blick schweifte hinter meine Schulter und musste nicht lange suchen, um das elegant gekleidete Paar zu erkennen, das auf den Sesseln um den stylischen Glastisch saß.

»Ich kümmere mich darum«, sagte ich und lief los, stoppte aber und ging zurück. »Haben Sie etwas zu schreiben für mich?«

»Natürlich.« Sie schob mir einen Block und Stift über den Tresen zu. Ich notierte dem Chauffeur seine Fahrtziele.

»Bitte veranlassen Sie die Übergabe der Nachricht umgehend. Und bestellen Sie mir bitte ein Taxi. Danke.«

»Gerne«, sagte sie und nickte.

Ich atmete kurz durch und verstärkte meine Wände. Mit gemischten Gefühlen machte ich mich auf den Weg zu den Schroeders. Während ich betont langsam ging, musterte ich die beiden unauffällig. Julies Mutter trug ihre Haare wie ihre Töchter. Blond, lang und offen. Der Kleidungsstil wirkte jedoch bieder. Gestreifte

Bluse, Leinenhosen. Was genau der weibliche Gegenpart zum Outfit ihres Vaters war.

»Mister und Misses Schroeder«, sagte ich mit neutraler Stimme. »Hallo, ich bin Evan Vega und gehöre der Band an, für die Ihre Tochter arbeitet.«

»Mister Vega, wir wissen natürlich, wer Sie sind«, reagierte Mr Schroeder prompt, stand auf und reichte mir die Hand. Ich schüttelte sie kurz und kräftig, Mrs Schroeders dargebotene Hand sanft.

»Man hat mich eben informiert, dass Sie Julie suchen?«

»Das ist richtig. Wir wollten sie überraschen, nur leider scheint unsere Tochter nicht auf ihrem Zimmer zu sein.«

Sorge schwang in den Worten von Mrs Schroeder mit, was mich etwas irritierte. Julie war eine erwachsene Frau, die sehr gut auf sich selbst aufpassen konnte, auch wenn sie manchmal etwas unsicher war. Aber vielleicht war das dem normalen Elternsein geschuldet. Oder eben der Tatsache, dass die beiden etwas verheimlichten, was mir in Hinsicht auf Julies Enthüllung naheliegender erschien.

»Heute ist unser letzter Abend in Deutschland, darum haben wir beschlossen auswärts feiern zu gehen. Ich selbst wollte mich gerade auf den Weg machen. Es ist gut möglich, dass sie schon dort ist«, flunkerte ich ungeniert. Ich hatte keinen blassen Schimmer, ob es klug wäre, die beiden in die Wervampir-Geschichte einzuweihen, davon abgesehen sollten sie solche Informationen sowieso von Julie erfahren und nicht von mir.

Mr Schroeders Miene hellte sich umgehend auf. »Das erklärt es natürlich. Dann checken wir am besten hier ein, oder was meinst du, Schatz?«

»Einverstanden. Und würden Sie so gut sein, Mister Vega, unserer Tochter auszurichten, dass wir hier auf sie warten? An ihr Handy geht sie nicht.« Mrs Schroeder sah mir aus braunen Augen entgegen. Eine Ähnlichkeit zu Julie, außer den Haaren, konnte ich beim besten Willen nicht festmachen. Auch nicht zu ihrem Vater.

»Natürlich. Das mache ich doch gern. Sie wird sich sicher sehr freuen über Ihren Besuch.«

»Das hoffen wir auch.«

Ich nickte ihnen zu. »Einen schönen Abend noch.«

»Ach, Mister Vega?«

»Ja?«

»Wie macht sich Julie denn so?«, fragte ihre Mutter und lächelte freundlich.

»Sie ist eine Bereicherung für unsere Tourfamilie. Und sie wird von allen geschätzt und auch gemocht. Julie ist eine tolle Frau.« Ich lächelte zurück und verließ das Hotel. Hoffentlich war das nicht zu viel Bewunderung gewesen und die Eltern merkten nicht, dass mir Julie mehr bedeutete. So viel mehr. Am liebsten würde ich den beiden unter besseren Bedingungen vorgestellt werden und vor allem dann, wenn ich nicht gezwungen war zu lügen. Aber so lagen die Umstände nun mal und ich konnte nur hoffen, dass ich dennoch einen positiven Eindruck hinterlassen hatte.

Ich stieg in das bestellte Taxi und fuhr zur Klinik. Diesmal nahm ich den Hintereingang, wo Layken bereits auf mich wartete. »Sind sie schon da?«, fragte ich.

Layken schüttelte den Kopf. »Wolltest du sie nicht abholen?«

»Ich musste Julies Eltern abwimmeln. Sie sind für einen Überraschungsbesuch hier.«

»Wie passend«, meinte Layken und es hörte sich nicht im Mindesten so ironisch an, wie man meinen konnte.

»Was denkst du? Wieso kann sie sich nicht zurückwandeln?«

»Evan, ich hab keine Ahnung. Julie ist etwas Besonderes. Alles, was geschieht, ist einzigartig. Sie fordert mich, Thomas, dich, jeden! Und alles, was wir tun können, ist zusehen und staunen und lernen.«

»Dann gehst du davon aus, dass es mehr Wervampire gibt?«

»Mhm, jein. Gäbe es mehr von ihnen da draußen, wäre das schon längst bekannt geworden. Und selbst wenn man es nur hinter vorgehaltener Hand munkeln würde. Ich denke aber, dass es bald noch mehr von ihnen geben wird. Das ist eine natürliche Reaktion auf die neuen Mischverhältnisse.«

*Mischverhältnisse* ... Was könnten denn unsere Kinder werden? Auch Wervampire? Oder Power Wölfe? Das war doch verrückt! Oder?

Eine schwarze Limousine kam langsam angefahren. Mein Herz schlug umgehend schneller. Ich konnte mir Julie als Wolf irgendwie gar nicht vorstellen. Ob sie genauso zierlich war wie in ihrer menschlichen Hülle?

Der Wagen stoppte und die Tür schwang auf. Timber sprang heraus, mit völlig zerzausten Haaren, den Duft von Kiefernadeln mit sich bringend und Kleider in der Hand haltend. »Oh, Mann. Das ist so krass. Wir haben es so oft probiert, doch nichts tut sich und ...«

Den Rest blendete ich aus. Mein Blick war auf den Wolf gebannt, der zielstrebig aus dem Wagen gesprungen kam und mit hochgereckter Schnauze vor uns stehen blieb.

Julie. War. Wunderschön!

Noch nie hatte ich so einen Wolf gesehen. Ihr Fell strahlte silbern und wenn sie sich bewegte, veränderte sich die Farbe in sonnengeküsstes Gold. Genauso wie ihre Augenfarben. Der blaue Glimmer veränderte sich plötzlich in einen sanften Lilaton. Das war merkwürdig. So einen Glimmer hatte ich noch nie gesehen. Aber so eine Fellfarbe ja auch noch nicht, also von daher ...

»Wow«, entfuhr es mir ehrfürchtig und ich kniete mich vor ihr hin. Ihre Statur wirkte genauso winzig wie ihre menschliche Gestalt und trotzdem strahlte sie Stärke aus. Kraft. Ich war hin und weg.

Sanft stupste sie mit ihrer Nase gegen mein Gesicht und diese Berührung sendete Trillionen von Schockwellen über meine Haut. Wäre ich nicht bereits gnadenlos verliebt in sie gewesen, jetzt wäre ich es definitiv.

***

**Julie**

Ich sah Liebe in seinen Augen sprühen. Eine unendliche Zuneigung, die mir durch Mark und Bein ging. Die Panik, für immer in wölfischer Gestalt bleiben zu müssen, verflüchtigte sich bei seinem liebevollen Gesichtsausdruck. Und plötzlich wurde mir klar, dass es mir egal war, ob ich jetzt für ihn und eine gemeinsame Beziehung infrage käme, nur weil ich ebenso den Wolf in mir trug, denn diese Tatsache blieb – ich war nun eine Wölfin und würde eine Wölfin bleiben. Und trotzdem war ich eine Vampirin und würde eine Vampirin bleiben. Tief in mir drin wusste ich das. Mein neues Ich war geboren worden. Eines, das seit achtundzwanzig Jahren in mir geschlummert und sich endlich seinen Weg nach draußen gebahnt hatte.

Und mit dieser Enthüllung hatte ich einen Mann gefunden, der mich genauso liebte, wie ich war. Eine Außenseiterin. Etwas Abnormes. Ein Freak. Eine neue Art.

»Du bist der schönste Wolf, den ich je gesehen habe«, murmelte er und hob die Hand. Er sah genauso abwartend aus wie ich seinerzeit. Ich stupste ihn noch mal an und es dauerte nur den Bruchteil einer Sekunde, da hatte er seine Hände in meinem Fell vergraben.

Ungewöhnlich! Es hatte nichts mit der Berührung in menschlicher Gestalt zu tun. Es war … intensiver. Als würde auf jedem einzelnen Fellhaar Synapsen sitzen, die explodierten, wenn man sie anfasste.

»Gehen wir rein«, drängte Layken.

»Ja«, sagte Evan und stand auf. »Ich geb noch dem Fahrer Bescheid, dass er auf uns warten soll.«

»Okay. Du weißt ja, wo Thomas' Behandlungsraum liegt.« Evan nickte und ich lief an der Seite von Timber ins Gebäude hinein. Das besondere Sichtfeld als Wolf wurde noch durch die Tatsache getoppt, dass man die Welt plötzlich auf einer anderen Ebene kennenlernte. So mussten sich kleine Kinder fühlen, wenn sie durchs Leben streiften. Man sah andere Dinge auf dieser Höhe, nahm anderes wahr und vor allem kam einem alles, was über einem lag, so viel größer vor.

»Meine Lieblingspatientin«, begrüßte uns Doc Thomas mit strahlendem Lächeln bereits wartend an der Tür. »Irgendwie wusste ich, dass wir uns vor eurer Abfahrt noch mal sehen werden.«

»Willst du dich uns nicht doch anschließen?«, fragte Layken und küsste ihn zur Begrüßung auf die Wangen.

»Es wäre auf jeden Fall mal eine willkommene Abwechslung, während der Arbeit gleichzeitig Europa sehen zu können.« Er lächelte und streckte die Hand aus. »Thomas Klinghoffer.«

»Timber Vega.«

»Ja, das dachte ich mir. Die Ähnlichkeit ist nicht zu übersehen. Dann kommt mal rein und erzählt. Ich habe gleich eine OP und wir müssen uns etwas beeilen.«

In kurzen Worten erzählte Timber von unserem Ausflug. Evan stieß dazu und lehnte sich mit verschränkten Armen gegen die Wand.

»Und du hast schon versucht an nichts zu denken?«, hakte Thomas nach. »Dass dein Kopf völlig frei ist?«

Ich jaulte eine Zustimmung. Ich hatte alles probiert. Jegliche Gedanken und völlige Leere. Befehle und Resignation. Aber es ging einfach nicht.

»Gut, spring mal auf die Liege. Ich werde reinfühlen, ob es sich um einen anatomischen Fehler handelt.«

Ich tat wie geheißen und ließ mich von Thomas zuerst mit den Händen abtasten und dann erneut mit seinem strahlenden Licht – im wahrsten Sinne des Wortes – durchleuchten.

»Körperlich ist alles in Ordnung. Es gibt keine Veränderungen, keine Schwachstellen, im Gegenteil. Du bist immer noch eine kerngesunde Wölfin mit unglaublich viel Muskelmasse, wenn man deine zierliche Gestalt bedenkt.«

»Dann ist es womöglich eine psychische Komponente«, murmelte Layken, was mir ein vehementes Kopfschütteln entlockte. Das war nichts Psychisches. Ich war glücklich. Es ging mir ob der Enthüllung richtig gut. Klar, noch durcheinander, aber das hatte nichts damit zu tun, wie ich dem Ganzen gegenüberstand. Die einzige Sache, mit der ich haderte, war der Umstand, was meine Eltern mir verschwiegen und ob Emma ebenso ein Wervampir war. Und dass es niemanden gab, der sich um sie kümmern konnte, wenn sie die Geburt erlebte, denn ich war ja die nächsten Monate unterwegs.

Ich heulte auf, versuchte zu erklären, was mir durch den Kopf ging, aber keiner reagierte. Verstanden sie mich nicht? Ich dachte, Wölfe verstanden sich, auch wenn sie in menschlicher Gestalt waren. Bildfetzen von unserem Rennen geisterten durch meinen Kopf. Ich hatte damals genau gehört, was Evan mir zugerufen hatte. Und zwar Wort für Wort. Nur hatte ich es damals nicht registriert. In meinem Laufflash war ich der Meinung gewesen, ich würde lediglich das Heulen richtig interpretieren.

»Und was machen wir jetzt?«, fragte Timber und es schwang etwas Hoffnungslosigkeit in ihrer Stimme. Ihr mitfühlender Blick bestätigte das.

»Ich habe eine Idee und vielleicht wäre nun der richtige Zeitpunkt dafür«, antwortete Evan, stieß sich von der Wand ab und kam auf mich zu. »Wenn uns einer helfen kann, Licht ins Dunkel zu bringen, dann die Ältesten. Ich finde, wir sollten das Universum bitten, ihnen einen Besuch abstatten zu dürfen.« Er strich mir sanft über den Kopf. »Was meinst du?«

»Wow. Das ist mal ein Vorschlag«, meinte Thomas ehrfürchtig, was absolut meiner Empfindung glich. Die Ältesten durfte man nur aufsuchen, wenn es sich um eine wirkliche, totale und absolute Notlage handelte. Für alles andere war ja der Rat da.

»Ich find ihn gut«, bekräftigte Layken. »Wenn das keine außergewöhnliche Situation ist, welche dann? Ich denke nicht, dass der Rat behilflich sein kann.«

»Ach echt?«, spottete Evan, was Layken ein Zungenschnalzen entlockte.

»Mein Vertrauen in den Rat ist auch angeschlagen«, gab Thomas zu. »Aber wenn ich euch beiden einen Gedanken bezüglich des Rats auf den Weg geben darf – der Grund, weswegen sie sich für einen Bindungszauber entschieden hatten, war, um die Nachkommenschaft zu garantieren. Was, wenn es nicht nur Totgeburten gab, sondern auch Mischungen mit Dysfunktionen? Wenn es zum Beispiel vor Jahrhunderten Wervampire gegeben hatte, die sich aber wie nun Julie vielleicht nicht mehr zurückverwandeln konnten?« Er hob beschwichtigend die Hände. »Entschuldige, ich will dir keine Angst einjagen, aber wir sollten das von allen Blickwinkeln aus betrachten.«

Ich nickte. Er hatte recht und es brachte mir nichts, nun alles rosarot zu sehen, nur weil ich körperlich fit war.

»Oh, bei allen Monden«, flüsterte Timber und griff sich an den Hals. »Was, wenn wir einer ganz großen Sache auf der Spur sind? Denn Thomas' Erklärung … Echt, das hört sich total plausibel an und ich frage mich, wenn es wirklich so ist, was mit den dysfunktionalen Nachtschwärmern passiert ist?«

Ich heulte erschrocken auf.

»Du denkst an deine Eltern, oder?«

Es kribbelte unheilvoll in mir. Evan hatte recht. Genau das war mein Gedanke gewesen. Meine Eltern, die immer penibel darauf geachtet hatten, dass niemand von meinen Augenfarben erfuhr. Die in ständiger Panik gewesen waren und mein Leben aus KontrolleKontrolleKontrolle hatten bestehen lassen.

Mir wurde schlecht. Wussten sie etwas, das ich nicht wusste? Was würde mit mir geschehen? Würde ich für immer weggesperrt oder sogar ... getötet werden? Ich sprang von der Liege und tapste unruhig im Behandlungszimmer umher. *Jetzt* hatte ich Panik!

»Was ist mit ihren Eltern?«, wollte Timber wissen.

Evan klärte die Umstehenden über mein Dilemma auf. Dann kniete er sich hin, um mit mir auf Augenhöhe zu sein. »Julie ... deine Eltern. Sie sind hier. Sie warten im Hotel auf dich, um dich zu überraschen.«

Verflucht! In der ganzen Aufregung hatte ich vergessen sie anzurufen, wie ich es Emma versprochen hatte. Ich knurrte mich selbst an. Das war mein Fehler gewesen und jetzt musste ich mich auch noch mit ihnen auseinandersetzen, wo ich selbst so in der Bredouille steckte.

Ich konnte ihnen nicht begegnen. Nicht so. Nicht als Wolf. Ich wollte die Chance haben, mit ihnen von Angesicht zu Angesicht über das alles hier zu sprechen.

»Das hört sich nicht so an, als würdest du sie sehen wollen?« Layken sah mir fragend entgegen. »Dabei könnten sie uns behilflich sein.«

»Und wenn sie da mit drinstecken? Was, wenn Julie zu ihnen gekommen ist, damit sich die Schroeders um sie kümmern, aber nur, wenn nie jemand irgendetwas erfährt? Vielleicht ist Julie in Gefahr?«, mutmaßte Timber. Eine Idee, die clever war, mich bestürzte und ängstigte gleichzeitig.

»Stopp!« Thomas trat in den Kreis und hielt die Hand hoch. »Das führt doch zu nichts. Alles, was wir haben, sind Spekulationen. Und was Julie am Allerwenigsten gebrauchen kann, ist Druck. So kann sie sich nie zurückverwandeln. Meiner Meinung nach solltet ihr wirklich zu den Ältesten gehen und danach entscheiden, ob ihr die Eltern einbezieht oder den Rat ... Denn eines ist sicher, die Ältesten dürfen keinem Nachtschwärmer Schaden zufügen. Sie sind da, um zu helfen. Das war schon bei Emerson und Merlin so und das ist bei den jetzigen Ältesten nicht anders.«

»Ich schließe mich deiner Meinung an«, sagte Evan. »Julie?«

Ich heulte auf. Ja! Das klang nach einem guten Plan. Hoffentlich würden die Ältesten uns empfangen!

Evan kam zu mir und legte den Arm um mich. »Großes Universum, Mutter aller Nachtschwärmer, wir bitten dich, führe uns zu den Ältesten.«

# Neunzehn

**Evan**

Gleißendes Licht hüllte uns ein. Ein Wirbel erfasste uns und beim nächsten Wimpernschlag standen wir auf einer dunkelbraunen Holzveranda. Ich drehte mich um und mein Blick schweifte über weite Wiesen und Felder. Einem angrenzenden Wald, der sanft unter dem Mondlicht schimmerte. Ich konnte nicht sagen, wo wir uns befanden, denn es gab keinen Anhaltspunkt dazu. Mitten im Nirgendwo traf es wohl am besten.

Die Tür schwang auf und ich zuckte erschrocken zusammen. Eine Frau stand im Türrahmen und lächelte uns strahlend an. Sie trug ein bodenlanges Kleid, unzählige Armreifen und Ketten und zwei dünne Schals in verschiedenen Farben. Sie hatte wuchtige, lange braune Locken und war weit davon entfernt, *alt* auszusehen.

Sie lachte amüsiert, als hätte sie meinen Gedanken folgen können. Dann breitete sie die Arme aus. »Da seid ihr ja endlich! Wir haben schon auf euch gewartet.«

Irritiert stolperte ich einen Schritt nach vorn, direkt in ihre Umarmung hinein. Es fühlte sich an, als würde mich meine Mutter umarmen. Diese Art, die nur Mütter draufhatten. Liebevolle und gütige Mütter. Deswegen wunderte es mich nicht, dass meine Aufregung abflaute und nahtlos einem wohligen Gefühl Platz machte.

»Hallo, Miss, äh, Misses …« Ich räusperte mich. »Also, ähm, Misses … Älteste?«

Ein männliches Lachen erklang von irgendwo im Haus. »Du machst den Jungen ganz nervös, Schatz.«

»Aber ich bin auch nervös«, sagte die Frau und gab mich frei. »Sehr sogar.« Sie beugte sich zu Julie hinab und klatschte in die

Hände. »Mein Mädchen! Du bist wunderschön! Und ich bin sehr stolz auf dich! Ich hatte gehofft, dass du den Wolf in dir schnell annimmst und akzeptierst.« Sie stand wieder auf. »Manchmal wissen wir im Inneren unseres Herzens, dass es keinen Weg zurück gibt und man die Dinge annehmen muss, wie sie sind.« Sie machte eine Geste ins Haus. »Kommt herein.«

Ich schloss die Tür hinter mir und betrachtete neugierig die Einrichtung. Es wirkte alles ziemlich rustikal. Männlich. Dunkles Holz. Aber aufgepeppt mit allerlei weiblicher Noten. Hübsch verzierte Bilderrahmen. Traumfänger. Blumen.

»Nehmt Platz.«

Wir betraten ein Wohnzimmer, das über und über mit eingerahmten Plakaten versehen war. Konzertplakate von Johnny Cash zum Beispiel. Fleetwood Mac, den Rolling Stones. In der Ecke stand eine Westerngitarre und eine gigantische Plattensammlung säumte eine Seite des Raums.

»Wahnsinn«, flüsterte ich beim Blick auf die Sammlung. Da waren einige Raritäten dabei. Mein Musikherz blühte auf. Wie genial war das denn? Die Ältesten standen genauso auf Musik wie ich.

»Das stimmt! Musik ist unser Leben«, ertönte die dunkle Stimme nun neben mir. Ich zuckte erneut zusammen. Gruselig. Die beiden konnten tatsächlich meine Gedanken lesen.

Der Älteste klopfte mir lachend auf die Schulter. »Das können wir. Aber nur wenn wir wollen. Deswegen ziehen wir uns jetzt aus deinen Gedanken zurück.«

»Danke«, sagte ich unbestimmt und deutete auf die Platten. »Ich bin neidisch.«

»Und das imponiert mir«, antwortete der Älteste, der genauso aussah, wie ich mir einen musikverrückten Kerl vorstellte. Jeans, Band-Shirt, Chucks. Er hatte ein paar Falten, die aber absolut zu seinem Erscheinungsbild passten. Wie ein verrockter Mittvierziger, der sich nicht die Butter vom Brot nehmen ließ und trotzdem schon viel erlebt hatte.

»Ich bin nämlich ein großer Fan deiner Musik«, meinte er und setzte sich neben seine Frau auf die schwarze Ledercouch.

»Das freut mich«, entgegnete ich ehrlich und nahm auf dem Sessel gegenüber Platz, neben dem Julie stand.

»Ich war sogar schon auf ein paar Konzerten von euch.«

Überrascht riss ich die Augen auf. »Nicht wahr!« Meine Brüder würden ausflippen, wenn ich ihnen erzählte, dass der Älteste unsere Konzerte besuchte!

»Ihr werdet bestimmt noch viel Zeit haben, um über Musik zu diskutieren. Jetzt müssen wir uns ein wenig ranhalten. Julies Eltern warten. Sie sind der Schlüssel zu euren Fragen«, unterbrach die Älteste freundlich, aber bestimmt.

»Aber wir haben noch gar keine Frage gestellt.«

Der Älteste lächelte nachsichtig. »Nicht mit Worten.«

Ich schaute zwischen den beiden hin und her und überprüfte dabei meine Wände, die gefestigt dastanden und wirklich nichts über mich preisgaben. Nun lachten sie beide leise und so unheimlich das Ganze hier war, so unglaublich war es auch. Ihre Macht schien grenzenlos.

»Darf ich euch trotzdem eine Frage stellen?«

»Nur zu«, forderte mich der Älteste auf.

»Muss Julie sich um ihre Sicherheit sorgen?«

Der Mann und die Frau sahen sich kurz an. Ich stellte mir vor, dass die beiden miteinander still kommunizierten, was durchaus sein konnte.

Die Älteste hob die Hand und streckte zwei Finger aus. Ihre Reifen klirrten dabei und durchbrachen den leisen Klang der Musik, die im Hintergrund lief. »Zwei Dinge sind von extremer Wichtigkeit. Wählt weise, mit wem ihr euch unterhaltet und was ihr erzählen, beziehungsweise offenbaren wollt. Und seid darauf gefasst, dass das Universum undurchschaubar ist und jede Sekunde der Plan geändert werden kann.«

Noch ehe ich ihren Rat sacken lassen konnte, ging die Eingangstür auf und ein Kerl kam mit einem Golden Retriever an seiner Seite und einem Baby in einem Tuch um seine Brust geschnallt hereingestiefelt. Seine Augen blitzten kurz silbern auf und zeichneten ihn als Vampir aus. Er trug einen Iro in der Farbe seiner violetten Augen, eine Menge Tattoos, Lederklamotten und Stiefel. Irgendwie kam er mir bekannt vor, ich kam nur nicht darauf woher.

»Ihr seid aber früh von eurem Spaziergang zurück«, sagte die Älteste und stand auf.

»Mein Sonnenschein hat gequengelt«, sagte der Kerl. »Fast den kompletten Weg und jetzt –« Er nahm sie aus dem Tuch heraus, warf sie ein paarmal in die Luft und gab ihr dann einen zärtlichen Kuss auf den Mund. »Jetzt tut sie wieder so, als würde ihr Daddy nur Blödsinn erzählen.«

Das Baby lachte und brabbelte, als würde es zustimmen. Der Golden Retriever scharwenzelte um Julie herum, schnupperte einmal und legte sich dann völlig entspannt neben den Kamin in sein Körbchen.

»Ach, das macht gar nichts. So haben wir noch ein bisschen länger was von ihr, bis ihr wieder losmüsst«, sagte die Älteste und nahm dem Kerl das Baby ab.

»Cary Grant«, stellte er sich mit einem festen Händedruck vor.

»Evan Vega«, erwiderte ich.

»Evan Vega … deswegen kommst du mir so bekannt vor – du bist der Leadsänger der Whistleblower, richtig?«

»Genau.«

Cary grinste breit. »Tatum ist mein Cousin.«

»Ach, klar!«, meinte ich. Jetzt wusste ich wieder, woher ich ihn kannte.

»Eure Musik ist nicht schlecht, obwohl ich auf härteres Zeug stehe. Es gibt aber in meiner Familie einen Fan.«

»Zwei«, brummte der Älteste und Cary verbesserte sich augenzwinkernd. »Zwei.«

»Kein Ding. Es gibt Personen hier, die stehen auf ABBA. Ich respektiere jeden Musikgeschmack.«

Julie murrte und stupste mich mit der Schnauze an, was alle zum Lachen brachte.

»Wahnsinn. Was für ein wunderschöner Wolf und ihre Augen ...« Cary runzelte die Stirn, sah dann zwischen Julie und seiner Tochter hin und her. »Eine Wervampirin!«

Die Älteste drehte das Baby herum, sodass es nun zu uns blickte. Und. Mir. Stockte. Der. Atem. Ein Auge war braun. Das andere lila. Es blitzte kurz orange auf. Eine Farberkennung, die es eigentlich nicht gab und doch war sie da.

Geschockt registrierte ich, wie Julie bedächtig nach vorne tappte. Die Älteste kniete sich hin und das Baby, das ein paar Monate alt sein durfte und einen Strampler mit vielen aufgedruckten kleinen Miniwölfen trug, streckte seine Patschhändchen aus und griff in Julies Fell. Lautes Gebrabbel und Geheul wurden laut und ein goldener Schimmer umhüllte die beiden. Das war pure Magie. Und diese Magie hörte sich an wie Musik.

***

**Julie**

Meine Panik, meine Sorgen und Bedenken – all das löste sich in Luft auf. Dieses Mädchen vor mir war genauso wie ich. Ich war also nicht allein. Und diese Erkenntnis trieb mir Tränen in die Augen. All die Spekulationen hatten mich konfus gemacht. Mich aufgedreht. Und nun wusste ich es besser. Ich spürte es, in jeder Berührung, die dieses kleine Wesen mir schenkte. Ich war nicht allein. Sie war nicht allein. Und es würden noch ganz viele folgen. Warum der Wolf in mir erst jetzt ausgebrochen war, das hoffte ich noch inständig herauszufinden. Vor allem aber brauchte ich endlich Antworten. Antworten auf so viele Fragen, die nur Mam und Paps mir geben konnten.

Ich senkte den Kopf und kitzelte damit Babys Bauch, das fröhlich aufquietschte. Noch bevor es passierte, spürte ich, wie der Bann brach, der sich durch die Begegnung mit diesem wunderbaren Wesen in nichts auflöste – ich verwandelte mich.

»Hier, mein Sohn, leg ihr das um«, hörte ich den Mann sagen und eine weiche Decke glitt über meinen Rücken. Ich wickelte mich wie in ein Badetuch ein und stand auf.

»Da bist du ja wieder.« Evan seufzte erleichtert und zog mich in seine Arme. »Du hast mir vielleicht einen Schrecken eingejagt.« Sanft schob er mir die Haare aus dem Gesicht und gab mir einen Kuss auf die Stirn.

»Hi«, sagte ich in die Runde und winkte kurz. »Julie Schroeder«, stellte ich mich Cary vor.

»Schön, dich kennenzulernen, Julie!«

»Darf ich sie mal halten?«

»Natürlich.«

Die Älteste überreichte mir das Baby, das sich ganz weich und knuffig anfühlte. Und dieser Duft. Die runden Bäckchen und erst das Lachen. Ich verstand die Leute, die sich unbedingt Kinder wünschten. Sie waren ein Wunder und dieses in meinen Armen … »Du bist etwas ganz Besonderes, Purity Vida«, flüsterte ich.

»Woher kennst du ihren Namen?«, fragte Cary erstaunt.

»Sie hat ihn mir genannt.«

»Sie hat was?«

»Unsere Wölfe haben miteinander kommuniziert.«

»Was zur Hölle?« Cary lachte dröhnend los. »Das ist perfekt! Du bist perfekt! Julie Schroeder, erweist du mir und meiner Frau die Ehre, die Patin unseres Sonnenscheins zu werden?«

»Bitte was?« Erschrocken riss ich die Augen auf. »Du kennst mich doch gar nicht.«

»Ich weiß alles, was ich wissen muss. Glaub mir, um diesen Job rangeln sich meine kompletten Brüder und Schwestern und sie alle sind die besten Tanten und Onkel, die man sich vorstellen kann, aber für mein Mädchen brauche ich jemanden, der sie versteht, wie nur du sie verstehen kannst!«

Purity Vida quietschte auf, als würde sie den Worten ihres Vaters zustimmen. Ich fühlte mich geehrt und unsicher zugleich. »Ich war bisher noch nie Patentante. Ich ... ich weiß gar nicht, was man da machen muss?«

»Das wird sich von alleine geben. Vertrau mir«, antwortete Cary und lächelte verschmitzt.

Keine Ahnung, ob es an seinem sympathischen Lächeln lag oder daran, dass Purity sich mit ihrem weichen Gesicht an meine Brust drückte, aber ich nickte. »Vielen Dank für deine Frage. Ich wäre sehr gerne die Patin deiner Tochter.«

»Perfekt! Meine Frau wird sich freuen! Endlich werden wir nicht mehr vom Jüngelchen gestalkt.«

Die Älteste murmelte etwas amüsiert, was sich nach *Als wenn sich mein Sohn davon abbringen lassen würde* anhörte und klatschte erneut in die Hände. »Es wird Zeit. Deine Eltern werden ungeduldig.«

Sie nahm mir das Baby aus den Armen und reichte es Cary. Dann zog sie mich in eine Umarmung, die sich unglaublich liebevoll anfühlte. »Denkt an die beiden Dinge. Sie sind wichtig. Und wenn die Zeit kommt, werdet ihr den großen Zusammenhang verstehen.«

Wirbel erfasste uns und noch ehe ich mich bedanken konnte, standen Evan und ich in meinem Hotelzimmer.

»Verflucht! Das war sooo ...«

»Ja«, stimmte ich zu und plumpste mit weichen Knien aufs Bett. »Am liebsten würde ich mich einigeln und tagelang schlafen.«

»Das kann ich dir nicht verübeln.« Evan setzte sich neben mich und griff nach meiner Hand. »Ich muss dir noch was sagen –«

Das Zimmertelefon klingelte. »Das sind wahrscheinlich meine Eltern. Reden wir später?«

»Klar.«

Ich sprang auf und nahm den Hörer ab. »Julie Schroeder.«

»Miss Schroeder, ich verbinde Sie, einen Augenblick.«

»Julie?«, rief meine Mutter mit sorgendem Unterton in den Hörer.

»Mam. Ich hab schon gehört, dass ihr mich sucht. Wie ist eure Zimmernummer?«

»Zimmer 465.«

»Bin gleich da.«

Ich legte auf, bevor sie begann, mir schon am Telefon Löcher in den Bauch zu fragen. Flott warf ich mir die erstbesten Kleider über, schlüpfte in meine Schläppchen und setzte mir neue Kontaktlinsen ein, bevor ich mit Evan das Zimmer verließ.

»Ich warte unten im Restaurant auf dich. Ich muss sowieso noch Timber, Layken und Thomas Bescheid geben.« Er stoppte. »Außer du möchtest mich dabeihaben.«

»Eigentlich schon. Aber für den Anfang ist es vermutlich besser, wenn ich mit ihnen alleine rede. Je nach Gesprächsausgang komme ich danach mit meinen Eltern oder ohne sie zu dir.«

»In Ordnung.« Evan drückte mir einen schnellen Kuss auf den Scheitel und wartete vor dem Aufzug, während ich die Treppe nahm. Ich wollte dieses Gespräch von mir schieben. Und ich wollte es so schnell wie möglich mit ihnen führen. Es war keine Furcht, die mich belastete, es war das Wissen um das Vertrauen, das sie gleich zerstören würden. Und war es nicht das, was jede Eltern-Kind-Beziehung ausmachte? Das Vertrauen zu seinen Eltern, das bereits im Bauch begann und selbstverständlich die bedingungslose Liebe trug, die zwischen dieser Verbindung herrschte?

Ich brauchte nicht klopfen, denn Paps stand bereits an der Tür. »Da bist du ja endlich! Wir haben uns schon sehr gesorgt.«

Wir begrüßten uns mit einem Kuss auf die Wange und gingen

ins Zimmer, in dem mich Mam mit ebenso viel Gefühl wie die Älteste umarmte. »Wieso hast du dich denn nicht einmal gemeldet oder bist zumindest ans Telefon gegangen?«, fragte sie, schob mich eine Armlänge von sich und scannte mich mit ihrem Blick von oben bis unten ab.

»Vielleicht weil ich eine erwachsene Frau von achtundzwanzig Jahren bin, die nicht alle zwei Tage ihren Eltern sagen möchte, was sie macht?! Außerdem war Emma vor ein paar Tagen bei mir und sie hätte es euch gesagt, wenn es mir nicht gut geht.«

Mein Vater schnalzte missbilligend mit der Zunge. »Diesen Unterton haben wir nicht verdient, junges Fräulein. Wir lieben dich und tun unser Bestmögliches, dass es dir gut geht. Wenn du mal selbst Kinder hast, wirst du verstehen, was wir damit meinen.«

Ich zog scharf und laut die Luft ein, was meinen Eltern irritierte Blicke entlockte.

»Kommst du direkt aus dem Club?« Mam legte die Hand an meine Stirn. »Du fühlst dich ganz warm an.«

»Nein. Ich komme nicht aus dem Club«, sagte ich und entwand mich ihrer Hand. »Ich muss euch etwas fragen, es wäre besser, wenn ihr euch setzt.« Ich zeigte auf den kleinen Ecktisch mit den beiden Sesseln, der im Raum neben dem Fenster stand.

»Hör mal!« Paps hob beschwichtigend die Hände. »Wir werden dir nicht mehr hinterher reisen, wenn du uns versprichst, dich regelmäßig zu melden.«

»Ihr werdet mir nicht mehr hinterher reisen, damit geb ich dir recht, Paps. Ich werde mich aber auch nicht regelmäßig melden. Ich werde mich melden, wenn ich das Verlangen danach habe, und ich werde in Zukunft eure täglichen Anrufe weiterhin ignorieren.«

Mam keuchte auf. Und auch Paps verzog überrascht sein Gesicht. Als wollte er sagen *Oh*, aber kein Wort kam aus seinem Mund. Was ich ihm nicht verübeln konnte. Ich hatte noch nie auf diese Weise mit ihnen gesprochen. Noch nie.

Immer dachte ich, dass das alles seine Richtigkeit hatte und Eltern nun mal so waren. Dass sie das Beste für mich wollten. Dabei hatten sie mich Jahr für Jahr mehr erdrückt, sodass ich immer unsicherer und nervöser geworden war. Wäre Emma nicht gewesen, hätte ich mich vermutlich total in meiner Wohnung eingeigelt. Nur durch sie war ich immer wieder etwas aus dieser Unterdrückung ausgebrochen.

»Ich möchte euch nicht verletzen und ich danke euch für alles, was ihr getan habt, aber jetzt ist es an der Zeit loszulassen. Vor allem, da ich weiß, dass ihr mich belogen habt.« Ich zog noch mal scharf die Luft ein und festigte meinen Stand. »Wer sind meine leiblichen Eltern?«

Mam und Paps sahen sich alarmiert an. Ich wusste, dass sie sich mental unterhielten. Sie hatten ihren Bindungszauber nicht aufheben lassen und das war einer der Vorteile, die mit dem Zauber einhergingen.

»Redet laut. Redet mit mir«, forderte ich sie deswegen auf. »Jetzt! Ich will alles wissen!«

Mam presste die Lippen aufeinander. Paps rieb sich fahrig die Handflächen. »Woher weißt du es?«

»Von euch. Du hast es gerade bestätigt.«

»Und wie kamst du auf den Verdacht?«

Ich schüttelte den Kopf. »Nein, Paps! Ihr beantwortet meine Fragen. Wer sind meine leiblichen Eltern?«

»Wir wissen es nicht«, antwortete Paps zögernd. »Wir … also ihr, du und deine Schwester, wir haben euch aufgenommen, als Emma noch ein kleines Baby war. Ein paar Monate alt. Du warst schon fünf.«

»Wie kann das sein? Warum erinnere ich mich daran nicht?«

»Du wurdest mit einem Vergessenheitszauber belegt.«

»Natürlich«, erwiderte ich tonlos. »Und warum? Warum durfte ich mich nicht daran erinnern, dass ihr mich … Ja, was eigentlich? Adoptiert im besten Fall, gestohlen im schlechtesten?«

»Wir haben dich nicht gestohlen! Himmel, Kind! Was denkst du nur von uns?« Mam wischte sich betroffen über die Augen. Und das machte mich irgendwie wütend. Ich fand nicht, dass sie das Recht hatte zu weinen. Wenn hier jemand in Tränen ausbrechen durfte, dann ja wohl ich. Und Emma. Für die jahrelangen Lügereien.

»Wir haben euch adoptiert. Nur nicht ganz regelkonform«, erklärte Paps.

»Okay. Stopp!« Ich fischte mein Handy aus der Hosentasche und wählte Emmas Nummer.

»Hey, Süße! Was gibt's?«, fragte sie.

Ich vergrößerte das Bild des Videochats. »Mam und Paps sind da. Sie haben uns was zu sagen.« Ich drehte das Handy, sodass Emma die beiden nun sehen konnte. »Legt los. Und am besten von vorne.«

»Nun, wir haben gewusst, dass wir es nicht für immer vor ihnen verheimlichen können, Agnes. Und für unser Seelenwohl ist es besser, wenn sie alles wissen. Ständig in Sorge zu leben, hat auch uns zermürbt.«

Paps nahm seinen Sessel und stellte ihn neben Mams. Er griff nach ihren Händen und umklammerte sie fest. »Eure Mutter kann keine Kinder bekommen. Wir haben es lange versucht und mussten den Tod von vier ungeborenen Babys verkraften. Irgendwann entschlossen wir uns es nicht weiter zu probieren und stattdessen ein Kind zu adoptieren. Leider ist es sehr schwer, ein Kind vermittelt zu bekommen, und jahrelang wurden wir nur enttäuscht. Jeder in unserem Umfeld wusste von unserem erfolglosen Wunsch. Eines Tages sprach uns eine Bekannte an. Sie sagte, sie hätte ein Schwesternpaar, das dringend einen Unterschlupf suchte. Zwei verwaiste Kinder, die allein gelassen wurden. Unsere Bekannte arbeitete für eine geheime Organisation, die Paaren halfen aus dem System auszubrechen. Ungleiche Paare wie eben Vampire und Werwölfe.«

»Bitte?«, unterbrach ich. »Das ist doch Blödsinn! Wie sollte das denn gehen mit dem Bindungszauber?«

»Hexen«, antwortete Mam. »Man munkelte, Hexen hätten einen Weg gefunden, den Bindungszauber zu umgehen.«

»Okay. Das ist mir gerade aber so was von egal. Wollt ihr uns damit sagen, dass Julie und ich adoptiert sind? Ihr beide seid also gar nicht unsere richtigen Eltern?«, rief Emma fassungslos aus dem Telefon.

»Genau, mein Engel. Ihr seid das Schwesternpaar gewesen, das zurückgelassen worden war und das wir in unsere Familie aufgenommen haben.«

»Ich knall komplett durch! Wieso rückt ihr erst jetzt mit der Sprache raus?«

»Deine Schwester hat uns eben damit konfrontiert.«

»Jules?«

Ich schwenkte das Telefon zu mir. »Dazu komme ich gleich. Lassen wir sie erst fertig erzählen, okay, Em?«

Sie nickte und ich hielt das Telefon wieder in die andere Richtung.

»Was habt ihr dafür tun müssen?«, fragte ich. »Was hat diese Frau dafür verlangt?«

»Nichts. Nun ja, nichts Weltbewegendes zumindest. Wir mussten ihr versprechen mit euch wegzuziehen und irgendwo anders ein Leben aufzubauen, in dem ihr unsere leiblichen Kinder seid. All die Papiere und Dokumente, die das bestätigen, hatte sie uns dafür organisiert, was uns ein kleines Vermögen gekostet hat.«

Mam nickte. »Wir haben uns für Karlsruhe entschieden. Ursprünglich kommen wir aus Hamburg.«

»Und eure Freunde? Was habt ihr ihnen erzählt?«

»Dass wir neue Jobs gefunden haben. Anfangs telefonierten wir viel, aber mit der Zeit wurde es weniger. Bis der Kontakt dann ganz abbrach. Das war schwer. Jahrzehntelange Freundschaften sind zu Bruch gegangen. Aber ihr beiden, ihr wart es uns wert. Wir waren so glücklich, so dankbar für euch. Das sind wir noch«, sagte Mam und ihre Stimme brach. Sie schlug sich die Hände vors Gesicht und weinte.

Mein Herz krümmte sich vor Trauer. Eine Adoption sollte glücklich machen. Freude bereiten. Doch so, wie es hier abgelaufen war, hinterließ diese Aktion ein gebrochenes Herz nach dem anderen.

Emma schniefte und ich wischte mir über die Augen. »Mam«, flüsterte ich, aber sie winkte ab.

»Das heißt doch aber«, quäkte Emma, »dass ihr gar nicht wisst, ob wir wirklich zurückgelassen worden sind.«

»Nicht zu hundert Prozent, nein. Aber wir glauben fest daran. Die Bekannte war eine herzensgute Person, die viel auf sich genommen hat, Nachtschwärmern zu helfen«, erwiderte Paps.

»War das der Grund, warum ihr immer so in Panik wegen meiner Augenfarben gewesen seid?«

»Ja. Wir hatten natürlich Angst, dass wir auffliegen und der Rat euch uns wegnimmt. Und dann hatte die Bekannte uns ein Geheimnis anvertraut. Eure Eltern, die, die euch zurückgelassen haben, waren ein Wolf und ein Vampir gewesen.«

»Was?«, schrie Emma und verschluckte sich an ihren Tränen. Sie hustete wild und ich bedauerte es so sehr, dass sie nicht hier sein konnte. Wie gern hätte ich sie in den Arm genommen und mit ihr die Enthüllung geteilt, die alles veränderte, was wir bisher gekannt hatten. »Ein Wolf und ein Vampir? Ich werd nicht fertig. Ich werde nicht fertig damit!«

»Emma, kannst du dir ein paar Tage freinehmen und zu mir kommen?«

Sie schnäuzte in ein Taschentuch und es dauerte ein paar Momente, bis sie sich gefangen hatte. »Ich hab genug Überstunden, das dürfte kein Problem sein. Aber was ist mit der Band?«

»Wir bleiben hier in München. Du und ich. Du solltest dich untersuchen lassen.«

»Untersuchen? Warum?« Emma schlug sich gegen die Stirn.

»Moment mal! Es stimmt also doch etwas nicht mit dir, hab ich recht? Es ging dir wirklich nicht gut, als ich bei dir gewesen bin, und du hast es runtergespielt!«

»Was? Was stimmt nicht mit dir, mein Schatz? Was ist passiert?« Mam sprang auf. Paps hinterher. Wieder drückte sie ihre Handaußenfläche gegen meine Stirn. »Ganz warm. Immer noch! Matthias, jetzt fühl doch mal!«

Drei Stimmen prasselten auf mich ein. Drei Nachtschwärmer, die sich um mich sorgten. Wie sie es immer taten. Weil sie mich liebten. Und jetzt, nach dieser Enthüllung, in diesem Moment, inmitten der gebrochenen Herzen, war es das erste Mal, dass mich ihre Sorge nicht erdrückte ... sondern befreite.

# Zwanzig

**Evan**

Ich schnappte mir mein drittes Dessert. Wenn Julie nicht bald auftauchte, würde ich entweder die ganze verdammte Theke leer geräumt haben oder eben doch hochgehen. Mir brannte die Neugier unter den Nägeln und ich gab es zu – Geduld war noch nie meine Stärke gewesen.

»Hey, großer, böser Wolf. Lass den anderen auch noch was übrig.« Timber kam grinsend auf mich zu geschlendert, griff im Vorbeigehen nach einer Flasche Eistee und setzte sich neben mich.

»Hey, kleine, süße Nervensäge. Was treibst du dich hier herum? Im Club warten sie bestimmt schon alle auf dich.«

»Keine Lust.«

»Du machst dir Sorgen um Julie.«

»Vielleicht. Vielleicht weiß ich aber auch, dass es noch genug andere Partys gibt, auf denen ich abrocken kann. Bin ja schließlich mit einer partywütigen Folk-Rock-Band on Tour.«

»Bestimmt gibt es die. Aber du darfst auch gerne zugeben, dass du Julie magst.«

Timber legte den Arm um mich und lehnte ihren Kopf an meine Brust. »Ich gebe zu, dass ich deine Herzenslady krass abgefahren finde. Und weiter gebe ich zu, wie verdammt glücklich ich darüber bin, dass du dich in sie verliebt hast. Endlich mal eine Lady mit Köpfchen.«

Ich grinste in mich hinein und spürte Timbers Worten nach, die Glückspfeile in mein Inneres abschossen. Ich konnte es nicht leiden, wenn sie mit meinen Beziehungen haderte, insbesondere weil ich viel Zeit mit meiner kleinen Schwester verbrachte und ich diese nicht missen wollte. Familie. Mein Herz gehörte meiner Familie. Und mit Julie hatte es Zuwachs bekommen.

»Apropos … wie sieht es denn an deiner Liebesfront im Moment aus?«

»Windstill. Kein Lüftchen regt sich in meinem Herzen. Ich muss dich enttäuschen, *BrummBrumm*. Du kannst den Privatdetektiv wieder abbestellen und den anderen Jungs Entwarnung geben. Keiner von euch muss mich vor einem üblen zwanzigjährigen Nerd beschützen, der mit Bits und Bytes etwas anderes meint als Computergeschwafel.«

Ich lachte leise und legte den Arm um sie. »Das ist nicht schön für dich, aber mein chaotisches Herz klatscht vor Freude. Noch mehr Baustellen ertrag ich nämlich gerade nicht.«

»Hey! Mein Liebesleben ist keine Baustelle!«

»Stimmt. Dein Liebesleben ist aufgeteilt in kleine, fiese Tretminen, die im Gesamten die halbe Erdkugel plattmachen können.«

»Pff. Aber nur weil mein überfürsorglicher Bruder und meine anderen drei Brüder denken, sich immer und überall einmischen zu müssen.«

»Du sagst es, *Puuh-Bär*! Wir müssen. Es ist unsere verdammte Pflicht, unser kleines Mädchen zu beschützen.«

Timber stöhnte frustriert und stand auf. »Ich geh mal den Eistee gegen etwas Härteres umtauschen.«

»Bringst du mir ein Bier mit?«

»Klaro.«

»Mir auch?« Julie kam in den Speisesaal gehuscht. Gerötete Nase, Ringe unter den Augen. Sie sah fertig aus.

»Hey«, raunte ich, ging ihr entgegen und nahm sie in den Arm. Verflucht, sie war so winzig und sie berührte mein Herz so sehr! »Deine Eltern sind nicht dabei. Bedeutet das, das Gespräch ist nicht gut gelaufen?«

Ihre Finger glitten sanft an meinem Rücken auf und ab. »Doch.

Es war ein gutes Gespräch. Ein sehr schmerzhaftes, aber ein gutes. Sie brauchen nur gerade eine Verschnaufpause.« Sie löste sich von mir und sah auf. »Danke!«

»Wofür?«

Sie verdrehte die Augen und ich grinste belustigt. »Ernsthaft. Du bist ein wundervoller Mann und ich bin froh, dass du dich in der Tür geirrt hast.«

Jetzt lachte ich richtig. »Hübsche, selbst wenn ich nicht wie ein volltrunkener Idiot in dein Zimmer und vor allem auf dich gestürzt wäre, hätte ich mich in dich verliebt. Ich hab dich gesehen und es hat mich umgehauen. So etwas habe ich noch nie verspürt. Liebe auf den ersten Blick kam mir immer wie ein Märchen vor.«

»Du meinst wie das Märchen, das über uns Nachtschwärmer erzählt wird?«

»Genau das hat Tate auch gesagt.« Ich seufzte schwer und strich ihr durch die Haare. »Ich liebe dich, Julie Schroeder!«

»Ich liebe dich auch, Evan Vega! Und ich gestehe, dass es bei mir nicht ganz Liebe auf den ersten Blick war.«

Ich zog die Brauen hoch. »So?«

»Mhm ... ich fand dich nämlich schon immer heiß!«

Aah, fuck! Das war genau das, was jeder Mann gern hörte. Ich beugte mich hinab und küsste sie.

Jemand räusperte sich neben uns. »Das Bier steht auf dem Tisch. Ich bin dann mal weg.«

Ohne den Kuss zu unterbrechen, taumelte ich mit Julie aus dem Saal hinaus, die Treppen rauf, straight in ihr Zimmer, um sie die Melodie, die in meinem Herzen spielte, hautnah spüren zu lassen. Wer dachte da schon an Bier?

***

**Julie**

Die Bettdecke rutschte hinab und verhüllte gerade noch so seine

Körpermitte. Evan war verflucht sexy, sodass es mir jedes Mal wieder meinen Atem verschlug, wenn ich ihn in seiner nackten Schönheit betrachten konnte. Und noch mehr weiche Knie bekam ich, wenn er diesen Wahnsinnskörper einsetzte. Und trotzdem war das alles nicht das, was mich am meisten an ihm faszinierte. Es war sein gutes Herz. Und seine familiäre Verbundenheit. Der Fakt, dass er alles für mich machen würde. Ich trug die Gewissheit in mir, dass er mich nie im Stich lassen würde.

Und das alles in einem Nachtschwärmer vereint ... Ich hätte die glücklichste Schwärmerin auf der Welt sein können. Wäre da nicht diese doofe Geschichte mit seinem Wunsch nach einer Wölfin gewesen. Klar konnte niemand von uns ahnen, wohin sich das alles entwickelte, aber wenn man mein Herz fragte, war es sich sicher, dass er der Mann meines Lebens war. Manche Dinge wusste man einfach. Doch wie sollte das gehen? Mein Leben in Deutschland aufgeben und ständig auf Tour sein?

Und was war mit Emma? Was, wenn sie auch eine Wervampirin war? War es dann nicht klug zusammenzubleiben? Die Worte der Ältesten hallten durch meinen Kopf. *Wählt weise, mit wem ihr euch unterhaltet und was ihr erzählen, beziehungsweise offenbaren wollt. Und seid darauf gefasst, dass das Universum undurchschaubar ist und jede Sekunde der Plan geändert werden kann.*

Es jagte mir ein wenig Furcht ein, denn ich konnte mir vorstellen, was los sein würde, wenn herauskam, was ich war. Deswegen musste ich dieses Geheimnis für mich behalten. Nur wie sollte ich das bewerkstelligen? Meine Augen, meine Temperatur, mein Atem ... Und musste ich dann auch regelmäßig rennen, damit der Wolf in mir nicht austickte?

Und wie sollte ich so andere Wervampire kennenlernen? Oder gänzlich andere Arten? Was, wenn sie sich alle versteckt hielten aus Furcht? Was, wenn die Organisation, für die die Bekannte meiner Eltern arbeitete, noch mehr Mischlinge weggegeben hatte?

»Das Chaos in dir ist zum Greifen dick«, nuschelte es plötzlich rau.

Mein Blick schweifte erschrocken zu Evan, der sich über die Augen rieb und dann aufsetzte. »Was ist los, Hübsche?«

»Ich bin vorhin gar nicht dazu gekommen, dir zu erzählen, was ich mit meinen Eltern besprochen habe. Ich möchte die Jungs und Mr Winters einweihen und gleichzeitig um ein paar Tage Auszeit bitten.«

»Auszeit?«

»Meine Eltern sind wie vermutet nicht meine leiblichen Eltern.« In knappen Worten klärte ich Evan über die Umstände auf.

»Was für eine Organisation ist das?«, hakte er nach.

»Das wissen sie nicht. Angeblich. Ich denke eher, sie dürfen es nicht sagen.«

»Aber warum? Die Zeiten des Bindungszaubers sind vorbei. Was hätten sie noch zu befürchten?«

Ich zuckte mit den Schultern. »Ich kenne mich mit Strafverfolgung nicht aus, schätze aber, sie könnten immer noch dafür belangt werden.«

»Meinst du?« Er fuhr sich nachdenklich durch den Bart. »Das sollte man leicht rausfinden können.«

»So oder so ist es wichtig, Emma ebenfalls zu untersuchen. Deswegen habe ich gestern noch Thomas angerufen.«

»Gut. Das ist sehr gut. Und natürlich kannst du dir eine Auszeit nehmen. Die hätte ich dir sowieso empfohlen. Alleine die Geschichte mit deiner Familie und das, was du jetzt bist … Du solltest erst richtig zu Atem kommen, ehe du dich wieder komplett in den Job wirfst.«

»Es fühlt sich gar nicht wie Arbeit an.« Ich lächelte. »Ich bin verdammt glücklich, dass Emma die Bewerbung eingereicht hat.«

»Ich auch.« Evan schnappte sich meine Hand und drückte einen Kuss auf den Handrücken. »Und es wird endlich Zeit, dir etwas zu sagen, was mir schon eine Weile auf der Seele brennt – ich weiß, wir haben ausgemacht, unsere Beziehung locker zu halten, aber wir wissen beide, wie wenig das schon von Anfang an funktioniert hat. Diese Sache mit der Wölfin –«

»Halt! Ich will es gar nicht wissen. Denn es ist mir egal, Evan. Ich werde nicht damit hadern, ob das mit uns funktioniert, weil ich nun eine Wölfin bin. Denn mir ist klar geworden, dass du mich liebst, weil ich bin, wie ich bin. Genauso wie ich dich liebe, weil du du bist. Es ist egal, welcher Art du angehörst. Ob du ein Rockstar bist oder ein Tellerwäscher. Ob du Familie hast oder keine. Oder du vierzig Jahre älter bist als ich. Das alles hat nichts mit dem zu tun, was unsere Liebe zueinander ausmacht. Denn das sind nur wir. Wir beide, wir sind Liebe.«

Ein Lächeln breitete sich auf seinen Lippen aus. Sein begnadetes Lächeln, welches mich schwach werden ließ. Mich und vermutlich tausend andere Nachtschwärmerinnen. »Tja«, raunte er. »Und da dachte ich doch, deine äußere Schönheit könnte nichts toppen. Falsch gelegen.«

»Mann! Deine Worte hören sich echt an wie eure Songtexte. Kein Wunder seid ihr so erfolgreich.« Ich giggelte, aber da hatte Evan sich schon auf mich geworfen und kitzelte mich durch.

»Das war als Kompliment gemeint, ja?«

Lachend rollten wir auf dem Bett hin und her. »Jaaa! Ja, es war ein Kompliment. Es war ein Kompliment!«, erwiderte ich atemlos.

»Dein Glück, Miss Schroeder.« Er hörte auf mich zu kitzeln, beugte sich hinab und küsste mich. Als er wieder aufsah, war sein Lächeln verschwunden. »Es gibt da trotzdem noch etwas, was ich dir sagen muss.«

»Oh, oh. Du siehst aus, als würde mir das nicht gefallen.«

»Ich weiß es nicht. Ich … ähm.«

Er setzte sich auf, und ich tat es ihm gleich. Gespannt wartete ich, dass er weitersprach. Ich hob die Hand, um an meinem Ohrläppchen zu zupfen, stattdessen machte ich eine Faust und boxte Evan am Arm. »Jetzt rück raus mit der Sprache.«

Überrascht strich er sich über die Stelle. »Au. Du hast ganz schön viel Kraft.«

»Wolfspower«, sagte ich stolz, und spannte den Arm an, um meine nicht vorhandenen Muckis zu zeigen.

Er lächelte leise, wurde dann wieder ernst. »Die Band löst sich auf. Nach dieser Tour ist Schluss.«

»Was? Warum? Ihr seid doch mega erfolgreich. Eure Fans ... oh, Himmel. Die werden das nicht überleben.«

»Die werden das überleben. Mit dem wunderschönen Bildband, den du für sie gestaltest, und einem Livealbum mit über vier Stunden Material unserer erfolgreichsten Konzerte.«

»Das ist doch nicht das Gleiche.«

»Ich weiß. Aber wir sind ausgebrannt. Seit zwanzig Jahren sind wir nun unterwegs. Und wenn wir nicht unterwegs sind, sind wir im Studio. Ich hab noch nicht mal eine eigene Wohnung. Keinen Ort, an den ich mich zurückziehen kann.«

»Und ist das dann für immer?«

»Wir haben entschieden, uns erst mal für ein Jahr zurückzuziehen. Danach kommen wir wieder zusammen und überlegen, wie es weitergeht. Finanziell haben wir alle ausgesorgt und ... na ja. Wir haben alle noch andere Interessen.«

Völlig baff starrte ich ihn an. Das war eine Enthüllung, mit der ich so gar nicht gerechnet hatte. »Ich kann das verstehen. Zwanzig Jahre sind eine lange Zeit. Ich weiß gar nicht, ob ich jeden Tag den gleichen Trott haben wollte. Jahr für Jahr, Jahrzehnt für Jahrzehnt. Auch wenn ihr nicht den Eindruck erweckt, dass bei euch die Luft raus ist. Was hast du danach vor?«

»Nun ... das ist jetzt der Punkt, der etwas kritisch wird.«

Ein unangenehmer Schauer rieselte mein Rückgrat hinab. Ich spürte, dass mir nicht gefallen würde, was Evan zu beichten hatte.

»Wir alle verdrücken uns, bevor die Bombe hochgeht. Bare zum Beispiel wird das Jahr als Mensch verbringen. Er möchte Inselhopping machen. Hawaii, Fidjii, Malediven …«

»Und du?«, hauchte ich.

»Ich möchte ein Wolf sein. In erster Linie. Ich hab mir in den kanadischen Wäldern eine Hütte gekauft. Mitten im Nirgendwo. Kein Telefon, kein Strom, kein fließendes Wasser. Nur die Natur und ich.«

»Für ein Jahr?«

Er nickte und etwas stürzte in mir zusammen. Ein Jahr glich gerade mal einem Wimpernschlag für einen Nachtschwärmer. Für eine Beziehung war es jedoch eine verdammt lange Atempause. Vor allem, wenn er nicht mal erreichbar sein würde.

»Ich dachte mir schon, dass du nicht in Freudentaumel ausbrichst.«

»Na ja. Wir wissen ja noch nicht mal, ob wir die nächsten paar Monate überstehen …«

Evan zog die Brauen hoch. »Echt jetzt? Lauer Kommentar. Sehr lau.«

Ich zuckte mit den Schultern. Mir war selbst klar, dass es in ein paar Monaten sicher nicht beendet wäre zwischen uns. Eher noch stärker. Noch intensiver. Das war aber alles, was aus meinem verqueren Gedankenchaos rauskam. Letztlich war ich gerade auch nur ein Mädchen, welches gesagt bekam, dass die Liebe seines Lebens für lange Zeit unerreichbar sein würde.

»Würdest du mit mir kommen?«

»Wow! Darüber müsste ich nachdenken. Aber vermutlich eher nicht. Evan, ich hab kein finanzielles Polster so wie du. Dieser Auftrag pusht mich hoffentlich ein Stück höher auf der Karriereleiter. Tatsächlich hatte ich vor, mein Geschäft auszubauen und deutschlandweit Aufträge anzunehmen. In Karlsruhe ist es nämlich gerade ein täglicher Kampf.«

»Das dachte ich mir schon. Und das respektiere ich auch, keine Frage. Ich könnte mir vorstellen, es zu splitten. Ein paar Wochen dort und dann ein paar Wochen bei dir. Oder du kommst zu mir, wenn es die Arbeit zulässt.«

»Das klingt schon viel besser!«, antwortete ich und Erleichterung flutete meine angespannten Glieder. »Ich denke, wir werden eine Lösung finden. Und für alles andere auch.«

»Perfekt! Dann spring ich schnell rüber unter die Dusche und trommle mal die Leute zusammen. Vielleicht haben die Jungs noch Input für uns.«

Ich nickte, gab Evan einen Kuss und verschwand selbst ins Badezimmer. Als ich geschniegelt und gestriegelt herauskam, sammelte ich die Klamotten vom Boden und steckte sie in den Wäschesack. Bei der Decke, die ich von den Ältesten bekommen hatte, stoppte ich. Es war eine dunkelblaue Fleecedecke, die mit weiß-gelben Sternen bedruckt war. Ich breitete sie auf dem Bett aus und betrachtete sie eine Weile. Ich wusste gar nicht, wie ich sie zurückgeben konnte, und auch nicht, wie ich mein Patenkind erreichen sollte. Wie standen sie überhaupt im Verhältnis zu den Ältesten? Es schien, als wären sie eine Familie ... Aber waren wir nicht alle die Familie der Ältesten?

Aus dem Augenwinkel nahm ich eine Bewegung wahr. Erschrocken machte ich einen Satz zurück. »Was ...?« Die Sterne bewegten sich wild durcheinander. Es waren kleine Sterne und es durften gut und gerne Hunderte darauf abgebildet sein. Ministerne, die auf der Decke umher wuselten. Ich rieb mir über die Augen, blinzelte ein paarmal und als ich den nächsten vorsichtigen Blick auf die Decke warf, stand dort etwas geschrieben: *Die Decke ist dein ... sprich mit Tatum!*

Es klopfte. Schnell öffnete ich die Tür und zog Evan ins Zimmer. »Schau mal!«, sagte ich und zeigte auf die Decke.

»Ach ja, die Decke. Ich schätze, die gehört jetzt dir«, meinte Evan. »Oder willst du das Universum bitten, sie zurückzubringen?«

»Was? Da –« Ich traute meinen Augen nicht. Alle Sterne waren wieder auf ihrem Platz. Kein einziges Wort war erkennbar. Ich seufzte ergeben. »Dann ist sie wohl jetzt wirklich meine.«

»Bist du so weit? Wir treffen uns unten im Konferenzsaal. Layken und Timber habe ich auch eingeladen.«

»Ja. Ich würde auch gerne meine Eltern mit ins Boot holen.«

»Klar. Holen wir sie ab.«

Mit einem letzten Blick auf die Decke verließen wir das Zimmer. Verrückt. Echt verrückt!

# Einundzwanzig

**Evan**

Timber hatte eine Trennwand aufgestellt, hinter der Julie nun verschwunden war, um sich zu wandeln. Seit ihrer Enthüllung, die sie mit der Unterstützung von ihren Eltern preisgegeben hatte, herrschte Stille. Ich sah meinen Brüdern an, wie sich in ihrem Kopf tausend Rädchen drehten, und ich war ziemlich stolz auf sie, dass sie Julie nicht mit Fragen bombardierten.

Ein leises Tapsen flirrte durch den Raum und ich war aufs Neue total geflasht. Diese Farben! Sie war ungelogen der schönste Wolf, den ich je gesehen hatte.

»Noch ein Puschel! Aber diesmal ein schöner!«, witzelte Tatum, was ich mit einem hüstelnden *Du Arsch* kommentierte.

Er lachte und auch die anderen grinsten.

Julie lief eine Runde und ging dann zurück hinter die Trennwand. »Das ist also mein Wolf«, sagte sie wenige Momente später und band sich ihre verwuschelten Haare zusammen.

»Ich denke, ich spreche im Namen von uns allen – Sie sind ein wunderschöner Wolf und offensichtlich etwas ganz Besonderes«, bemerkte Hal. »Deswegen finde ich auch, Sie sollten zunächst geheim halten, was Sie sind.«

»Der Meinung schließe ich mich an. Es wird jedoch nicht so einfach werden«, meinte sie. »Mir ist ständig warm und erst diese lästige Atemgeschichte.«

»Hast du schon mal probiert, nicht zu atmen?«, fragte Charlie.

Julie schüttelte den Kopf.

»Doc, kannst du ihren Puls messen? Denn eigentlich müsste beides gehen.«

»Willst du es probieren?« Doc Layken trat auf Julie zu.

»Und ob!« Sie hielt ihr das Handgelenk hin.

»Gut. Drei, zwei, eins, los.«

Es verstrichen zehn Sekunden, zwanzig. Eine Minute. Fünf. Julie sah aus wie immer. Sie hatte sogar den Nerv, mir verschwörerisch zuzuzwinkern.

»Der Puls ist jetzt vollständig weg. Kein Herzschlag mehr.« Layken ließ das Handgelenk los, fühlte ihre Stirn. »Temperatur fallend. Kannst du dich bewegen und sprechen, ohne dass alles wieder in Takt gerät?«

»Ich schätze schon. Ich fühle meine vampirische Seite wieder stärker.« Sie sprang auf und ab und hüpfte auf der Stelle umher. »Jap. Funktioniert. Ich muss nicht atmen.«

»Das ist gruselig«, entfuhr es Tatum. »Echt, Schwester! Das ist dermaßen gruselig, dass es schon wieder hip ist. Du bist echt die coolste Vampirin, die ich kenne.«

»Danke, *Bruder*! Was für ein Kompliment vom düsteren Whistleblower.«

»Wie hast du das gemacht?«, hakte ich nach.

»Ich hab einfach an meine Vampirin appelliert.«

»Du meinst wie *Komm, große und Furcht einflößende Vampirin! Komm und spiel mit mir!*« Timber lachte und Julie stieg drauf ein. »Genau so.«

Okay. Das durfte ein Insider gewesen sein. Nichtsdestotrotz ließ ich mich von ihrem Lachen anstecken. Es tat gut und es lockerte die Atmosphäre. Besonders die intensiven Blicke ihrer Eltern setzten mir zu. Julie hatte mich offiziell als ihren Freund vorgestellt, doch ich wurde das Gefühl nicht los, dass die beiden nicht sehr glücklich damit waren.

Vermutlich war ein Rockstar für Eltern nicht die sorgenfreie Wahl als Partner für ihr Kind. Da musste ich mich eben doppelt und dreifach ins Zeug legen, um zu zeigen, was für gute Qualitäten in mir steckten. Gentleman konnte ich auch.

»Emma kommt heute, damit sie sich ebenfalls bei Thomas untersuchen lässt. Deswegen bitte ich um ein paar Tage Auszeit«, sagte Julie an Hal gewandt.

»Natürlich! So viel wie Sie brauchen, das steht ja völlig außer Frage! Ich verlängere umgehend Ihren Aufenthalt im Hotel und melde Ihre Schwester an. Sobald Sie wissen, wann Sie nachkommen, geben Sie mir Bescheid, damit ich Ihnen einen Flug buchen kann.« Hal zückte sein Handy und tippte wild drauflos.

»Danke, Mr Winters! Das ist furchtbar nett von Ihnen.«

»Papperlapapp. Das ist selbstverständlich!«

»Mister und Misses Schroeder«, begann Tatum, »haben Sie noch Kontakt zu der Frau, die Ihnen Ihre Kinder vermittelt hat?«

»Nennt uns bitte Matthias und Agnes. Und nein, den haben wir nicht mehr. Sie hatte uns gebeten den Kontakt abzubrechen, aus Sicherheitsgründen. Wieso fragst du?«

»Weil ich davon ausgehe, dass es noch mehr solcher ... Adoptionen gegeben hat. Es wäre wichtig zu wissen, ob es vielleicht noch andere neue Arten gibt. Julie sollte sich nicht ewig verstecken müssen.«

»Ja, dem schließe ich mich an«, meinte ich. »Es wäre gut, wenn wir das verfolgen. Diskret natürlich. Könnt ihr uns alle Informationen geben, die ihr noch im Kopf habt. Über die Frau, die Organisation ...?«

Matthias nickte. »Natürlich. Wir wollten uns zunächst an unser Versprechen halten, aber unter den gegebenen Umständen können wir das nicht weiter verantworten. Viel wissen wir allerdings auch nicht.«

»Ich kenne eine Privatdetektei, die mir schon behilflich war. Die kann ich anfragen, wenn ihr wollt?«

»Das wäre super. Danke, Tate.« Julie hob die Hände. »Ich denke, das war dann alles. Vielen Dank für euer Verständnis und eure Mithilfe. Ich weiß gar nicht, wie ich euch das je zurückgeben kann.«

»Nun, *Miss Schroeder*«, imitierte Bare Hal, »mir fielen da schon einige Abbitten ein.«

»Trau dich nur, mein Freund. Aber es lässt sich schwer surfen mit gebrochenen Beinen«, murrte ich, was mir eine Kopfnuss von ihm einbrachte.

Einer nach dem anderen versicherte Julie, dass sie gerne halfen und sie sich keinen Kopf zu machen brauchte. Es beruhigte mich und machte mich auch gleichzeitig stolz und glücklich, so eine Familie im Rücken zu haben. Egal was da noch kommen würde, mit so einem Zusammenhalt konnte nichts schiefgehen. Ich war Teil der besten Nachtschwärmerfamilie, die es gab! Unbestritten!

***

**Julie**

*Wenige Wochen später*

Stille legte sich über den Saal. Meine Hände zitterten leicht, was albern war, denn es war bereits der dritte Auftritt, den ich vor tausenden Nachtschwärmern hinlegte. Die Musik setzte ein, zeitgleich mit dem Spotstrahler, der auf mich gerichtet war. Ich wackelte mit den Hüften zum Beat – wie immer in bester Frida-Pose – und trällerte los. *Happy Hawaii* von ABBA, was sich Bare gewünscht hatte. Eigentlich nicht so bekannt, aber das schwedische Publikum sang mit und das mittlerweile heißgeliebte Kribbeln wirbelte in meinem Bauch umher, wenn ich mit den Whistleblowern die Bühne rockte.

Ich war glücklich! Und es ging mir richtig gut! Leider, oder eher zum Glück, hatte sich bei Emma herausgestellt, dass sie keine Wervampirin war. Zumindest musste ich mir ihretwegen keine Sorgen machen. Ich wusste nämlich immer noch nicht, was für eine *große Sache* das sein sollte, von der die Ältesten gesprochen hatten. Und irgendwelche Informationen über die Organisation oder andere Mischlinge hatten wir auch noch nicht herausbekommen können.

Es blieb also spannend!

Mit absolut keiner Ahnung für die Zukunft … dafür aber mit ganz vielen ABBA Songs auf den Lippen und einem Wolf, der meine Welt rockte. Und das klang doch richtig gut. Oder?

**ENDE von Band 1**

# Danksagung

Mein magischer Dank geht raus an:

*alle LeserInnen, die sich mit mir wieder in die Welt der Nachtschwärmer stürzen, denn ohne euch würde es keine weiteren Geschichten geben!

*Nicole Boske, die sich voller Engagement auf die Idee eingelassen hat.

*Marion Lembke, deren besondere Ratschläge nicht nur die Geschichte bereichern.

*Meine Kinder, die meine magische Welt zum Glühen bringen.

Über euer Feedback freue ich mich sehr!

Auch über einen Besuch auf meiner Homepage oder Facebookseite.

Wie immer könnt ihr den Soundtrack auf YouTube oder Spotify anhören (und mir gerne folgen). Einfach jeweils den Titel des Buches in die Suche eingeben.

Aloha, eure Cat!

Und nicht vergessen: Liebe ist universell <3

DARK
DIAMONDS
Jeder Roman
ein Juwel
fantastisch
romantisch
faszinierend
sinnlich
dramatisch
Das Imprint für New Adult Fantasy
www.darkdiamonds.de

# Eine Liebe, so tief wie die Nacht …

Sabine Schulter
**Melody of Eden**
**Band 1: Blutgefährten**
304 Seiten
Taschenbuch
ISBN 978-3-551-30091-1

Vampire – Mythos oder Wahrheit? Diese Frage stellt sich auch die 23-jährige Melody, als sie gemeinsam mit ihrer Freundin die unterirdischen Gänge ihrer Heimatstadt erforscht. Schon immer hat sie sich gefragt, ob es diese Wesen der Nacht tatsächlich gibt. Es wird gemunkelt, dass die Regierung ihre Existenz zu vertuschen versucht, und Melody würde nur zu gerne herausfinden, warum. Als sie plötzlich von einer unheimlichen Kreatur in die Tiefe gerissen und von einem unglaublich anziehenden Mann gerettet wird, ist ihr Wissensdurst nicht mehr zu stillen. Doch schon bald muss Melody herausfinden, dass es Wesen gibt, die man besser nicht auf sich aufmerksam macht …

www.darkdiamonds.de

# Die Dunkelheit ist in dir …

Diana Dettmann
**Celesta: Asche und Staub**
Softcover
ISBN 978-3-551-30104-8

Emma war noch ein kleines Mädchen, als ihre Mutter verschwand und ein Leben voller Risse zurückließ, die niemand jemals zu flicken vermochte. Mit kaum mehr als einem kläglichen Schulabschluss in der Tasche, fristet sie Jahrzehnte später ihre Abende hinter der Theke einer ranzigen Bar, teilt sich die Wohnung mit einem Mann, den sie nicht liebt, und träumt davon, eines Tages all das hinter sich zu lassen. Bis ihr eines Morgens auf dem Weg nach Hause eine furchteinflößende Kreatur begegnet, die ihrem Leben fast ein Ende setzt. War es der unvermittelt im Nebel auftauchende Fremde, der sie gerettet hat, oder das Feuer, das plötzlich aus ihren Handflächen schoss? Die bittere Wahrheit gibt Emmas Dasein eine jähe Kehrtwendung. Denn von einem Tag auf den anderen wird sie zur Gejagten, mit dem Schicksal ihrer Mutter im Nacken. Doch sie ist nicht allein …

www.darkdiamonds.de

Dark Diamonds
Jeder Roman ein Juwel.



**Dark Diamonds**
Ein Imprint der CARLSEN Verlag GmbH
Oktober 2019

Lektorat: Marion Lembke
Umschlagbild: shutterstock.com / © Maksim Toome / © Eugene Partyzan / © Pigprox / © DianaFinch
Umschlaggestaltung: formlabor
Satz und Umsetzung: readbox publishing, Dortmund
Druck und Bindung: CPI Books GmbH, Birkach
ISBN 978-3-551-30213-7
Printed in Germany
www.carlsen.de/darkdiamonds

Alle Bücher im Internet: www.carlsen.de